KB262521

제8회
세계문학상
수상작

전민식
장편소설

# 개를 산책시키는 남자

은행나무

＊이 도서의 국립중앙도서관 출판시도서목록(CIP)은 e-CIP홈페이지(http://www.nl.go.kr/ecip)와
국가자료공동목록시스템(http://www.nl.go.kr/kolisnet)에서 이용하실 수 있습니다.
(CIP제어번호: CIP2012000959)

# 차례

# 1. 행복도 불행도 아닌 잡(job)

닥스훈트가 가로등 밑둥치에다 오줌을 찔끔 지렸다. 화이트 슈나우저는 닥스훈트가 갈긴 오줌 위에 코를 박고 킁킁거렸다. 곁에 서 있던 파피용은 퍼그의 꽁무니에 달라붙어 혀를 빼물고 헐떡댔다. 그런 개들을 몇 달째 봐왔고 현재도 보고 있으며 앞으로도 보게 될지도 모른다는 게 내 운명일까. 개들의 산책. 내가 무엇보다 주의를 기울여야 하는 건 개들이 엉뚱한 짓을 하지 않도록 감시해야 한다는 것이다. 개들의 정서를 위해 여러 마리를 한꺼번에 산책시켜야 한다는 한 동물학자의 이야기가 학문적인 근거가 있다는데 나는 잘 모르겠다. 분명한 건 개들은 사람보다 개를 더 좋아한다는 사실이다. 파피용이 퍼그 뒤에서 맴을 돌았다. 신경이 곤두섰다.

규칙 하나, 수캐가 암캐를 올라타지 못하도록 한다. 나는 기를 쓰고 퍼그에게 달라붙는 파피용의 목줄을 당겨 꽁무니에서 떨어트렸다. 이번엔 아메리칸 코커스패니얼이 똥을 쌌다. 녀석들은 꼭 순서대로, 그것도 자신이 똥을 쌌던 자리에서만 똥을 쌌다. 좋은 습관이다. 나는 배낭에서 일회용 장갑과 똥 봉투를 꺼냈다. 똥을 집어 살핀 후 봉투에 넣고 입구를 돌돌돌 말아 묶었다.

규칙 둘, 항상 똥을 살핀다. 오늘 녀석들의 똥은 모두 때깔이 좋았다. 설사만 하지 않으면 된다. 나는 이마에 맺힌 땀을 훔쳤다. 녀석들은 오늘치 볼일은 다 봤다. 이제 산책시킬 시간이다.

나는 목줄을 당겨 녀석들을 길로 끌어들였다. 이른 아침이지만 아스팔트가 뿜어내는 열기로 길은 후끈거렸다. 개들은 목적지도 모른 채 혀를 빼물고 안간힘을 쓰며 앞으로 걸어 나갔다. 운동을 하거나 산책 나온 사람들이 곁을 지나갔다. 대부분 눈에 익은 사람들이었다. 그때마다 개들은 코를 먼저 들이밀었다.

규칙 셋, 개들이 사람 가까이 다가가지 못하도록 한다. 나는 목줄을 최대한 줄였다. 1만 4천 년 전부터 친구였다지만 개들은 언제 돌변할지 몰랐다. 구멍 난 노아의 방주를 코로 막아 지구를 구한 게 개라지만 개는 개니까.

개들을 한 시간쯤 산책시키면 내가 먼저 지쳤다. 허기도 졌다. 나는 개들에게 끌려가기도 하고 끌기도 하면서 겨우 공원 숲 그늘 쪽으로 밀어 넣었다. 한 시간 내내 뙤약볕 아래에서 개들에게 끌려 다니다 보면 머리가 핑핑 돌았다. 숲으로 들어온 후 목줄을 벤치 다리에 묶었다. 그런 후 배낭에서 뼈다귀 모양의 야채 비스킷을 꺼내 하나씩 물려 주었다. 빵과 우유도 꺼냈다. 이건 내 아침 겸 점심이었다.

개들은 얌전히 앉아 있거나 저희들끼리 까불었다. 파피용은 더 이상 퍼그의 꽁무니에 관심을 보이지 않았다. 나는 애견일지를 꺼내 기록을 했다. 7월 23일 금요일. 일지 첫 장엔 개 주인 연락처와 개 이름, 성별, 나이 그리고 나름의 특성이 적혀 있었다. 나는 개들의 똥 상태 란에 'ㅇ'를 치고 컨디션 란에도 'ㅇ'를 쳤다. 일지를 덮고 배낭 앞주머니에서 벼룩시장을 꺼냈다. 구인란을 펼쳐 놓고 저녁에 할 만한 일을 뒤졌다. 저녁에 할 만한 일들은 급여가 형편없거나 새벽 늦게 끝났다. 구인란을 뒤져 제법 그럴듯한 아르바이트 두 개를 건졌다. 곧바로 전화를 걸었다. 두 곳 모두 나이를 물어본 뒤 연락처를 남기라는 답변만 들었다. 연락처를 남기라는 답변은 글렀다는 말이다.

휴대폰을 접었다. 바지 옆 주머니에서 담배를 꺼냈다. 담배 값이 무서워 하루에 다섯 개비 이상 피우지 말자고 다짐했지만 쉽지 않았다. 개들은 저희들끼리 희롱하며 놀았다. 숲 초입에서 핫팬츠에 탱크톱 차림의 여자가 내 쪽으로 걸어왔다. 낯익은 얼굴이었다. 개들이 여자를 보고 꼬리를 흔들었다. 여자가 슬쩍 개들에게 눈길을 주었다. 여자는 늘 같은 시각에 나와 운동을 했다. 규칙적인 삶을 산다는 건 재미없게 산다는 이야기인지도 모른다. 여자는 하필이면 개들 앞에 서서 허리도 돌리고 어깨도 돌렸다. 개들은 여자가 스트레칭하는 것을 지켜봤다. 여자가 환하게 웃으며 개들에게 손을 흔들었다. 문득 진주가 떠올랐다. 진주! 개나 산책시키는 이 시점에서도 그녀를 생각하다니. 나는 머리를 가로저었다.

진주는 마타 하리였다. 그녀의 사내 홈페이지 아이디가 '새벽의 눈'이었다. '새벽의 눈'은 인도네시아어로 '마타 하리'였다. 그녀가 사라지고 내가 해고를 당한 후에야 그녀가 썼던 아이디가 '마타 하리'였다는 걸 깨달았다. 그녀는 그러니까 내놓고 자신이 스파이라고 말했던 것이다. 하지만 남자들 누구도 그런 그녀의 의도를 알아차리지 못했다. 연합군 5만 명의 목숨이 달린 정보를 독일에 팔아먹었다고 알려진 고급 창녀이자 무희였던 마타 하리. 반바지 형태의 여자 수영복도 파격적이던 시대에 대중 앞에서 나체가 되는 것도 망설이지 않았던 여자. 지금 생각해 보니 회사 사람들은 고하를 막론하고 그녀를 좋아했다. 똑똑했으며 얼굴도 몸도 예뻤고 스스럼없이 스킨십을 즐겼다. 반주가 없는 노래도 잘 불렀고 춤도 남자들 가슴 벌렁거리도록 야하게 췄다. 남자들은 그녀를 질투하는 여자들을 측은해했다. 그녀가 스파이였다는 사실이 폭로된 이후 여자들은 가시와 독 운운하며 남자들을 힐난했다. 그런데 아직도 미련을 버리지 못하고 있었다. 나는 피우던 담배 허리를 분질렀다. 여자는 계속해서 개들과 나를 힐끔거리더니 개들 쪽으로 걸어왔다.

개들 가까이 다가온 여자는 쪼그리고 앉아 아메리카 코커스패니얼 머리를 쓰다듬었다. 규칙에서 벗어난 느닷없는 행동이었다. 여러 달 동안 한 번도 개들에게 관심을 보인 적이 없는 여자였다. 개들이 마구 꼬리를 흔들었다. 개들과 달리 나는 긴장했다. 예상치 못한 일이 터지면 삶 어딘가에 금이 가던데. 나는 뻗었던 다리를 접고 빵 봉지와 빈 우유팩을 가방에 밀어 넣었다. 괜히 얼굴이 달아올랐다. 여자의 손이 아메리카 코커스패니얼 머리를 기분 좋게 쓸어내렸다. 녀석은 눈을 파르르 떨었다.

개들도 예쁜 여자와 못생긴 여자를 가린다. 못생긴 여자가 나타나면 으르렁거렸고 예쁜 여자가 나타나면 혀를 빼물었다. 개들은 형체를 알 뿐이라고 하던데. 그렇다면 녀석들은 몸의 균형으로 미를 정하는 것일 게다. 예쁘고 못생긴 걸 가리는 게 아니라 늘씬하고 뚱뚱함을 가려 왔던 것인지도 모른다. 내 앞에 쪼그려 앉은 여자가 늘씬한가? 여자는 이제 다른 녀석들의 머리도 쓰다듬었다. 나도 모르게 침이 넘어갔다. 늘 일별하고 지나가던 여자가 어쩐 일로 느닷없이 개들에게 관심을 보이는 걸까.

"개를 골고루 키우시네요."

사람 손길에 익숙한 녀석들이라 개들은 여자의 손을 닿치는 대로 핥았다. 녀석들은 여자에게 달라붙지 못해 바동거렸다. 여자는 마냥 웃었다. 순간 착각이 일었다. 여자는 어제도 사실은 개들을 귀여워했는지도 몰랐다. 그랬던 걸 내가 까마득하게 잊고 있었던 것일까. 여자의 앉은 자세나 손길이 익숙했다. 가끔 나를 바라보는 눈길에도 경계의 빛은 담겨 있지 않았다. 나는 손으로 마른세수를 했다.

"좋은 샴푸를 쓰나 봐요, 털이 정말 부드러워요."

나는 개 주인이 아니라 여자에게 딱히 할 말이 없었다. 그냥 미소를 지었다.

여잔 일어나 향긋한 땀 냄새를 남기고 제 갈 길로 갔다. 나도 개들처럼 여자를 쳐다봤다. 깊은 심지에서 불끈 힘이 솟았다. 한 여자로 비롯되어 모든 걸 잃은 나지만 아직 죽지 않은 게 확실했다. 여자가 미인이고 경계심 없이 다가올 경우 특히 조심해야 한다는 원칙을 나는 어겼다. 그녀가 하는 말이 거짓일 것이라고는 의심해 보지 않았다. 사실이 진실이 아닐 때도 있다는 걸 나는 대수롭지 않게 생각했다. 예쁜 여자는 진실만 말할 거라는 엉뚱한 믿음이 어디에서 솟아난 건지도 알 수 없었다. 표정이 진지했고 목소리가 달콤했다. 아무렇지도 않게 팔짱을 끼는 진주의 살가운 스킨십이 내 눈을 가렸다. 나는 그래서 진실인지 거짓인지도 모를 사실을 진실로 받아들였다. 팔을 뻗고 늘어지게 하품을 했다. 찔끔 눈에 눈물이 맺혔다.

잠깐 존 사이 나는 꿈에서 진주를 만났다. 같이 드라이브도 하고 섹스도 하는 꿈을 꿨다. 잡아 보라는 듯 앞으로 내처 달려가며 깔깔깔 웃는 웃음소리도 들었다. 그 소리에 놀라 눈을 떠보니 수습할 수 없는 사건이 터져 있었다. 파피용이 퍼그를 올라타고 한참 허리를 놀리고 있었다. 산책을 나올 때부터 조짐이 보였는데 주의를 기울이지 못한 내 탓이었다. 애완견 주인들이 가장 민감하게 반응하는 첫 번째 규칙이 깨졌다. 순수 순종의 규율은 절대 깨져서는 안 된다. 한 번 혼혈은 영원한 혼혈이며 다시 원래로 돌아갈 수 없다. 개들은 방사를 실패하는 일이 없다. 그러니 감출 수도 없다. 퍼그의 배가 불러 오면 일자리를 잃게 된다. 어쩌면 손해배상을 해야 할지도 모른다.

아메리카 코커스패니얼, 닥스훈트, 화이트 슈나우저는 헉헉대며 파피용의 엉덩이를 구경했다. 나는 급히 등산용 지팡이를 꺼내 파피용의 엉덩이를 살살살 후려쳤다. 떨어지기는커녕 파피용은 더 달라붙었다. 마침 산책로를 지나가던 젊은 여자가 제 아이의 눈을 가렸다. 여자는 아이의 손을 잡고 종종걸음을 쳤다.

"야, 야!"

나는 지팡이로 파피용의 엉덩이를 계속해서 두드렸다. 그러자 파피용은 자신의 영역을 침범하지 말라는 듯 으르렁거렸다. 그때 산책을 나오면 늘 마주치던 노인이 나타났다. 노인은 느긋하게 서서 파피용과 퍼그의 애정 행각을 훔쳐봤다.

"그렇게 해선 절대로 안 떨어지지."

노인은 빈정거리듯 말했다. 나는 계속해서 녀석들의 교미를 방해했다. 파피용은 고개를 이리저리 돌려 가며 으르렁거렸다. 반대편에서 젊은 내외가 팔을 힘껏 흔들며 걸어오고 있었다. 그들도 파피용과 퍼그가 붙어 있는 걸 발견했다. 휘젓던 팔의 속도가 급격하게 떨어지고 걸음걸이도 느려졌다. 남녀는 서로를 쳐다보며 낄낄거렸다. 나는 어쩌지 못하고 파피용과 퍼그 앞을 가로막았다. 노인은 슬금슬금 자리를 옮기더니 다시 녀석들의 교미를 구경했다. 얼굴이 확 달아올랐다. 이마에 맺힌 땀이 흘러내렸다. 후텁지근한 바람이 목덜미를 핥고 지나갔다. 짜증이 치밀어 올랐다.

"할아버지 왜 그러세요? 가시던 길이나 가세요."

나는 노인의 앞을 막아섰다. 노인은 자리를 옮겨 가며 힐끔거렸다. 그새 파피용과 퍼그는 꽁무니를 맞대고 서서 반대쪽을 쳐다보며 능청을 떨었다. 나머지 개들은 여전히 혀를 빼물고 낑낑거렸다.

"저놈들 떨어지게 하려면 물이 있어야 해, 물을 확 끼얹어. 그러면 대번에 떨어지니까."

"안 가세요?"

노인의 앞을 가로막으며 내가 재촉했다. 그래도 노인은 주변을 빙글빙글 돌면서 구경할 뿐 자릴 뜰 생각을 하지 않았다. 나는 지팡이를 녀석들 엉덩이 사이에 밀어 넣고 지레질을 했다.

개들은 도무지 떨어질 생각을 하지 않았다. 남녀가 내 앞을 지나자

마자 다시 속도를 냈다. 할머니와 할아버지, 한 무리의 남녀 고등학생들, 아이를 유모차에 태우고 나온 부부……. 그들은 못 본 척 힐금거리며 파피용과 퍼그의 분탕질을 구경했다. 나는 헉헉대는 녀석들 앞을 가로막고 서성거렸다. 시간이 흐를수록 얼굴은 더 뜨겁게 달아올랐다. 진주와의 관계가 폭로되어 직원을 해고한다는 사내 신문 기사에서 내 이름을 발견했을 때에도 이토록 낯이 뜨겁진 않았다.

"개들은 한번 붙었다 하면 잘 빠지지 않아. 물을 구해다 뿌리라니까."

노인은 이제 노골적으로 녀석들의 행진을 구경했다. 나는 빨개진 눈으로 길을 오가는 사람들 눈치를 봤다. 멀리 수도꼭지가 보였다. 수도꼭지를 향해 냅다 뛰었다. 달리 물 받을 만한 그릇이 없어 개똥 처리하는 비닐봉투에 물을 받았다. 찔끔찔끔 새는 봉투를 들고 현장으로 달려왔다. 노인이 어서 물을 부으라고 재촉했다. 나는 망설이지 않고 개들 위로 물을 뿌렸다. 개들은 떨어지지 않은 채 더 씩씩거렸다. 그 와중에도 녀석들은 몸을 털어 물이 사방으로 튀었다.

"개판이네요."

뒤돌아보니 경찰관이 서 있었다. 나는 파피용과 퍼그를 가렸다. 멀리 아이의 눈을 가리고 지나갔던 여자와 아이의 모습이 보였다. 경찰관은 내 등 뒤로 돌아가 놈들의 교미를 확인했다. 그러더니 벌금고지서 철을 들어올렸다.

"신고가 들어온 이상, 벌금을 내셔야 합니다. 아시죠?"

"벌금이라뇨? 아니 개들이 그러는 걸 나보고 어쩌라고……."

어이없고 분통이 터졌다. 내가 개 다섯 마리를 아침에 산책시키고 한 달에 받는 돈이라곤 50만 원 남짓 되었다. 개들을 산책시키고 한 마리당 월 10만 원을 받았다. 하루 두 시간씩 산책을 시키는 거니까 시간당으로 치면 시급 8천 원 정도 되는 훌륭한 아르바이트였다.

"공원에서 개들이 교미하는 걸 방치하는 건 풍기문란죄 위반으로 3만 원입니다. 여기다 인적 사항 적고 사인하시죠."

경찰관은 무턱대고 벌금고지서를 코앞에 내밀었다. 나는 노인을 쳐다봤다. 그는 그때까지도 개들의 교미를 구경하고 있었다. 파피용을 걷어차고 싶은 심정이었다.

"내가 교미를 한 겁니까? 개들이 사람도 아니고, 풍기문란죄라니 이게 말이 됩니까?"

나는 사정하고 내 입장을 설명했다.

개들을 산책시키는 게 내 직업이다. 말이 산책이지 하는 일은 좀 다양했다. 개들이 함부로 똥을 싸면 똥을 수거했고, 목이 마른 눈치면 물을 먹였다. 허락된 음식물만 먹이고 거리에 떨어진 음식을 주워 먹지 못하도록 막았다. 특히 다른 개의 똥을 먹지 못하도록 신경 썼다. 그리고 비만을 방지하기 위해 최소 한 시간은 유산소 운동을 시켜야만 했다. 사람이나 다른 개를 물지 못하도록 항상 목줄 길이에도 신경 써야만 했다.

나는 경찰관에게 배낭을 열고 개똥을 수거한 봉투를 보여 주었다. 개 껌과 개뼈다귀, 개 비스킷도 꺼내 보였다. 경찰관은 벌금고지서를 든 채 나를 물끄러미 바라보았다. 젊은 놈이 그렇게 할 일이 없었냐는 눈치였다.

"이봐, 경찰관. 신고가 들어왔다고 해도 그건 말이 안 돼."

노인이 나와 경찰관 사이를 불쑥 가르고 들어왔다.

"지성이 있다면 적용할 수 있는 법이지만 재네들은 그런 게 없잖아. 신고가 들어왔으면 앞뒤 전후 상황을 다 파악한 후에 벌금을 매기든가 해야 할 거 아냐. 개들끼리 교미를 하는데 무슨 벌금이야."

얄밉기만 하던 노인이 갑자기 존경스러웠다.

"내가 그동안 쭉 봐왔는데 이 젊은이 개똥도 착실하게 잘 치우고, 다른 개들이나 사람들한테 피해 안 입히려고 노력했어. 공공의 질서를 잘 지키는 젊은이야. 내가 알아."

순간 멋쩍었다. 나는 손수건으로 이마와 목에 맺힌 땀을 닦아 냈다.

"그래도 신고가 들어온 이상 어쩔 수 없습니다. 벌금은 내시고 나중에 민원을 제기하시면 돌려받을 수 있을 겁니다. 일단 접수가 된 이상 나로서도 어쩔 수가 없다 이겁니다."

"이봐, 왜 그렇게 딱딱하게 굴어. 내가 볼 때 이 친군 법을 준수하는 성실한 시민이야. 똥도 열심히 치웠어. 잠깐 방심하는 사이에 저희들끼리 붙은 걸 이 친구가 어쩌겠나? 원래 불임 수술을 시켜야 하는데 불임 수술 시키지 않은 주인들이 잘못이지."

노인은 경찰관을 몰아세웠다.

"신고가 들어온 이상 저희들도 어쩔 수 없지만 저분이 고발을 취소하시면……."

경찰관이 여자를 가리키자마자 그녀는 아이를 데리고 횡하니 자리를 떴다. 여자는 금방 시야에서 사라졌다. 경찰관은 사라지는 여자를 본 후 입맛을 다셨다. 그런데 산책하던 사람들이 하나둘 모여들더니 순식간에 십여 명이나 되었다. 사람들은 휴대폰을 꺼내 촬영도 하고 사진도 찍었다. 파피용과 퍼그는 여전히 붙어 있었고 나는 경찰관 앞에서 땀을 삐질삐질 흘리고 있었다.

"어쩔 수 없습니다. 사인하세요."

"이 양반 정말 융통성 없네. 아, 이게 개들 잘못이지, 이 젊은이 잘못이 아니잖아! 젊은 사람이 얼마나 할 게 없으면 개 산책을 다 시키겠어. 이런 거라도 해서 먹고살겠다는데 꼭 그래야겠어? 엉?"

노인이 고래고래 소리를 질렀다.

"할아버지 개예요? 할아버지가 왜 나서서 그러세요?"

나는 목줄을 단단히 잡았다. 얼굴이 달아오르고 손이 떨렸다.

"개들은 한번 발정 나면 못 참아. 그러면 사람이게. 아니 하다못해 이 젊은이가 공원에서 그 짓을 했다면 또 몰라. 개들이 그런 거잖아. 아무튼 우리나라 경찰들이라는 게 융통성이라곤 개뿔도 없다니까."

노인은 노골적으로 경찰관을 비난했다. 이 정도면 경찰관도 물러날 거라고 생각했는데 그는 의외의 반응을 보였다. 구경꾼이 더 모여들면서 나도 노인도 그리고 경찰관도 물러날 수 있는 타이밍을 놓치고 말았다. 불쾌지수가 극을 향해 달리기 시작했다.

"그럼, 할아버지가 대신 벌금 내실 겁니까? 날도 더운데 빨리 사인하고 가세요. 시민이라면 법을 준수해야 하는 거 아닙니까? 악법도 법입니다."

경찰은 도주할 통로라도 차단하려는 듯 다리를 벌리고 섰다. 노인도 지지 않았다.

"어쭈!"

말싸움이 이상한 방향으로 번지기 시작했다. 내가 도망갈 수 있는 상황이 아니었다.

"내가 벌금을 왜 내? 너희 놈들이 해준 게 뭐가 있다고 벌금을 내. 경찰관이면 다야? 너 소속이 어디야?"

노인을 말려야 했지만 그건 생각뿐이었다. 끈적끈적한 바람, 따가운 햇볕, 목이 타들어가는 갈증, 등골을 타고 흘러내리는 땀, 축축하고 불쾌한 사타구니……. 모든 게 빌어먹을 더위 때문이었다. 그날도 더웠다. 나로서는 감당할 수 없는 피해 합의금을 떠안기고 규칙 운운하며 나를 내쫓던 회사. 그날도 불쾌할 정도로 더웠다. 어마어마한 합의금 청구서를 받던 날도 숨도 못 쉴 만큼 후텁지근했다. 빌어먹을! 절로 욕이 나왔다.

"뭐라고요?"

"아, 아닙니다."

나는 황급히 손을 내저었다. 벌금 3만 원 물면 그만인 일이 걷잡을 수 없이 커져 갔다.

"여러분들도 상식적으로다 생각해 보십시오. 개들이 지들끼리 발정 나서 붙어 버린 걸 벌금 먹이면 닭들이 붙어먹어도 벌금을 내야 하고 공원의 새들이 붙어먹어도 누군가 벌금을 내야 할 거 아니겠습니까? 이런 말도 안 되는 일을 가지고 풍기문란죄라니? 여러분, 이게 말이 된다고 생각하십니까?"

노인은 관자놀이에 핏대까지 세워 가며 목소리를 높였다. 주변에 몰려든 사람들이 소리 없이 박수도 치고 응원했다. 모양새가 점점 이상해져 갔다. 다행히 파피용과 퍼그는 종족 번식의 의무를 끝낸 모양이었다. 불행하게도 녀석들이 경찰관을 올려다보며 으르렁대기 시작했다. 멀리 있던 다른 경찰관이 우리 쪽으로 달려왔다. 여자 경찰관이었다.

"포퓰리즘으로 선동하지 마십시오."

경찰관의 입에서 의외의 말이 튀어나왔다.

"포퓰리즘? 네가 포퓰리즘이 뭔지나 알아? 내가 교순데 포퓰리즘을 아무 데나 갖다 붙이는 게 아냐. 개가 교미하는 걸 어떻게 하겠느냐고 여기 모인 사람들한테 말한 게 포퓰리즘이야? 아니면 교미하는 개를 대신해 항변해 준 게 포퓰리즘이야? 그럼, 이 젊은이가 개를 산책시킬 수밖에 없는 현실에 대해 한탄해 준 게 포퓰리즘이야?"

개들도 합세를 해서 경찰관을 올려다보며 짖기 시작했다. 사람들은 웅성거렸다. 따가운 햇살이 일대에 사정없이 내리꽂혔다.

"왜 반말 하십니까?"

경찰관이 노인에게 대들 듯 항변했다. 개 교미 사건이 벌금에서 이제는 공경의 문제로 확대되고 있었다. 노인의 얼굴이 빨갛게 익어 갔다. 나는 달아날 심산으로 벤치 다리에 묶어 놓았던 목줄을 조용히 풀었다. 그게 실수였다.

"어른이 반말 좀 한 게 잘못됐어? 네 아버지가 너한테 존댓말하든?"

"어르신도 공무집행방해죄로 구속할 수 있습니다."

경찰관은 한 치도 물러서지 않았다.

"뭐, 공무집행방해? 그래? 구속해, 구속! 법으로 한번 해보겠다는 모양인데, 내가 네 놈 옷 벗기기 전엔 절대로 눈 안 감는다."

노인은 씩씩댔고 개들은 짖어 댔다.

"그냥 가시죠."

여자 경찰관이 남자 경찰관의 팔을 잡아끌었다. 하지만 그는 움직이지 않았다. 기어코 벌금고지서 공란에 글자들을 적기 시작했다. 몇 년 몇 월 모시에 공원에서 개들이 교미를 했다…….

"저놈 종이 뭡니까?"

"내 개도 아닌데 그걸 어떻게 알아!"

"할아버지한테 안 물어봤습니다."

경찰관도 버럭 소리를 질렀다.

"허, 이놈 봐라. 시민의 종이 이래도 되는 거야?"

노인은 금방이라도 경찰관의 멱살을 잡을 태세였다. 경찰관은 제 목을 앞으로 들이밀었다. 두 사람의 얼굴에서 연신 땀이 흘러내렸다. 그들을 말려야만 했다.

"파피용요."

나는 얼른 개 종자에 대해 말했다.

"빠삐용?"

"파피용이라니까요."

경찰관은 노인에게서 떨어졌다.

"저런 놈한테 뭐 하러 개 종자를 가르쳐 줘."

노인의 화살이 이번에는 내게 날아왔다.

"저 불도그처럼 생긴 놈은?"

"퍼그니다."

나는 노인의 말을 무시하고 경찰관에게 말했다. 3만 원이 아까웠지만 사태를 수습하려면 벌금을 내는 수밖에 없겠다는 결론을 내렸다.

"퍼그? 파피용과 퍼그가 공원에서 교미를 하는데 개를 산책시키는 사람이 의무를 소홀히 해 교미하는 걸 그대로 방치함으로 인해 공원을 오가는 시민들에게 불쾌함을 유발했으므로 이에 벌금고지서를 발급하

오니 빠른 시일 내에……."

경찰관의 말은 끊어진 곳 없이 주절주절 이어졌다.

"이것 봐! 시민들이 불쾌하게 생각하는지 흥미롭게 생각하는지 어떻게 알고 그런 소릴 해? 지금이라도 지나가는 사람 붙잡고 물어볼까? 여러분, 불편하십니까? 그리고 고발한 여편네가 미친년이지, 그걸 고발해? 그 여편네가 정상이야? 그년은 지 남편이랑 오입도 안 한대? 한번 발동하면 어쩔 수 없는 게 그 욕망인데 개가 말이라도 통하면 숲 속에 들어가서 하라고 하겠지만 그게 말이나 되는 소리야? 그야말로 개소리지. 젊은이도 벌금 내지 마. 벌금을 내는 순간 공권력의 부당한 처사 앞에 무릎을 꿇는 거야. 이런 일이 자꾸 발생하면 우린 결국 자유를 박탈당하게 되어 있어. 민주주의도 물 건너 가. 역사적으로 그래."

노인은 숨을 푸푸 몰아쉬며 씩씩거렸다. 여자 경찰관은 남자 경찰관을 잡아끌었다. 하지만 그는 막무가내로 버텼다.

"할아버지더러 벌금 내라는 게 아니잖아요. 당신도 벌금을 못 내겠습니까? 그럼, 개 주인들 연락처 대세요!"

경찰관이 말끝에 버럭 소리를 질렀다. 불쾌지수가 꼭대기까지 올라가 폭발한 목소리였다. 내가 어정쩡한 태도로 서 있는 사이 파피용이 느닷없이 경찰관에게 달려들었다. 그러자 퍼그도 달려들고 나머지 개들도 한꺼번에 경찰관에게 달려들었다. 개들은 의리 하나만큼은 끝내주는 동물이다. 개들을 말릴 사이도 없었다. 목줄을 잡아당겼지만 다섯 마리의 힘을 감당할 수 없었다. 여자 경찰관과 핏대 올리며 떠들던 노인은 순식간에 도망갔고 남자 경찰관은 허리춤에서 가스총을 꺼내 개들에게 가스를 발사했다. 개들은 더 성질이 나 경찰관의 바지를 물고 늘어졌다. 경찰관의 바지는 순식간에 너덜너덜해지고 말았다.

*

다행히 벌금 3만 원으로 마무리되었다. 개들이 경찰관의 다리를 물어뜯지 않은 것만도 다행이었다. 그런데 경찰관의 바지를 물어뜯던 녀석들이 파출소에서는 얌전했다. 실내에선 얌전하도록 훈련받은 개들이었다.

거리를 지나가는 사람들이 개들을 피해 지나갔다. 개들은 쓰레기통을 뒤집고, 전봇대마다 달라붙어 코를 킁킁거리고, 찔끔찔끔 오줌을 갈겨 영역 표시도 하면서 거리를 휩쓸었다.

녀석들은 늘 마지막으로 들르는 장소로 나를 끌고 갔다. 성지를 찾는 순례자처럼 개들은 그곳에 들르지 않으면 집으로 돌아가지 않았다. 전임자가 개발한 코스인지 개들이 스스로 찾은 코스인지 알 수 없었다. 드디어 산을 등지고 앉아 작은 공터를 내려다보는 저택 앞에 멈춰 섰다. 녀석들은 한동안 어쩔 줄 모르며 뱅글뱅글 돌기도 하고 꼬리를 방정맞게 흔들어 댔다. 그러다 어느 순간 자세를 낮추고 바닥에 배를 깔고 앉아 저택을 올려다보았다. 나도 오늘로써 여든일곱 번째 저택을 쳐다봤다.

건물 원래의 색을 알 수 없을 정도로 담쟁이덩굴이 외투처럼 뒤덮인 3층 건물이었다. 개들은 안이 들여다보이지 않는 철문을 뚫어지게 올려다봤다. 언젠가 한 번 늙고 굵은 저음의 개 소리를 들은 일이 있었다. 철문 너머에 개가 있으리라는 짐작만 했다. 개들은 그러니까 날마다 철문 너머의 개를 찾아와 인사했던 것이다. 주인의 손길을 기다리듯 꼬리를 흔들고 복종의 의사를 분명하게 하기 위해 배를 보이거나 몸을 땅에 바짝 붙였다. 뭐, 그럴 수도 있다. 개들도 서열이라는 게 있을 테니까. 그래도 납득이 가질 않았다. 나는 저택의 개를 한 번도 본 적이 없었다. 내가 개 산책을 맡기 전에 보았다면 모를까, 지금껏 개들도 철문 너머의 개를 본 적은 없었다. 추측이지만 개들은 냄새만으로 스스로의 서열을 정한 듯 철문 앞에서 똘마니처럼 머리를 조아렸다. 처음에는 목줄을 잡아 끌어당겼다. 그래도 녀석들은 한동안 꼼짝을 하지 않았다. 녀석들이 스스로 자리에서 일어나야 움직일 수 있었다. 혈통이 있다고 자존심까지 있는 건 아니었다. 개니까.

개들은 은색의 철문을 뚫어지게 올려다보았고 나는 연한 크림 빛 커튼이 드리워진 3층 창을 바라보았다. 창은 담에서 멀리 있었다. 백일홍 목련 따위의 정원수가 공간을 채웠고 3층 창 바로 아래에도 은행나무 잎사귀들이 양탄자처럼 깔려 있었다. 오늘도 커튼이 반쯤 걷혀 있었다. 거기에 찻잔을 들고 있는 듯한 여자의 모습이 보였다. 얼굴은 커튼의 그늘에 가려 어렴풋했지만 형체만은 뚜렷했다. 그러나 여자가 아래를 내려다보고 있는지 그저 먼 산을 바라보고 있는지 알 수 없었다. 간혹 여자가 나와 개들을 내려다보고 있다는 기분이 들 때가 있었다. 그럴 때면 낯이 뜨거웠다. 괜히 가슴 속도 가려웠다. 어느 순간부터 나도 모르게 그 감정들을 즐기고 있었다. 형체를 알 수 없는 철문 저편의 개를 동경하듯 나도 어느새 형체 불분명한 여자를 볼 때면 마음이 설레었다. 어느 땐 저런 저택에서 한번 살아 봤으면 하는 욕망도 일었다.

내 삶을 되돌려 줄 실마리가 그곳에 있기라도 한 양 실루엣의 여자를 보지 못한 날이면 하루가 찜찜하기까지 했다. 어디선가 휘파람 소리가 들리면 무겁고 둔한 걸음 소리가 이어졌다. 그러면 바닥에 배를 깔고 있던 녀석들이 자리를 털고 일어났다.

평소와 다르게 파출소에서 시간을 잡아먹는 바람에 개들을 집으로 돌려보내야 하는 시간이 지체되었다. 파피용과 퍼그는 가사 도우미들에게 인계했다. 물론 개들의 상태에 대해서도 보고를 했다. 똥도 좋고 컨디션도 좋았다. 개들이 경찰관의 바지를 물어뜯은 일이나 파피용이 퍼그를 올라탄 일에 대해선 일절 입 밖에 내지 않았다. 마지막으로 닥스훈트를 돌려줄 때 집 여주인이 직접 나와 목줄을 잡았다. 녀석은 전쟁터에서 승리하고 돌아온 양 꼬리를 세차게 흔들며 여주인의 손길을 기다렸다.

"지금 몇 신 줄 아세요? 난 시간 안 지키는 사람은 딱 질색입니다. 시간을 천금처럼 생각하지 못하니까 어렵게 사는 거예요. 아시겠어요? 이번 한 번은 경고예요. 다음에 귀가 시간 어기면 그땐 얄짤없어요, 아셨죠? 개를 분실한 줄 알고 얼마나 걱정한 줄 알아요? 이 녀석은 처음부터 혈통서가 있는 개라고 말씀드렸지요? 아저씨가 개 분실하면 평생 일해도 못 갚아요. 다음부터 늦지 마세요. 외출도 못 하고 이게 뭐야, 짜증 나게시리……."

검은색의 철 대문이 쾅 닫혔다. 햇살이 대문을 두드려 댔다. 눈이 부셨다. 나는 현기증이 일어 대문 기둥을 잡고 한동안 서 있었다. 문틈으로 닥스훈트가 보였다. 녀석도 나를 보았는지 꼬리를 살살 흔들었다.

*

고시원 벽은 누랬다. 퀴퀴하던 냄새는 어느새 사라졌다. 나는 검정 비닐봉투에서 라면과 소주를 꺼냈다. 벽에 기대어 앉아 소주 병뚜껑을 땄다. 다리를 뻗으면 닿을 맞은편 벽엔 여러 장의 표어가 붙어 있었다. 표어들은 낡아 색이 바래고 너덜거렸다.

'당신이 할 수 있다고 믿든, 할 수 없다고 믿든, 믿는 대로 될 것이다.'
— 헨리포드
'무언가를 원하는 것만으로는 부족하다. 열렬히 갈망해야만 한다.'
— 레스 브라운
'노력 없이 대가를 바라지 말고, 도전 없이 성취를 바라지 마라.'
— 현명관
'용기는 절망에서 생긴다.' — 펄 벅
'사실이 때로는 진실이 아닐 때도 있다.'
'유혹과 협박은 친밀한 얼굴로 다가온다.'
…….

도저히 달성할 수 없을 것만 같은 목표의 표어도 붙어 있었다. 그러면 목표를 달성한다고. 달성하지 못하더라도 근사치에 이를 수 있다고 믿어서 허리를 조이고 또 조이라고. 각자 하는 일을 적는 보드 판을 만들어서 모든 사원이 공유하도록 해라. 그게 눈으로 보는 경영이라고 코치했다. 직원들을 조이고 더 조여 매출을 올리도록 만들어 주는 게 컨설턴트였던 나의 임무였다. 혁신이라는 무서운 단어를 쓴 머리띠를 두르게 만들고 식스시그마니 씨아이니 브이피니 하는 용어들을 들먹이며 무의식을 세뇌시켜 목표를 달성하게 만드는 훈육주임 같은 일이 내 일이었다. 이번엔 나를 컨설팅해야 한다. 지금 벽에 붙어 있는 표어는 나를 세뇌시키기 위한 표어였다. 아무튼 뭐든 달성하기 위한.

내가 다녔던 회사 책상 앞엔 늘 그와 비슷한 내용의 표어가 붙어 있었다. 한때는 내 자리였던 책상 앞에서 떼어 온 표어들이었다. 그 표어들로 담뱃불로 지진 벽의 구멍을 막았다. 이딴 표어들은 왜 가져왔나 싶었는데 담뱃불 구멍 막기에는 안성맞춤이었다.

쿵!

놈이 들어온 모양이었다. 나는 잔에 소주를 따르고 라면을 힘주어 부쉈다. 벽이 한 차례 더 쿵 하고 울렸다. 벽에 붙은 표어들이 일제히 몸을 떨었다. 새로 이사 온 인간은 공공질서 의식이라고는 개뿔도 없는 인간이었다. 옆방은 한동안 빈방이었는데 누군가가 들어왔다. 이틀 동안 참았는데 오늘은 참을 수가 없었다. 아직 옆방 주인을 본 적이 없었다. 이틀 내내 밤새 뭔가를 긁어 대고 망치질하고 소리 높여 라디오를 듣고 벽을 흔들었다. 그것도 꼭 자정을 넘긴 이후의 소란이었다. 오늘도 자정을 넘겼다. 휴대폰 벨을 진동으로 해놓고 책장도 조심스럽게 넘기는 나에 비하면 옆방 주인은 안하무인이었다. 벌금은 저런 인간에게나 부과하는 거라는 생각을 했다. 소주를 한 잔 더 들이켠 후, 분연히 일어났다.

복도는 고요했다. 자정이 넘었지만 옆방 소음은 멈추지 않고 복도로 굴러 나왔다. 문 앞에 선 나는 조금도 망설이지 않고 방문을 두드렸다.

고시원에선 기선을 제압해야 씨알이 먹힌다는 걸 요즘 깨닫고 있었다. 그러나 반항이라도 하듯 방문은 열릴 기미가 보이지 않았다. 나는 좀 더 세게 방문을 두드렸다. 방문 잠금장치가 풀리는 소리가 들리자마자 문을 와락 잡아당겼다. 그 바람에 문손잡이를 잡고 있던 여자가 딸려 나오며 내 품에 안겼다. 이 절묘한 타이밍에 하필이면 고시원 총무가 순찰을 돌았다. 총무는 복도에 들어서면서 여자가 내 품에 안겨 있는 광경을 목격했다. 여자는 꽃무늬 팬티와 브래지어 차림이었다. 총무가 달려와 눈을 크게 뜨고 나와 여자를 번갈아 봤다. 아주 짧은 순간, 여자가 비명을 질렀다. 손으로 아랫도리와 가슴을 가리고 비틀거렸다. 여자에게서 지독한 술 냄새가 났다. 총무는 내 얼굴을 아래위로 훑어 내리며 눈을 부라렸다.

"당신… 점잖게 봤는데……. 짐 싸세요."

나는 총무실 구석에 가방을 내려놓고 총무의 얼굴만 쳐다봤다.

"그걸 믿으라는 말입니까? 뉴스 같은 거 보면 성폭행범들 하나같이 자기들이 안 그랬다고 그럽디다. 자신은 법과 질서를 지키며 사는 순수한 시민이라고들 떠벌리지만 결국엔 다들 자백하지 않습니까?"

나는 다시 구구절절 늘어놓았다. 그 전에 살던 사람은 조용했다, 이를 갈거나 코를 고는 정도라면 참는다, 얼마나 시끄러운지 다른 방 사람들에게 물어봐라, 그래도 이틀은 참았다, 이틀 동안 조용히 하라는 뜻으로 벽을 두드리기도 했지만 소용없었다, 아침 일찍 일을 나가야 할 상황인데 더 이상 참을 수 없었다, 한때는 그래도 성실한 샐러리맨이었다, 어쩌다 나락으로 떨어졌지만 재기하기 위해 이를 갈고 있는 사람이다, 그런 놈이 애먼 짓을 할 리 없지 않느냐.

"그럼 술은 왜 마신 겁니까?"

"그건, 혼자 살고 적적하기도 하고 쓸쓸하고……."

"거 보십시오. 그게 다 성폭행을 시작하게 되는 원인입니다. 그리고 비윤리적인 범죄를 저지르는 인간들은 학벌도 높고 보기엔 그럴싸해 보인다는 거 모르세요? 아무튼 남은 기간 방세는 내일 아침 받으러 오시고 오늘 나가 주세요."

순간 쫓겨나면 갈 데가 없다는 사실을 깨달았다. 얼마든지 비겁해질 수 있었다. 나는 총무 앞에 무릎을 꿇었다. 인근 고시원 중에 이곳이 가장 쌌다. 버틸 수 있을 때까진 버텨야만 했다. 총무의 바짓가랑이를 잡는다는 게 그만 그의 종아리를 잡았다. 그의 다리를 잡는 순간 섬뜩했다. 뼈만 앙상한 다리였다. 그러자 총무가 자리에서 벌떡 일어나며 얼굴을 붉혔다.

"변탭니까? 난 내 다리를 잡는 사람을 가장 싫어합니다."

나는 얼른 손을 물렸다. 총무는 제 지갑에서 돈을 척척 꺼낸 후 봉투에 담아 내게 내밀었다.

"내일 오실 필요 없습니다. 이거 받아요."

"총무님, 내 말 좀 들어 보세요. 글쎄, 난 그저 조용히 해달라는 말만 하려고 했단 말입니다."

"그런 사람이 문을 그렇게 와락 엽니까? 열었으면 그만이지, 여잔 왜 끌어안습니까? 우리 고시원에 성폭행범 산다고 소문나면 장사 안 됩니다."

대한민국 고시원은 어디든 작고 좁다. 여자의 비명과 총무의 비난은 전 층에 거침없이 전달되었다. 몇몇 남자와 여자들이 총무실 앞에 나타나 서성거렸다. 멸시와 비난의 눈빛이 뒤통수를 따갑게 쏘아 댔다. 운명이 왜 이 모양인가. 아니다, 이상하다고 트집을 잡기 시작하면 끝도 없다. 잠시 궤도를 이탈했을 뿐 머잖아 제자리로 돌아가 열심히 달리면 된다. 나는 두 개의 가방을 어깨에 단단히 멨다. 문득 벼룩시장에서 본 오늘의 운세가 떠올랐다. 남잔 특히 여자를 조심해야 하루가 평안하다. 오늘처럼 '오늘의 운세'가 들어맞기는 처음이었다.

*

큰 설거지통에 담겨 있는 불판만 족히 2백 개는 됨 직했다. 불판을 받치는 받침대도 닦아야 했다. 나는 소매를 걷어붙이고 주저앉았다. 불판 위에다 소고기를 구워먹던 시절이 기억났다. 컨설팅을 나가면 뒤에서 구시렁거리긴 했지만 어딜 가나 대접은 소홀하지 않았다. 그래서 불편했다. 그럼에도 즐겼다. 돌이켜보니 나는 신분을 즐겼던 듯했다.

불과 1년 전의 일이었다. 지나간 세월이 그리워지면 견딜 수 없었다. 누구에게나 시련은 있다. 더 나빠질 수도 있지 않은가. 뭐든 열심히 하면 언젠가 기회가 오지 않을까. 그래도 마음은 자꾸만 물렁해졌다.

대야에 채워진 불판을 모두 닦은 후 처마 등 아래 앉아 담배를 꺼냈다. 고시원에서 쫓겨나던 날 PC방을 찾았다. 마땅한 아르바이트를 찾다가 발견한 일이었다. 불판 닦기. 문득 진주의 유방이 떠올랐다. 그녀의 가슴에 얼굴을 묻고 부르르 다리를 떨며 방사하던 그 순간의 기분도 기억났다. 성기를 정성스럽게 핥던 그녀의 얼굴도 스쳐 지나갔다.

불뚝불뚝 성기가 일어섰다. 잡고 있던 불판이 대야 속으로 미끄러지며 물을 튕겼다. 물이 튀어 눈으로 들어갔다. 진주의 기억도 한순간에 사라졌다. 나는 바닥에 털썩 주저앉았다.

귀에 꽂은 이어폰에서 즐겨듣던 노래가 흘러나왔다. 빌리 홀리데이의 '기묘한 과일'이었다. 나는 귀에서 거칠게 이어폰을 떼어 냈다. 기이한 일이지만 '기묘한 과일'을 들을 때면 어김없이 진주와의 추억이 새록새록 떠올랐다. 나는 휴대폰을 주머니에 쑤셔 넣고 돌판 닦는 일에만 몰입했다.

불판은 돌로 되어 있어 생각보다 무거웠다. 가장자리는 고기 기름에 절어 미끈거렸다. 스무 개쯤 닦자 요령이 생겼다. 나는 금방 돌판 닦는 일에 적응했다.

"남부의 나무에는 이상한 열매가 열린다네, 바람에 이리저리 흔들린다네."

나는 속으로 중얼거리며 불판을 닦았다. 노래를 흥얼거리는 습성이 남아 있다는 게 우스웠다. 불판이나 닦는 주제에……. 종업원들이 끝없이 불판과 받침대를 내왔다. 불판 위에 어쩌다 채 수거하지 못한 고기가 얹혀 있기도 했다. 나는 사방을 둘러본 후 얼른 고기를 집어 먹었다. 그걸로 헛헛한 속이 채워질 리 없었다.

시간이 지날수록 불판과 받침대의 숫자는 기하급수적으로 늘어났다. 철수세미로 불판을 문지른 후 불판에 세제를 묻혀 초벌 문지르기를 했다. 다음에 일반 수세미로 다시 불판을 박박 문지르면 기름기가 가셨다.

대야에 채워진 불판을 모두 닦은 후 처마 등 아래 앉아 담배를 꺼냈다. 잊으려 해도 문득문득 진주가 떠올랐다.

진주는 정보만 가지고 사라진 후 연락을 끊었고 나는 파산했다. 내가 다니던 회사도 엄청난 소송에 휘말렸다. 그래도 나는 그녀가 진실하다고 믿었다. 언젠가 세상이 조용해지면 다시 연락을 하게 되리라고 믿었다.

한 떼의 젊은이들이 뒷마당으로 나왔다. 앞치마를 두른 폼을 보니 접시닦이들이었다. 등 아래 모여 담배를 서로 나누어 피웠다. 씹할, 좆나, 짬뽕, 껌딱지, 꼰대, 더러워서, 짜증 나, 열 받아…… 등등의 말을 지껄이며 담배를 피웠다. 뒤늦게 나를 발견하고 입을 닫았다. 그들은 담뱃불을 끄고 서둘러 주방으로 들어갔다.

'차라리 주방에서 설거지할걸.'

나는 열린 문틈으로 주방 안쪽을 힐끔 들여다보았다. 남은 음식들과 반쯤 남은 소주 병 등이 눈에 들어왔다. 보지 않았으면 모르련만 보고 나니 더 허기가 졌다.

다시 불판을 잡았다. 닦고 또 닦았다. 가슴팍에서 흐른 땀으로 앞섶이 흠뻑 젖었다. 이마에서 흘러내리는 땀은 그대로 두었다. 오로지 불판과 손놀림 그리고 작업의 순서에만 골몰했다. 어쩌면 내겐 단순한 노동이 적성에 맞는지도 몰랐다. 괜히 눈물이 찔끔 났다.

아버지나 형들은 시골에서의 삶을 지긋지긋해했다. 그래서 나만은 대학물 먹고 도시에서 직장 생활 하기를 염원했다. 나도 그게 순리라고 생각했다. 서울 여자 만나 도시 생활에 어울릴 법한 아이들을 생산하고, 하얀 와이셔츠에 날선 바지 입고 스타벅스 커피 마시며 업체 사람 만나 예쁜 여자들 옆에 앉혀 놓고 접대하고 접대받고……. 그런데 그건 순리도 진리도 뭣도 아니었다. 그냥 사는 거였다.

네 시간 28분 만에 식당에서 나온 불판을 모두 닦았다. 건조대 위의 불판과 받침대가 질서정연하게 누워 물을 빼고 있었다. 나는 담배를 하나 빼어 물고 흐뭇한 눈으로 그것들을 바라보았다. 시급으로 일당을 쳐주는 식당이니까 다섯 시간으로 인정을 해주려나? 다섯 시간이면 3만 원을 받을 수 있었다.

주방에서 접시를 닦던 젊은 남자가 나를 불렀다. 나는 비닐 앞치마를 빨랫줄에 걸어 놓고 홀로 들어갔다. 홀은 추울 정도로 시원했다. 한여름 에어컨 바람 때문에 긴팔 셔츠와 카디건까지 입고 근무하던 시절이 생각났다.

처음 식당에 들어올 땐 몰랐는데 종업원 수가 50여 명은 됨직했다. 나는 주방에서 일하던 젊은 남자들 곁에 가서 섰다. 매니저는 마지막 작업 지시와 개선점 등에 대한 일장 연설을 했다.

연설이 끝나자 직원들은 일제히 흩어졌다. 주방에서 그릇을 닦던 젊은 남자 셋과 나만 남았다. 매니저는 조끼 안주머니에서 봉투를 꺼냈다. 주방에서 일했던 남자들도 아르바이트였던 모양이었다. 매니저는 봉투를 건넬 때마다 잘못한 부분들에 대해 일일이 지적을 했다.

"자, 임도랑 씨도 오늘 수고하셨습니다. 지금까지 본 사람들 중에 가장 열심히 닦으시더군요."

봤나? 의아하고 궁금했다. 순간 카운터 쪽에 있던 CCTV가 떠올랐다. 16분할로 나누어진 화면이 빛을 받아 반들거리며 입을 크게 벌리고 있었다. 왼쪽 구석 화면 속에 내가 불판을 닦던 수돗가가 담겨 있었다. 서늘한 탓인지 팔에 오소소 소름이 돋았다.

"확인해 보세요."

주방에서 설거지를 하던 남자들이 봉투의 돈을 꺼내 확인했다. 나도 봉투를 열어 보았다. 6천 원씩 다섯 시간이면 3만 원이 들어 있어야 할 봉투에 2만 4천 원이 들어 있었다. 매니저에게 다가갔다. 상황에 대해 말하자 매니저는 빙긋 웃으며 CCTV 앞으로 데려갔다. 그는 리모컨을 들었다.

"잘 보세요. 임도랑 씨가 불판을 닦기 시작한 시간이 정확하게 7시 25분부텁니다. 화면에 시간도 나오죠. 그런데 끝낸 시간은 11시 35분입니다. 안 그래요? 우리는 시간 단위로 일비를 지급하기 때문에 하자가 없는 것 같은데⋯⋯. 설마 10분 더 일한 걸 달라는 말은 아니죠?"

나는 대꾸할 말이 없었다. 그는 갑이고 나는 을이었다.

"앞으로 계속 수고해 주실 수 있죠?"

나는 대꾸 대신 한껏 미소를 날렸다. 매일 저녁 7시까지 출근해 달라는 말을 들었다. 하루 평균 2만 5천 원씩 받으면 한 달이면 75만 원이었다. 애완견 산책 아르바이트 급여까지 합하면 135만 원. 형편없는 돈이지만 그만 한 돈이라도 만질 수 있다는 게 다행이었다. 더 다행인 건 남은 직원들끼리 남은 음식을 먹을 수 있다는 사실이었다.

남은 음식을 먹는 사람들은 대부분 혼자였다. 여자도 있고 남자도 있었다. 대부분 젊었다. 예쁜 여자도 있었지만 쳐다보지 않았다. 주방에서 설거지를 하는 남자들도 함께 자리를 했다. 나는 궁금한 거 몇 가지를 물었다. 매일 밤 이렇게 먹을 수 있다는 말을 들었다. 야채들이나 바로 먹을 수 있게 조리된 반찬들과 남은 밥도 먹을 수 있었다.

"이런 일 안 하게 생기셨는데……."

중년쯤 되어 보이는 여자가 물었다. 노상 듣는 이야기였다. 희멀건 얼굴 때문이었다. 먹고 살려면 뭐든 해야 한다고 대꾸했다. 술도 마시고 밥도 먹었다. 몹시 배가 고팠지만 나는 젓가락을 천천히 놀리며 품위 있게 먹었다. 밥 한 끼 같이 먹으려면 수천만 원의 돈을 지불해야 한다는 위렌 버핏의 말이 떠올랐다. "먹는 건 자신을 위해 먹고, 입는 건 남을 위해 입어라." 일당 2만 5천 원을 받는 처지에 왜 그 작자의 말이 떠오른 건지 알 수 없었다. 태안에 있는 교육관으로 워크숍을 받으러 갔을 때 한 강사가 그런 말을 했다. 나도 모르게 낄낄 웃음이 나왔다. 다른 종업원들이 힐끔힐끔 나를 쳐다봤다. 땀과 때에 전 옷이 눈에 들어왔다.

*

나는 서둘러 전철 역사로 향했다. 그곳 유료사물함에 가방이 있었다. 고시원에서 나올 때 이불은 버렸다. 이불까진 끌고 다닐 수가 없었다. 적당한 취기와 포만감으로 몸이 뒤뚱거렸다.

전철 역사로 내려설 때까지 하룻밤 찜질방에서 묵겠다고 계획했다. 그런데 막상 사물함 앞에 서자 찜질방에 묵는 돈이 아까웠다. 몇 시간 자고 일어나 개들을 산책시키러 나와야만 했다. 잠깐 전철 역사 벤치에서 눈 붙이면 되지 않을까 싶었다. 그게 여의치 않으면 24시간 패스트푸드점에서 커피 한 잔 마시고 시간을 보낼 수도 있었다. 아무래도 개 끌고 산책을 하려면 눈을 붙여 줘야만 했다.

나는 쓰레기통을 뒤져 신문 두 부를 찾아냈다. 도로와의 경계석 위에 앉아 한동안 전철 역사를 드나드는 사람들을 구경했다. 10분쯤 흐른 후 한껏 고개를 숙인 가로등에 의지해 오랜만에 신문을 읽기 시작했다. 아직도 마르지 않은 잉크 냄새가 풍겼다. 매일 아침 여섯 개의 신문을 보며 아침을 시작하던 때가 떠올랐다. 경제를 읽고 사회와 시사를 읽고 마지막에 정치를 읽었다. 신문을 보고 세상이 돌아가는 모양새를 읽었고 이편과 저편으로 나뉘는 세상에 대해서도 알았다. 오피니언과 사설도 보고 만화도 훑었다. 유머거리를 찾아 매일 아침 스포츠 신문에서 유머를 포집하는 일도 게을리 하지 않았다. 동기들 중에 가장 먼저 팀장으로 승진할 거라고 부장은 말했다. 그래서 최연소로 임원까지 올라가 보는 게 목표였다. 진주를 만나기 전까지 내 꿈의 궤도는 그랬다.

"씨팔놈이 여기 내 자리야, 안 비켜!"

젊은 노숙자가 양복 차림의 머리 희끗한 남자를 발로 걷어차고 있었다. 양복의 남자는 군소리 없이 자리에서 일어나 역사 뒤편의 어둠 속으로 걸어 들어갔다. 불현듯 잠자리를 구해야 한다는 사실이 떠올랐다. 행인들에게 방해받지 않고 눈 붙일 만한 벤치를 찾아야만 했다. 그런데 노숙을 하겠다는 마음을 먹기 전엔 몰랐던 일을 알게 되었다. 그나마 몸 뉠 만한 자리는 임자들이 다 있었다. 계단 아래, 건물 처마 밑, 큰 가로수 뒤, 상가 입구……. 웬만한 곳엔 어김없이 노숙자가 있었다. 역사 주변의 은밀한 틈은 어디에도 빈 곳이 없었다. 나는 가방을 메고 서서 한동안 어둠의 한복판에 서 있었다. 회사를 다니던 때에도 알지 못했고 해고당한 뒤 고시원을 전전하면서도 알지 못했던 사실이었다.

거리에서 잠을 자는 사람들은 내 상상보다도 많았다. 나는 순간 인정하지 않았던 사실을 깨달았다. 나도 노숙자가 되었다. 그리고 어쩌면 이 대열에서 영영 벗어나지 못할지도 모른다는 두려움도 생겼다.

나는 노숙의 대열에서 벗어나기 위해 종종걸음을 쳤다. 역에서 10분쯤 북쪽으로 걸어갔을 때 공사가 거의 마무리된 건물을 발견했다. 문득 저곳이라면 하룻밤 편하게 눈 붙일 수 있겠다는 생각이 들었다. 나는 좌우를 살핀 후 건물 안으로 들어갔다. 여기저기 자재들이 널려 있었다. 한쪽 벽에 야전 침대 크기의 흰 스티로폼이 일렬로 세워져 있었다. 훌륭한 침대였다. 스티로폼을 깔고 가방을 베고 누웠다. 간간이 시멘트와 페인트 냄새가 났지만 사방이 터진 터라 냄새는 금방 가셨다.


잠결에 발자국 소리를 들었다. 잡다한 소음도 들렸다. 꿈결이려니 싶었다. 나는 꿈을 좇으려고 모로 돌아누웠다. 그러다 어느 순간 인기척이 느껴져 화들짝 놀라 잠에서 깼다. 검은 형체 네 개가 나를 내려다보고 있었다. 나는 후닥닥 일어났다. 상대편도 놀란 눈치였다. 형체가 서서히 눈에 들어왔다. 남자가 셋에 여자가 한 명이었다. 몸을 건들거리는 폼이 술에 취한 듯했다. 덩치는 나와 비슷했다.

"노숙자네. 역전에서 자야지. 왜 우리 구역에 와서 자?"

고등학생? 대학생? 나는 가방을 어깨에 멨다. 요즘 가장 무서운 놈들이 고등학생들이었다. 겁도 없고 앞뒤 계산도 하지 않았다. 서둘러 피하는 게 상수였다. 막 방을 벗어나려고 할 때 손 하나가 불쑥 튀어나와 내 가방을 잡았다.

"방세는 내고 가야지. 어른이 그런 것도 몰라?"

나는 노숙자가 무슨 돈이 있냐고 말했다. 그러자 한 녀석이 내 얼굴 앞에 라이터 불을 켰다.

"이 아저씨 신삥인데."

"뒤져 봐."

나는 두 개의 가방을 필사적으로 끌어안았다. 한 가방 안엔 잡동사니가 들어 있었고, 나머지 가방엔 미니 학습기와 USB, 미니 노트북 등이 들어 있었다. 그 가방만은 빼앗길 수 없었다. 재기를 위한 마지막 보루였다. 나는 가방을 더욱 꼭 끌어안았다. 쓰벌, 씹탱구리, 존만이, 재수 없어, 개 좆, 떡쳐, 씹새끼……. 그들은 욕설을 내뱉으며 발길질을 하고 주먹질을 했다.

"야, 주머니 뒤져 봐."

계집아이가 영악하게 말했다. 역시 여자가 야무졌다. 여자의 말이 떨어지기 무섭게 한 녀석이 내 얼굴을 밟았고 다른 녀석은 끈질기게 가방을 빼앗으려고 용을 썼다. 나머지 한 녀석은 내 주머니를 뒤졌다. 오늘 받은 2만 4천 원이 든 봉투가 녀석의 손에 의해 빠져나왔다. 씨발놈이 돈도 있으면서 거지같이 왜 이런 데서 자는 거야. 야, 우리 찜질방 가자. 녀석들은 비틀거리며 건물에서 빠져나갔다. 등짝이 허전해 나는 반듯하게 누웠다. 미래를 빼앗기지 않은 것, 바지 안쪽에 만들어 놓은 속주머닛돈을 빼앗기지 않은 것만도 다행이라고 생각하기로 했다. 나는 까만 천장을 올려다보며 어깃장 난 인생을 다시 곱씹었다. 출근하지 말라는 문자를 받고 회사로 달려갔을 때 직원들은 나를 쳐다보며 비웃었다. 하지만 나는 시간을 되돌릴 수 있다고 해도 진주를 버리지 않을 것이라고 호기를 떨었다. 그땐 그랬다.

밖에선 서러움처럼 여명이 밀려오고 있었다. 나는 가방을 열고 학습기를 꺼내 이어폰을 귀에 꽂았다.

"For it's been so long since I have seen you I can hardly remember your face anymore(당신을 본 지가 너무나 오래되어 더는 당신의 얼굴도 기억나지 않아요)."

나는 몇 번이고 그 문장을 되풀이했다. 눈물이 나오려고 했다. 눈물은 사치다. 나는 벌떡 일어났다. 가방을 어깨에 단단히 메고 건물을 나섰다. 동이 트고 있었다. 나는 중얼거리며 적막한 새벽길을 걸었다. 목적지까지 멀긴 하지만 걸어가기로 했다.

*

산책 코스를 바꾸었다. 똥 눌 장소를 새로 개척해야 했지만 그건 개들의 문제였다. 하지만 그건 또 한 번의 실수였다. 사람도 낯선 길을 걸으면 긴장하듯 개들도 그랬던 것이다.

도서관 뒤로 돌아가면 공원 남쪽으로 이어지는 숲길이 나타났다. 개들이 다녀보지 않은 길이었다. 개들은 정신없이 두리번거렸다. 엄폐물 있는 곳이 나타나면 서로 오줌을 갈겨 영역 표시를 했다. 신천지를 차지하려는 정복자들처럼 개들이 사방으로 흩어지는 바람에 애를 먹었다. 두 배는 힘들었지만 운동이나 산책을 나온 낯익은 얼굴을 만나는 것보단 나았다.

개 다섯 마리를 끌고 도서관 담장 끝을 막 돌아섰을 때 요크셔테리어 한 마리가 나타났다. 젊은 여자가 개를 끌고 있었다.

나는 개들을 주택가 담장 쪽으로 유도했다. 그런데 퍼그가 내려오던 개를 향해 갑자기 으르렁거렸다. 머리에 리본을 묶어 놓은 걸 보니 여자의 개는 암캐인 듯했다. 나는 퍼그의 목줄이 늘어나지 않도록 힘을 주었다. 그런데 이번엔 파피용과 닥스훈트, 아메리카 코커스패니얼이 한꺼번에 요크셔테리어를 보고 떼 지어 짖기 시작했다. 놈들은 비실대는 종자는 없애 버리고 반드시 영역을 확보하겠다는 맹렬한 살의를 드러냈다. 요크셔테리어도 격렬하게 반응을 했다. 여자의 주변을 맴돌며 증오가 섞인 듯 격렬하게 짖어 댔다. 나는 목줄이 늘어나지 않도록 자동 목줄 버튼을 잠근다는 게 그만 개 줄을 풀어 주고 말았다. 순식간에 끔찍한 일이 벌어졌다.

초등학생 필통만 한 크기의 요크셔테리어가 다섯 마리의 개에게 물려 그대로 숨통이 끊어졌다. 다리가 떨어져 나가고 귀가 사라졌다. 여자는 손으로 제 입을 가리고 서서 놀란 눈으로 나를 쳐다봤다. 목줄을 잡아당겨도 꿈쩍하지 않던 놈들이 요크셔테리어가 죽은 걸 확인한 후 제자리로 돌아왔다. 그러곤 아무 일도 아니라는 듯 피 묻은 입을 내게 보이며 꼬리를 쳤다.

시골집에서 기르던 족보도 없고 혈통도 없는 그 똥개들은 서로를 의지했다. 동네의 다른 개들이라고 해도 서로를 물거나 죽이지 않았다. 그저 크게 짖어서 멀리 내쫓는 정도였다. 서로 으르렁거리다가도 몇 차례 눈에 익으면 똥개들은 금방 친해졌다. 서로 동족이라는 걸 알고 어울렸다. 그런데 도시의 개들은 동족끼리도 죽였다.

나를 올려다보는 녀석들의 얼굴엔 장난기가 서려 있었다. 시골집에서 기르던 개들이 신발을 물어뜯거나 손님에게 짖어 대면 가차 없이

걷어찼다. 간혹 닭을 물어 죽였는데 그런 날은 반쯤 초주검이 되도록
두들겨 팼다. 그러고 나면 똥개들은 마루 밑으로 기어 들어가 반성의
시간을 보냈다. 하지만 지금의 녀석들은 내 개가 아니었다. 어떻게 처
신해야 할지 난감했다. 녀석들은 쪼그려 앉은 채 죽은 요크셔테리어와
여자 그리고 나를 번갈아 보면서 의기양양해했다.

여자는 그 자리에 털썩 주저앉았다. 도망가야 할까? 도망가기엔 개
다섯 마리가 너무 많았다. 나는 여자를 위로하지도 못한 채 여자와 요
크셔테리어 앞을 서성거렸다.

"살려 내요. 당신이 죽였으니까 살려 내요."

여자가 비명처럼 소리를 질렀다. 길 가던 사람들이 여자와 개를 힐
끔거렸다.

나는 결국 또 한 차례 파출소까지 가야 했다. 여자는 나를 지목해서
살인자라며 날뛰었다. 소장이 나서서 중재를 했다.

"…좋아요. 12개월 된 요크셔테리어 한 마리 데려오세요. 그리고 제
정신적 충격에 대해서 보상하세요."

정신적 충격에 대한 보상 금액으로 여잔 50만 원을 요구했다. 개 값
으로 20만 원. 개를 한 달 산책시키고 받는 금액보다 많은 금액이었다.
나는 얌전하게 머리를 바닥에 대고 앉아 있는 녀석들을 쳐다봤다. 다
른 해결책이 없었다. 나는 은행엘 다녀오겠다며 개들과 함께 파출소를
나왔다. 그때 파출소 마당으로 검정색의 벤츠가 들어와 섰다. 닥스훈
트의 주인 여자였다.

"일하는 아줌마가 그러던데 우리 개가 다른 개를 물어 죽였다면서요?"

이 동네의 정보망은 감탄할 수준이었다. 도대체 어떻게 그 사건을

알아낸 것일까? 나는 그게 몹시 궁금했다. 나는 뭐라 변명도 못 한 채 서서 개 줄만 잡고 있었다. 파출소에서 요크셔테리어의 주인 여자가 나왔다. 파출소장도 나왔다.

"개들이니까 그럴 수도 있죠. 날이 더우면 개들도 가끔 그런다고 합니다."

"도대체 어떻게 개들을 관리했기에 이런 일이 생긴 거예요?"

후텁지근한 날씨가 무색할 정도로 여자의 말투는 차가웠다. 교미 사건도 그랬지만 이 일 역시 개들의 짓이었다. 파출소장이 사건의 전말에 대해서 말했다. 요크셔테리어의 여자는 눈물을 흘렸다. 닥스훈트의 여자가 지갑을 꺼냈다. 그러곤 5만 원권 지폐 열네 장을 착착 꺼내 여자에게 건넸다. 닥스훈트의 여자는 내게 눈길도 주지 않았다.

"너무 갑작스럽게 공격을 하는 바람에……."

나는 겨우 변명을 했다. 여잔 내 변명 따윈 듣지 않았다. 을이 하는 말은 언제나 구제할 길 없는 변명이라는 얼굴이었다.

"개한테 질질 끌려 다니는 주제에 무슨 산책을 시키겠다고……."

여자의 말에 섬뜩할 정도로 냉랭한 기운이 맴돌았다. 그녀는 닥스훈트를 차에 태운 후 횡하니 사라졌다. 요크셔테리어의 여자도 사라졌다. 남겨진 네 마리의 개와 나는 여자들이 사라진 입구를 쳐다봤다.

"푹푹 찐다, 쪄!"

소장도 파출소 안으로 들어갔다. 햇살이 얼굴 위로 칼처럼 꽂혔다. 혀 빼문 개들이 어서 가자고 내 다리에 몸을 문댔다.

개들을 산책시킨 후 처음으로 은행나무 집에 들르지 못했다. 앞으로는 그 집 앞에 갈 일도 없겠다는 생각이 들었다. 그게 가장 아쉬웠다.

피아노 옆에 앉았다. 삼손은 여자 왼편에 앉았다. 여자가 나름대로 보기 좋게 자리를 배정한다고 한 배치였다. 삼손은 의뢰인의 아빠였고 나는 그녀의 오빠였다. 여자는 몇 번이고 똑같은 질문을 했다.

"…난 현재 미국에 있고 뉴욕 주립대에 다니고 있다가 잠시 귀국한 거고 마침 상견례가 있어서 참석한 거라고. 졸업 후에 바로 미국으로 떠나서 동생이랑 잘 지낼 시간이 없어서 아쉬워하던 참이었다고. 동생은 나오지 말라고 했는데 동생이 결혼하려는 남자가 누구인지 보고 싶었다고. 됐죠?"

여잔 손톱을 물어뜯으며 내 이야기를 곰곰이 들었다. 그러곤 고개를 끄덕이더니 다시 내 옷매무새를 살폈다. 그레이 색상의 양복을 입은 삼손은 나름대로 근엄해 보였다. 여자는 나와 삼손을 번갈아 본 뒤 만족한 듯 입가에 미소를 지었다.

"공부는 잘 해오셨죠?"

"아무렴요."

삼손은 중소 피아노 회사의 기획이사였다. 여자의 연출에 의해 피아노가 있는 레스토랑이 무대로 선정되었고, 우리의 자리는 피아노를 등지고 있는 자리로 정해졌다.

"우리 뒤에 있는 게 영창에서 나온 '알버트 웨버'라는 모델로 업라이트 피아노라고 합니다. 피아노 무게가 240킬로그램이나 되죠. 옛날엔 피아노 건반 중 흰색은 상아를 쓰고 검은색은 흑단을 썼는데, 요즘은 동물보호 차원에서 그냥 일반 아크릴을 쓰죠. 그래서 요즘 만들어 내는 피아노는 사실 건반이 상아나 흑단으로 되어 있는 피아노보다는 소리가 좀 탁하다고들 말합니다. 이것도 아크릴이죠. 일반 피아노 중에 무거운 축에 드는 피아노입니다. 우리가 만드는 일렉트릭 피아노는 사실 아크릴이 더 음을 잘 만들어 주는 편입니다. 그래서 아크릴을 쓰고 있죠."

전문가다운 말투였다. 아닌 게 아니라 삼손은 다방면에 박식했다. 그와 세 번 일을 나왔는데 그를 만날수록 그의 내력이 궁금해졌다. 그는 어떤 역할이든지 훌륭하게 수행했다. 한 번은 조선소 엔지니어가 되어 어떤 여자의 늙은 남동생 역할을, 한 번은 칠공예를 하는 장인의 수제자 역할을 수행했다. 상대방으로부터 의뢰인들이 요구하는 것보다 더 강한 신뢰를 받아 낼 줄 알았다. 문학, 영화, 음악, 사회, 정치, 스포츠, 도박, 섹스……. 그는 어떤 이야기를 꺼내도 막힘이 없었다.

사무실 사람들 사이에서는 삼손이 S대 법대를 다니다 중퇴를 했다는 말도 있었다. 누가 대놓고 묻진 않았지만 그 소문을 알고 있는 삼손이 적극적으로 부정하지 않는 걸 보면 S대를 다녔거나 아니면 잘못된 소문을 즐기고 있는 중이었다. 그는 소문을 대수롭게 생각하지 않는 눈치였다. 그냥 궁금해하는 대로 내버려뒀다. 그는 자신의 주변에 대해선 말을 아꼈다. 소문이 제멋대로 부풀려지거나 형편없이 졸아들어도 입을 열지 않았다. 그는 자신이 습득한 지식만 나불거렸다. 그게 그의 매력이었다. 아무려나 상관없었다. 과거의 내막이야 어땠든 간에 지금 그는 역할대행 사무실을 운영하는 한 인간에 지나지 않았다.

남자와 남자의 부모가 나타났다. 우리는 자리에서 일어나 그들을 맞이했다.

삼손은 여자의 아빠로서 훌륭했다.

"…사회가 건강해지고 복지 국가로 거듭나려면 가진 분들이 사회에 기부를 하거나 일정 정도 부의 재분배 같은 게 이루어져야 하지 않겠습니까? 부의 재분배, 그거 어려운 일 아닙니다. 요즘 일용직 근로자들의 수가 150만 명이 넘습니다. 그런 근로자들이 결국 하루 일당 받아먹고 살아야 하는데 그 일당으로만 살기엔 턱없이 부족합니다. 그러다 보니 이 근로자들은 소비를 절대적으로 줄이는 수밖에 없는 겁니다. 그러면 결국 경기가 위축되고 위축된 경기가 나라 경제에 좋지 않은 영향을 미치게 된다 이 말이죠. 작은 부의 재분배는 결국 우리나라 경제를 살리는 길이기도 하죠. 그래서 우린 적극적으로 일용직 근로자들을 수용할 수 있는 방법을 연구하고 있는 편입니다. 아직 작은 회사지만 말입니다."

고기를 썰며 끝없이 화제를 꺼내는 삼손의 입은 화려했다. 심지어 역할 의뢰를 한 여자까지 입을 다물지 못하고 삼손을 쳐다봤다.

"경제의 위기는 위에서부터 시작되는 게 아니라 아래, 우리 서민들의 위기로부터 시작되는 겁니다. 중산층과 서민이 노동의 가치와 의미를 상실하게 되는 순간 우리 경제도 위기를 맞이할 수 있으니까요."

백 점짜리 사돈이었다. 여자의 시부모가 될 사람들은 물론 여자도 얼굴 가득 웃음을 지었다. 여자는 "아빠, 그만하세요."라며 코맹맹이소리로 적당히 흘렸다. 그러면 시부모 될 사람들은 말렸다. 훌륭한 강의를 듣는다며.

"어미 없이 자란 딸이라 부족할지도 모르겠습니다. 하지만 잘 키웠습니다."

"우리도 잘 알고 있습니다. 어찌나 우릴 위하는지."

결과는 흡족했다. 결혼 날짜를 잡자는 이야기를 끝으로 자리가 마무리되었다. 내 역할도 마무리되었다. 나는 그 이상이 궁금했지만 참았다. 결혼식에도 가야 하나? 결혼식 친인척 하객들도 조달하려나? 어쨌건 내가 신경 쓸 일은 아니었다. 하루 일당 10만 원만 챙기면 되니까. 여잔 자리를 뜨기 전에 다시 부탁했다. 결혼식 자리에도 참석해 달라고. 일당은 오늘의 두 배를 주겠다고. 그리고 몇 명 더 부탁했다. 삼손은 그러마고 답했고 그 자리에서 여자로부터 일당을 받았다.

여자가 먼저 떠난 후 나와 삼손만 남았다.

"몇 번 더 해보면 익숙해질 거야. 지난번처럼 혁신이니 펀드니 하는 단어들만 좀 날려 주라고. 그러면 끔뻑 죽으니까."

서울에만 수백 개나 되는 역할 대행업체가 있다는 걸 들은 적이 있었다. 한 번은 신문에서 특집 기사로 다룬 것도 보았다. 말이 역할 대행업체지 사실상 심부름센터의 변형이었다. 돈만 주면 어떤 일이든 다 하는.

어린 아이를 유괴해 자신이 낳은 아이처럼 보이려고 했던 여자의 청도 스스럼없이 받아 주는 그런 심부름센터도 있었다. 이 사건이 세간에 알려진 건 한 케이블 방송사에서 재연극으로 만들어진 후였다. 케이블 방송사는 무가지나 주간지에 한 줄 실린 기사를 건져 드라마로 만드는 재주가 있었다. 아이의 엄마가 살해되어 토막 난 채 산 속에 버려진 사건으로 세상이 떠들썩했다. 그 후 심부름센터라는 말은 사라지고 '기획사'라는 말이 생겼다. 삼손 역시 돈 되는 일이라면 뭐든 다 했다. 삼손 기획.

"하는 건 좋은데 이렇게 끝까지 거짓으로 살아갈 순 없잖아요?"

"그래도 자넨 그런 질문을 빨리하네. 우리 인부들 사무실에 나오기 시작하면 그런 건 일절 안 묻거든. 어쩌다 한두 놈 묻기는 하지만 그놈들도 두세 달이나 지나야 묻고는 했는데."

삼손이 웃었다.

"임 형, 위선이나 거짓은 세상이라는 기계를 돌아가게 하는 윤활유 같은 거야. 그리고 거짓이나 위선이 없으면 진실이나 선은 아무 의미가 없어. 알겠지만 사람들은 말이지, 행복한 소식 즐거운 기사는 잘 안봐. 신문이건 방송이건 그런 쪽으로만 기사를 실으면 아마 구독률이나 시청률이 제로로 나올걸. 인간들은 말이지. 불행하고 슬프고 폭력적이고 비극적인 그런 기사를 좋아해. 알잖아. 어쩌면 세상을 진짜로 돌아가게 만드는 건 비극이고 불행일 거야. 안 그래?"

도무지 종잡을 수 없는 인간. 어느 때보면 S대를 다녔다는 말이 사실일지도 모른다는 생각이 들었다가 어느 때는 사기꾼이라는 생각이 들기도 했다.

“결국 후회하게 되잖습니까?”

삼손이 배를 잡고 웃었다. 눈물까지 흘렸다.

“결국이란 죽음을 두고 하는 말 아닌가? 죽음 앞에서 후회를 해? 임 형 죽어 봤어? 죽음 앞에서 자기가 살아온 과거를 후회하고 참회하는 건 고상한 인간들한테나 해당되는 거지, 우리 같은 인간들은 그냥 더 살고 싶다는 생각만 하지. 웬 줄 알아? 죽음에 이르면 죽음 뒤에 아무 것도 없다는 걸 느끼게 되거든. 물론 그게 전부는 아니겠지만.”

그러는 당신은 죽어 봤냐고 물어보고 싶었다. 엘리베이터는 더디게 올라왔다.

“저 여자 앞으로 시나리오가 뭐래요?”

“뭐, 대충 답이 나오지 않겠어? 회사가 부도 난 뒤 아빠 사라졌고 오 빠는 그 충격으로 한국에 들어오지 않게 된다는 거겠지. 아님 여행을 갔다가 사고로 내가 죽거나 도랑 씨도 유학 생활 혼자 하는 외로움까 지 겹쳐 자살하거나 그런 거겠지. 가지.”

죽음이 흔한 세상, 거짓을 완성시켜 주기에 부족함이 없는 세상이었 다. 그 덕에 나도 먹고 살지만.

“사장님은 모르는 게 없어요. 사무실에 떠도는 이야기들… 사실인 가요?”

엘리베이터를 탄 후 어색한 분위기를 무마하느라 운을 뗐다. 그는 피식 웃더니 잠시 침묵했다.

“다 주워들은 거야. 우리 같은 역할 대행업체라는 데가 오만 잡놈들 이 다 오는 곳이거든. 한때 경제학자였다는 놈, 고시 공부하던 놈, 대학 생, 노동 운동 했다는 놈, 록 가수였다는 놈, 게이, 도박에 미쳐서 전 재산 날린 놈, 중도 오고 목사도 오지. 사업 말아먹은 놈도 오고, 제비도 오고, 도둑놈도 와. 여자들도 가끔 오긴 하지만 우린 여자 장사는 안 하니까…… 7개월 전에는 트랜스젠더도 왔었지. 대신 하나같이 공통점이 있어."

엘리베이터는 천천히 아래로 내려갔다. 숫자는 일정한 간격을 두고 아래로 떨어졌다. 왠지 숫자는 다시 위로 오를 것 같지 않았다.

"안 그러는 놈도 있지만 대부분 인생을 너무 쉽게 생각한다는 거야. 이딴 일 아주 잠시 하는 거라고 생각하지. 좋은 날이 오면 언제든 박차고 나갈 수 있을 거라고 생각들을 하지. 하지만 인생이라는 게 한 번 고꾸라지면 다시 바로 세우기 힘들어. 그건 진짜 천운이 있는 놈들이나 그렇게 되는 거야. 인생이라는 거 결코 만만한 사이클이 아냐. 안 되는 놈은 뭘 해도 안 되는 게 인생이야."

삼손은 보기와는 달리 염세주의자인 듯했다. 설령 수렁에 빠졌다고 하더라도 희망이 있다거나 노력하면 된다거나 그런 말을 기대했나? 나는 입맛을 다셨다. 엘리베이터가 1층에 도착했다. 삼손이 먼저 내렸고 내가 그 뒤를 따랐다.


사무실로 돌아와 보니 역할을 맡았던 역할대행자들이 삼손을 기다리고 있었다. 하나같이 샌님들처럼 몰골은 깔끔했다. 삼손은 역할대행자들에게서 일당의 10프로씩을 받았다. 나는 그동안 소파에 앉아 사무실을 둘러보았다. 누군가의 거짓을 완성시켜 주는 일로 먹고사는 사무실치고는 분위기가 학구적이었다. 한쪽 벽면을 채운 책꽂이와 수천 권의 책들. 소파 위에 걸린 클림트의 그림, 사무실에 은은하게 깔려 있는 재즈. 끝이 부드럽게 마무리된 책상들. 처음 역할대행 사무실 찾아왔을 때보다 더 아늑한 기분이 들었다. 역할 대행하는 사무실이 깨끗하거나 연구실 같은 분위기를 풍기지 말란 법은 없지만 처음에 나는 노동판 나가는 일당 인부들의 인력사무실을 연상하고 찾아왔던 터라 낯설고 어색했다.

일당을 계산한 누군가는 사무실을 빠져나갔고, 누군가는 작은 골방에서 카드 판을 벌렸다. 또 누군가는 술이나 한잔 하자며 삼손을 부추겼다.

"이봐, 임 형, 같이 한잔 하지?"

삼손을 힐끔 쳐다봤다.

"저녁에 알바 해야 돼요."

"알바, 그래 인생이 내 멋대로 안 된다고 넋 놓고 있을 이유는 없지."

카드를 돌리며 삼손과 나의 이야기를 듣던 누군가가 넋두리를 내뱉었다.

"니미, 죽어라 일하면 뭐 해, 매일 그 모양인데 뭘."

"사무실에 널리고 널린 게 책인데 책들 좀 봐. 책 속에 다 길이 있는 거야."

"형님, 됐수다. 책이 밥을 줍니까, 돈을 줍니까."

"니미, 저렇게 책 많이 읽었으면 진즉 다른 일 했겠네."

누군가 혼잣말처럼 중얼거렸다. 삼손은 카드를 치는 패거리를 잠깐 쳐다본 후 시선을 거뒀다. 삼손은 그들을 두고 사무실을 나왔다. 그는 다시 한 차례 내 마음을 떠봤다. 나는 어쩔 수 없다고 대꾸했다.

"나중에 또 봐. 저녁 시간만 안 된다고 했지?"

다음 일은 언제가 될지 기약할 수 없었다. 한 달에 한 번밖에 일을 하지 못한 역할대행자도 있었고 그래도 보름 정도 일한 역할대행자도 있었다. 역할대행자들은 의뢰인이 선발했다. 먼저 사진으로 선택한 후 직접 면담을 했다. 일의 성질에 따라 선택의 기준이 달라졌다. 하지만 대부분 안정되고 말끔한 분위기를 지닌 역할대행자를 원했다. 대기업을 다니는 샐러리맨 같은 분위기나 학자 같은 분위기를 지닌 역할대행자들이 잘 선택되었다. 어쩌다 결혼식 역할 대행이 들어오면 사무실에 등록되어 있는 역할대행자들이 모두 동원됐다. 그럴 때가 아니면 역할대행자 노릇을 못 하는 이들도 있었다.

"요즘 의뢰인들은 영악해. 돈을 좀 더 주더라도 뭔가 좀 있어 보이거나 샐러리맨의 때가 벗겨지지 않은 역할대행자들을 찾는다고. 그런 의미에서 보자면 이 바닥에서 임 형은 경쟁력이 있어. 젊지, 샐러리맨 티 팍팍 나지, 그리고 좀 있어 보이잖아."

외국 지사 발령을 앞둔 직장인 노릇을 하러 나갔을 때 삼손은 내게 그렇게 말했다.


닥스훈트의 여주인이 개 값을 물어 주고 간 다음 날 일제히 개를 거둬 갔다. 그들은 일사분란하게 정보를 주고받았다. 개를 죽일 동안 당신은 뭐 했습니까? 우리 개가 그런 상황에 내몰리면 그때도 넋 놓고 구경만 할 게 아닙니까. 부잣집의 개들은 저밖에 모르고 자란 싸가지 없는 외동과 닮아 그럴 리 없을 거라고 말해 주려다 말았다. 지저분하게 마무리 짓고 싶지 않았다. 그나마 세 달 가까이 개들과 산책하느라 녀석들과 정이 들었지만 한순간에 털어 버리면 잊힐 정이었다. 파피용이 올라탔던 퍼그의 배가 불러 오게 되면 그때는 수습할 수 없을지도 모른다. 이쯤에서 마무리 짓는 것도 나쁘지 않겠다는 생각이 들었다. 어차피 오래 할 일도 아니었다. 동족을 죽이고도 아무 일도 없다는 듯 애교 부리던 개들도, 용맹스럽다고 개를 두둔하던 개 주인들도, 돈을 받자 죽은 요크셔테리어를 쓰레기통에 버리고 눈물도 없이 사라진 여자도 섬뜩했다.

역할대행자들이 술집으로 몰려갔지만 나는 식당으로 갔다. 낮에부터 나온 불판이 대야에 얌전하게 담겨 있었다. 나는 자리에 앉아 불판을 닦기 시작했다.

대역으로 사는 인생에 비하면 불판 닦는 일은 신성했다. 그보단 뭔가에 몰두해 있지 않으면 잡념이 떠올라 나를 괴롭혔다. 주로 과거의 일들이 나를 끌고 다녔다. 괜한 투정과 시기와 의심으로 첫사랑을 실패하지 않았다면 운명이 달라졌을 수도 있다는 후회, 문학을 전공하지 않고 인문학을 전공했다면 학자의 길을 걸었을지도 모른다는 후회, 닭들이 조류인플루엔자에 걸려 모조리 폐사한 후 방에만 처박혀 지내는 큰형을 자주 찾아갔다면 자살만은 막을 수 있었다는 후회, 진주를 만나지 않았다면 지금까지 컨설턴트로 승승장구하고 있을 거라는 후회, 후회, 후회……. 한없이 후회스러운 일들만 떠올랐다. 그래서 그런 잡념들이 떠오르지 않도록 몰두하고 또 몰두했다. 불판을 손쉽게 닦을 수 있는 방법을 연구하고, 어떤 수세미를 써야 효과적인지, 받침대를 깨끗하게 닦으려면 몇 번을 왕복해야 하는지, 열심히 일하면서도 시간을 어떻게 늘릴 것인지 등등에 대한 방법에만 몰두했다.

홀에서 들려오던 소음들이 점점 사라지고 밤은 깊어 갔다. 처마 밑

등 아래로 날벌레들이 모여들고 후끈거리던 땅도 식어 갔다. 하지만 저녁 허기는 내 배를 끈질기게 잡고 늘어졌다. 여자의 오빠 노릇 하면서 체면 차리느라 점심을 제대로 먹지 못한 게 후회되었다.

마지막인 듯 한 무더기의 불판이 나왔다. 불판을 들고 나온 종업원들 중에 미향이 섞여 있었다. 창백한 피부의 여자. 그녀는 목의 파란 핏줄이 선명하게 드러날 정도로 투명한 피부를 가졌다. 한가할 때 보면 다른 여종업원들은 서로 어울려 수다를 떨지만 그녀는 정원에 나와 나무를 쳐다보거나 하늘을 올려다보며 시간을 보냈다. 다른 여종업원들이 붙여 주지도 않았고 그녀 스스로도 다른 여종업원과 어울리려고도 하지 않았다. 뒷마당에서 불판이나 닦는 내가 식당의 내막을 알 리 없지만 그녀는 식당 식구들과 섞이지 못하는 듯했다. 그런 그녀가 언제부턴가 나를 보고 어색하게 미소를 지었다. 미소지만 차가웠다. 진주와는 너무도 상반된 분위기를 가진 여자. 생김새도 현재 상황도 미향은 진주와 하늘과 땅 차이였다.

나를 사건의 중심으로 끌어들인 후 조용히 사라져 버린 진주. 그녀의 미소만큼은 거짓을 진실이라고 믿게 만들 만큼 환했다. 나는 그녀의 미소와 눈부신 육체만 보기 위해 내 눈을 가렸다. 나는 그녀의 이야기는 의심할 여지가 없다고 믿었다. 그녀가 마타 하리라는 말이 돌고, 어쩌면 내가 그녀에게 이용당했을지도 모른다고 짐작했을 무렵 해고당했다. 그리고 내가 적을 두고 있는 본사는 엄청난 소송에 휘말려 버렸다. 사실만 남고 진실은 묻혀 버렸다.

불판 몇 개가 설거지통으로 자맥질했다. 그 바람에 물이 내 얼굴로 튀어 올랐다. 미향이 놀라 내 앞에 주저앉았다. 볼에서 구정물이 주르르 흘러내렸다. 그녀가 주머니 속에서 손수건을 꺼내들었다. 그녀는 손을 들고 허둥댔다. 창백했던 얼굴이 빨갛게 달아올랐다. 나는 옷소매로 얼굴을 문질렀다.

"괜찮아요. 종종 이러니까."

나는 물속에 처박힌 불판을 끌어당겼다. 손수건만 만지작거리던 그녀는 식당으로 들어가지 못한 채 주춤거렸다.

"죄송해요. 아무리 봐도 아저씬 이런 일 할 사람처럼 보이지 않아요."

그녀는 얼결에 그런 말을 했다. 그래도 괜히 가슴이 짠했다. 이런 일이라? 세상은 묘했다. 어느 누구도 이런 일 할 사람처럼 보이지 않지만 이런 일을 한다. 스파이 짓 하리라고는 상상하지 못했지만 버젓이 스파이 짓을 했고, 철저하게 외면해야 괜한 불똥을 맞지 않는다는 판단이 서면 성자 같은 이들도 무서울 정도로 왕따를 시키는 일에 동참했다. 이런 일, 저런 일은 상황에 따라 바뀔 뿐 누구에게나 일어나는 일이었다. 나는 이빨을 드러내고 웃었다. 그녀가 조끼 주머니에서 초콜릿 바를 꺼냈다.

"이거 드세요."

역시 얼결에 내민 초콜릿 바였다.

나는 홀로 들어가는 종업원들의 꽁무니에 잠깐 눈길을 주었다가 거두었다. 미향에게서 받은 초콜릿 바를 주머니에 넣었다. 미향은 가볍게 목례를 한 후 사라졌다. 한동안 미친 듯 연모했던 진주. 나는 처음부터 진주가 위험한 여자라는 걸 알고 있었다. 그래서 더 설레었고 사랑했다. 어쩌면 처음부터 내 삶이 파괴당하리라는 걸 알았으면서도 나는 그녀의 손을 잡았던 것인지도 몰랐다. 직장 잃고 통장 잃고 신용 잃고 모든 걸 잃고 난 후에야 나는 내가 위험하고 슬픈 여자와 추억을 나누었다는 사실을 깨달았던 것이다.

식당 창가에 걸레를 든 미향의 모습이 보였다. 그녀가 밖을 내다보고 있었다. 그녀가 이번에도 얼결에 손을 들어 알은체를 했다. 내게 어울리는 여잔 미향이 같은 여자인지도 몰랐다. 다행히 미향을 본 후 삶의 의욕이 두 배쯤 확장된 기분이 들었다. 내가 건강해지고 있다는 기분이 들었다. 그건 정말 다행이었다.

*

별채에 누우면 별이 보였다. 식당엔 방갈로식 크고 작은 별채가 스무 채 정도 있었다. 매니저가 내 사정을 알고 손님이 다 빠져나간 뒤엔 별채를 써도 좋다고 허락해 주었다. 비록 방 가운데 손님상이 있고 사면이 유리로 되어 있어 침실 분위기는 나지 않지만 나에겐 황제의 방과 다르지 않았다. 종업원들 숙소가 있긴 했지만 이미 다 찼고 아르바이트생 주제에 종업원 숙소를 쓸 수도 없었다.

나는 침낭을 하나 샀다. 가방을 베개 삼았다. 더우면 침낭 위에서 자고 추우면 침낭 속으로 들어갔다. 언젠가부터 동틀 무렵이면 어김없이 잠에서 깨어났다. 매일 아침 허둥대면서 회사에 출근할 때를 생각하면 기이한 일이었다. 잠이 없어졌다는 건 늙었다는 말인데…… 이제 겨우 스물 후반인데 그럴 리 없었다. 아무튼 나의 새로운 버릇은 여러모로 바뀐 환경에 적응하는 데 도움이 되었다. 어쩌면 환경에 적응하기 위해 인체의 리듬이 그렇게 바뀐 것인지도 몰랐다. 아무려면 어떠랴,

잠잘 수 있는 곳이 생겼는데.

새벽같이 침낭에서 빠져나온 후 별채를 정리하고 종업원 숙소의 화장실에서부터 샤워실, 손님용 화장실까지 청소를 시작했다. 그건 내가 자처해서 하는 일이었다. 날마다 당번이 정해져 있긴 하지만 그 정도의 잠자리 값은 하고 싶었다. 내심 내가 성실하다는 것도 보여 주고 싶었다. 몇 차례 청소를 하다 보니 자연스럽게 화장실 청소 당번이 없어졌고 내가 암묵적으로 화장실 청소 담당이 되었다. 휴지도 새로 갈고, 타월도 새것으로 교체해 놓고, 바닥엔 물기 하나 없이 수건으로 닦아 냈다. 혁신해야 한다며 사원들을 모아 놓고 워크숍을 할 때 화장실을 청소하다가 부매니저로 승진된 청소부 이야기를 늘어놓은 적이 있었다. 지금 그 청소부가 나였다. 하얀 와이셔츠와 넥타이, 퇴근 시간이면 벌 떼처럼 건물에서 빠져나오는 직장인들. 난 비질을 하면서 그때를 생각했다. 출퇴근하는 직원들은 10시 전후로 출근했다. 그 전에 나는 식당을 빠져나왔다.

역할대행자 일은 많지 않았다. 식당을 빠져나온 나는 며칠 동안은 갈 곳을 정하지 못해 무작정 거리를 걷거나 공원을 배회했다. 이어폰을 귀에 꽂고 회화 교재 한 권 들고 뱀파이어처럼 햇볕을 피해 어둑한 곳으로만 다녔다. 공원 벤치에서 잠도 자고 편의점에 들어가서 컵라면 하나로 아침 겸 점심을 때우곤 했다. 벼룩시장과 교차로의 구인란을 뒤지고 일자리센터를 찾아가 이력서를 몇 장 보내기도 했다. 기이한 일이지만 1년 넘게 거의 매일 이력서를 어디로든 보냈는데 단 한 군데서도 면접 통보를 받지 못했다. 세상이 미치지 않고는 불가능한 일이라고 떠들어 댔지만 그건 어쩌면 당연한 일인지도 몰랐다. 제대로 된 회사라면 날 고용하지 않을 게 분명했다. 어딜 가나 1분이면 신원조회가 끝나니까. 내가 갈 만한 회사가 없다는 걸 깨닫는 데 1년이 걸린 셈이었다. 그러다 벼룩시장을 뒤지기 시작했고 아르바이트를 찾아 나섰다. 체면 따지지 않는다면 그쪽 일은 널려 있다는 걸 알았다.

그날도 벤치에 누워 영어회화를 들으며 혼몽한 세상으로 빠져들고 있었다. 산발한 머리의 남자가 벤치 주인이라며 나를 깨웠다. 그는 겨울 점퍼에 솜바지를 입고 있었고 입에선 지독한 술 냄새가 났다. 그럼에도 땀을 한 방울도 흘리지 않았다. 노숙을 오래 하면 그렇게 땀이 사라지는 모양이었다. 섬뜩했다. 벤치에서 쫓겨나 삼각 김밥으로 점심을 때우려고 편의점에 들어갔을 때 뜻하지 않았던 사람과 맞닥트렸다.

진주, 나의 스파이. 내가 모든 걸 뒤집어쓰고 정리해고 당한 후 전혀 연락할 수 없었던 여자. 김밥을 사들고 조리대 앞에 서서 비닐 껍질을 까고 있었다. 그때 진주가 검은색 정장 차림으로 들어왔다. 진주는 그때까지 나를 알아차리지 못한 듯했다. 그녀는 캔 커피를 사들고 조리대로 다가왔다.

시간이 지날수록 나는 얼어붙었다. 저 여자가 어떻게 한국에 있는 거지? 알제리 어딘가로 떠나 버린 후 사라졌다는 바로 그 진주였다. 한국 국적이 아니라 미국 국적의 여자였다는 사실도 한참 후에나 알게 되었다. 김밥이 목에 걸렸다. 내 인생을 요절내고 정규직 취직을 불가능하게 만든 여자. 그녀는 내가 빼내 준 회사 정보를 들고 훌쩍 알제리로 날아갔다. 나는 그 정보의 가치를 알지 못했다. 중요한 정보였다는 것만 알고 있을 뿐, 그게 얼마나 중요했는지, 어떤 내용을 담고 있었는지 난 알지 못했다. 그 뒤론 그녀와 연락이 끊어졌다. 그런데 그녀가 아무 일도 없었다는 듯 서울 한복판에 나타났다. 수천 통의 메일을 쓰고 수백 개의 문자를 보냈지만 답이 없던 여자였다. 그때에서야 나는 그녀에게 이용당했다는 걸 깨달았다.

　나는 진열장을 돌아 편의점을 빠져나왔다. 막 출입문을 열고 나서려 할 때 벽면에 붙은 거울 속으로 진주가 보였다. 그리고 눈이 마주쳤다. 그녀가 놀라 눈을 커다랗게 떴다. 그녀가 서울 한복판에 나타났다는 사실에 분노가 치밀어 올랐지만 그녀의 눈동자를 보는 순간 분노는 맥없이 사라졌다. 그녀는 조리대 위에 캔 커피를 두고 나를 따라 나왔다. 나는 진주를 피해 숨을 곳을 찾아 달렸다. 진주도 달렸다. 그러다 길을 꺾은 후 불쑥 들어간 곳이 도서관이었다. 나는 도서관 안으로 들어가 인도가 내다보이는 유리문 뒤에 숨어 진주의 모습을 살폈다. 그녀는 사방을 두리번거리며 내 흔적을 찾았다. 나는 진주가 사라지기를 기다렸다. 한동안 거리를 두리번거리던 진주는 축 늘어진 어깨로 사라졌다. 그녀를 다시 만나도 나는 이용당할 것이고 그녀의 청을 거절하지 못하리라는 걸 알고 있었다. 지금은 나 자신이 이용가치가 없다는 점도 그녀 앞에 선뜻 나서지 못하게 만들었다. 내가 만약 필요하다면 그녀의 보디가드나 그녀의 전용 킬러로나 필요할까? 하지만 골골한 몸으로 보디가드는 역부족일 테고 예비군 훈련에서나마 표적에 총알을 꽂아 본 적 없는 날 킬러로 고용할 리 만무했다. 그래도 그녀가 원한다면 해보겠다는 엉뚱한 상상은 했었다. 그녀가 날 써먹을 덴 운전밖에 없었다. 운전 하나만큼은 기막히게 하니까. 도로로 나가 봤지만 진주는 보이지 않았다. 1년 동안 소식을 끊어 버린 그녀가 우연히 길거리에서 만난 나를 쫓아온 이유가 뭘까? 이용해 먹었지만 사랑만은 진실이었다고? 무슨 신파 쓰고 있냐? 나는 중얼거리며 머리통을 쥐어박았다. 그녀와 나의 인연은 1년 전에 끝났다.

그녀 덕에 나는 내가 맴도는 구역의 도서관을 드나들기 시작했다.
고등학교 다닐 때 시내에 있던 도서관을 드나들었다. 뭔가 색다른 곳을 찾아다니고 싶었던 심정으로 다녔다. 시골 도서관은 허름했다. 열 명쯤 앉을 수 있는 커다란 테이블이 스무 개쯤 두부 판처럼 놓여 있었고, 의자는 반을 접을 수 있는 철제의자였다. 그 뒤에 책꽂이가 놓인 일체형의 도서관이었다. 열람실은 따로 없었다. 훔쳐 갈 책도 없었지만 마음만 먹으면 책 하나 가방에 넣고 나가도 사서는 몰랐다. 책은 전집류 일색이었다. 커다란 테이블에 한 명이나 두 명이 앉아 있을 정도로 도서관은 한산했다. 나는 그곳에 앉아 전집류의 책을 읽었다. 처음엔 도서관 사서를 몰래 짝사랑해서 드나들기 시작했는데 어느새 도서관에 있는 전집을 모두 읽게 되었다. 도서관 사서에게 말 한번 걸어 보지 못했다. 내가 고등학교를 졸업하던 해 그녀도 도서관을 떠났으니까.
도서관으로 들어갔다. 도서관은 턱이 아릴 정도로 시원했다. 대리석이 깔린 바닥은 번들거렸고 안내 데스크만 해도 내 숙소인 별채만 한 크기였다. 도서관은 4층 높이였는데, 중앙 홀은 4층까지 통째로 뚫린 구조였고 양옆으로 다양한 시설들이 갖춰져 있었다. 열람실, 정보문헌실, 어린이 열람실, 회의실, 전시실, 식당, 매점, 교육실, 강의실……. 그리고 각 층마다 휴게실이 있었다. 대학 도서관보다 시설이 더 깔끔하고 좋았다. 백수로 살던 1년 동안 도서관을 찾아오지 않은 게 억울할 정도였다.

　회원증을 만들었다. 새삼 고향 도서관에서 전집류를 읽던 추억이 떠올랐다. 멋있는 문장이 나오면 사서 몰래 책을 찢기도 했다. 책도 제법 많았다. 2층엔 문헌정보실이라는 공간이 있었다. 인터넷을 무료로 쓸 수 있는 공간이었다. 나는 당장 문헌정보실로 들어갔다. 옆자리와 칸막이가 되어 있어 옆 사람이 뭘 하는지 보이지 않는다는 점이 무엇보다 좋았다.

　오랜만에 습관적으로 드나들었던 검색 사이트를 찾아갔다. 그동안 이용하지 않아 폐쇄되었다는 메시지가 떴다. 다시 복원을 시켰다. 수백 통의 메일이 들어와 있었다. 대부분 스팸메일이었다. 그 중에 눈에 띄는 메일을 발견했다. 최근에 온 메일이었다. 내가 파견 나간 부서에서 근무하던 황주용이었다.


전에 한번 거리에서 봤어. 가방 두 개를 어깨에 메고 어디론가 황급히 가던데. 부르려다가 말았지. 부르면 왠지 무안해할 것 같아서. 도랑 씨 나간 뒤로 회사가 완전히 바뀌었어. 보안을 철저히 하겠다며 입구마다 센서를 설치해서 이젠 종이 한 장도 못 들고 나가. 종이에도 우리들 모르게 센서가 부착되었대. 도대체 그 얇은 종이 어디에 센서가 부착된 건지 알 수가 없겠더라고. 진 대리가 시험 삼아 들고 나갔는데 경비가 득달같이 달려왔다지 아마. 아무튼 출근했던 그대로 퇴근을 해야 해. 빌어먹을 보안. 회사에선 이제 메일도 함부로 쓸 수 없어. 그랬다간 바로 호출이야. 그래서 이 메일도 집에서 쓰는 거야. 혹시 소식은 들었어? 풍문이긴 하지만 도랑 씨가 들고 나간 그

자료가 오너가의 스위스 비자금 정보라는 소문이 있어. 어디까지나 소문이니까 뭐 믿을 건 아니지만……. 아무튼 잘 지내시고 있는 거지? 혹 메일 보게 되면 연락 한번 해줘. 내가 소주 한잔 살게.

몇 가지 일들이 후회스러웠다. 아무 말도 하지 못하고 쫓겨났던 게 가장 후회되었다. 진주에게 모든 죄를 뒤집어씌워도 됐을 텐데, 그녀를 사악한 스파이로 만들어 버렸다면 내겐 아무 일도 일어나지 않았을지도 모르는데. 내가 희생한다고 해서 세상이 좀 더 아름다워지거나 순수해지는 것도 아닌데. 어쩌자고 내가 모든 사건의 주범이라고 자백을 했단 말인가. 그녀는 나를 이용했을 뿐인데. 답장을 보내려다 말았다. 사랑에 패배해 노숙자로 전락한 나를 보여 주고 싶지 않았다. 상쾌했던 기분이 점점 곤두박질쳤다. 나는 내 머리통을 쥐어박았다. 우울한 기분 같은 건 개나 물어가라지.

나는 뉴스도 보고 세상의 잡다한 소식도 만났다. 세 시간 남짓 인터넷 속을 맥없이 돌아다녔다. 문헌정보실에서 나와 열람실로 향했다. 드문드문 빈자리가 보였다. 책으로 빽빽한 서가를 둘러보며 대학 시절을 떠올렸다. 나는 대학 시절 내내 공부보다 소설책 읽기를 더 좋아했다. 자취방에서 빠져나오면 강의실과 도서관을 오가며 지냈다. 어느새 책 읽기가 유일한 취미가 되었다. 도서관은 겨울엔 따뜻했고 여름엔 시원했으며 식당은 밥값도 쌌다.

서가를 뒤지다 스페인 작가인 알베르토 산체스 피뇰이 쓴 《차가운 피부》라는 책을 발견했다. 대학을 졸업하던 해 꼭 읽어 보겠다고 별렀는데 이제야 손에 잡았다. 단숨에 책을 읽었다. 세상의 끝이나 다름없는 외딴 섬의 기상관으로 가게 된 한 남자의 고독과 폭력 그리고 생존의 투쟁을 다룬 소설이었다. 세상으로부터 배신을 당했거나 아님 세상을 배신한 남자라는 생각이 들었다. 소설을 읽는 동안 내가 그였고 그가 나였다. 바다의 괴물과 섹스를 하는 장면에선 전율을 느끼기도 했다. 문득 진주의 알몸이 떠오르기도 했다. 나는 오랫동안 외면했던 정서를 그 단 한 권의 책 속에서 찾아냈다. 한때는 소설을 써보고 싶다는 생각을 한 적도 있다는 사실까지도 기억해 냈다.

책을 덮고 책꽂이에 등을 기대고 섰다. 흘러 버린 시간은 추억만 거둬 간 것이 아니었다. 말랑말랑했던 서글픔과 뜨거웠던 마음 같은 것들, 하루도 보지 않으면 견딜 수 없을 것만 같았던 그리움들, 비 온 뒤의 맑게 갠 하늘 같은 것들, 딱딱하게 굳은 아픔 같은 것들, 달리지 않고는 식히지 못할 열정 같은 것들, 눈곱 낀 개의 눈에서 흐르는 눈물 같은 것들도 거둬 갔다.

나는 도서관 휴게실 벤치에 앉아 담배를 반 갑이나 피웠다. 잃어버린 줄 알았는데 그저 심연의 밑바닥에 오랫동안 숨죽인 채 머물고 있었던 기억들을 떠올리며.

*

컵라면의 뚜껑을 뜯었다. 입에 군침을 돌게 하는 냄새가 피어올랐다. 라면은 잘 익었다. 천 원짜리 김밥도 펼쳐 놓았다. 훌륭한 만찬이었다. 모두 1600원이 들었다. 라면을 휘휘 저으며 양철북을 읽었다. 오스카가 사랑했던 소녀가 폭격으로 죽는 장면을 읽었다. 오스카가 고향으로 돌아오는 대목에서 누군가 내 앞에 앉았다. 미향이었다. 나는 젓가락으로 들고 있던 김밥을 컵라면 속으로 빠트렸다.

"놀라셨죠?"

그녀는 주춤거리다가 맞은편에 앉았다. 식당에서 볼 때와는 전혀 다른 느낌이었다. 창백한 얼굴에 생기가 넘쳤다. 나는 주제넘게도 그녀의 얼굴을 들여다보며 그녀가 배신할 것인지 아닌지를 먼저 가늠했다. 동글동글한 얼굴이 배신과는 거리가 멀어 보였다. 그건 어쩌면 내가 여자를 생각하는 방식인지도 몰랐다. 첫눈에 든 여자는 무조건 배신하지 않을 거라는 망상. 진주도 그랬으니까. 신의 지성과 미모를 가진 여자가 남을 이용하거나 배신하는 더러운 일을 하지는 않을 거라고 믿었으니까. 하지만 미향에게선 믿음을 간단하게 뒤집어 버릴 영혼 없는 지성 같은 건 보이지 않았다.

"오늘 일 안 합니까?"

"쉬는 날이에요."

"친구도 만나고 밀린 잠도 자고……."

"내 친구들은 모두 학교 갔죠. 전부는 아니지만. 아무튼 같이 놀 만한 애들은 죄 학교 다녀요. 그리고 걔들이랑 같이 있으면 쪽팔려요. 나만 고기 집에서 일하니까. 그래서 잘 안 만나요. 그러니까 멀어지고……."

식당에서 다른 여종업원들과 잘 어울리지 못하는 그녀였다. 그래서 말도 어눌하게 하고 낯가리고 소심한 줄로만 생각했는데 말을 하는 데 주저함이 없었다. 그게 요즘 여자들의 특성인지도 모른다.

나는 젓가락을 내려놓았다. 홀 서빙을 하고 손님들을 상대할 때도 그녀는 냉랭했다. 그래서 종업원도 가까이 다가들지 못하는 것이라고 믿었다. 그런데 지금 그녀는 그다지 냉랭하지도 차갑지도 왕따처럼 보이지도 않았다. 다만 창백한 얼굴 때문에 어려 보였는데 그녀는 진짜 어렸다. 그래서 조금은 경계가 되었다. 여잔 변신과 배신의 천재들이니까. 하지만 나의 염려는 어이없게도 한순간에 무너지고 말았다. 그녀가 테이블 위에 올려놓은 책 때문이었다. 《중독성 슬픔》이라는 시집이었다.

"집이 여기서 가까워요. 그래서 쉬는 날엔 여기 와서 책도 빌려 가고 놀기도 하고, 뭐 몽상도 하고 그러거든요. 그런데 책 빌리러 왔다가 아저씨를 본 거예요."

그녀가 보기 좋게 만 김밥을 내밀었다.

"내가 싼 건 아니에요. 쌀 시간도 없지만. 그래도 이 김밥보다는 좋은 거예요."

그녀는 김밥을 펼쳐 놓고 히죽 웃었다. 그녀는 컵라면 속으로 젓가락을 푹 쑤셔 넣고 떠먹기도 했다. 통째로 들고 국물도 마셨다.

"그거 내가 먹던 건데……."

"그래서 아까워요?"

그녀가 맹랑하게 말했다.

"그게 아니라 내가 입을 댔다는 거죠."

"말 놓으세요. 제가 열 살쯤 어릴 거예요."

그녀는 혼자 말해 놓고 깔깔거렸다. 원래 이렇게 말을 잘하는 여자였나 싶을 정도로 그녀는 스스럼이 없었다. 식당 생활이 한 달 가까이 흐르고 있었지만 그녀의 입에서 그토록 많은 이야기를 듣기는 처음이었다. 불편하고 부쩍 경계심이 생겼다. 그러다 나도 모르게 피식 웃고 말았다. 지금 나는 여자에게 뭔가를 줄 만한 처지가 아니었다.

"나도 그렇게 늙지 않았습니다."

"말 안 놓으면 내가 먼저 놓을 거예요."

진주에게서 발견할 수 없었던 순수함 같은 게 그녀에게는 있었다.

김밥과 라면을 다 먹는 사이 나는 미향에게 말을 놓았다.

"뭐 읽어요?"

미향은 불쑥 손을 뻗어서 책을 덮고 표지를 봤다.

"양철북? 이런 소설도 있었어요?"

스스럼없이 다가오는 말이 내 마음을 조금씩 흔들기 시작했다.

《양철북》에 대해 설명해 주었다. 누가 썼는지, 어떤 이야기인지, 영화로도 만들어졌다는 말도 해주었다. 대학 1학년 때 읽고 다시 읽는데 그때완 전혀 다른 느낌이라고 말했다.

"어떤 느낌인데요?"

뭐랄까? 어렸을 때 놀던 골목길을 어른이 되어서 보면 작아 보인다. 골목이 세상의 전부였는데, 그래서 그 어느 곳보다 넓고 광활한 곳이었는데 어느 날 보니 작고 볼품없는 골목이었을 뿐이다. 그런데 어렸을 땐 보지 못했던 걸 보게 되었다. 골목의 흔적, 골목의 상처, 골목의 역사, 슬픔, 기쁨, 죽음……. 초등학교 3학년 시절 그 골목에서 옆집 친구가 죽었다. 몇십 년 전에 지은 블록 집들은 벽 속에 그 집의 아궁이 굴뚝이 숨겨져 있었다. 그러다 보니 굴뚝이 지나가는 자리는 벽이 얇았다. 굴뚝을 보호하기 위해 벽 외부 굴뚝 지나가는 자리에 보호 기둥을 덧붙였다. 대개 세로 1미터, 가로 30센티미터 남짓한 시멘트 기둥을 세워 굴뚝을 보호했다. 그런데 이 굴뚝 보호 기둥이 집 다 지은 후에 따로 지은 기둥이라 세월이 지나면 벽에서 떨어지기 일쑤였다. 그때마다 틈에 시멘트를 넣어 붙이곤 했다. 이 보호벽을 타고 도둑도 드나들고 마누라한테 쫓겨난 가장도 발판 삼아 담을 넘기도 했다. 그런데 이게 아이들의 장난감이 되었던 것이다. 옆집 친구가 보호벽을 끌어안고 들썩이는 재미를 보다가 그만 그 벽과 함께 쓰러졌고, 친구는 벽에 깔리고 말았다. 까마득하게 잊고 있다가 그 골목에 딱 서는 순간 그 광경이 떠오르더라. 그저 놀기만 했던 골목이었지만 그 골목 안엔 인생의 모든 게 담겨 있었다. 옛날에 봤던 책을 다시 읽는 기분은, 골목만 봤는데 인생이 보이는 그런 기분과 유사하다고 말했다. 누구에게도 해본 적이 없는 이야기였다. 나는 지금도 단순하게 과거를 그리워하고, 후회하고, 돌아가고 싶은 마음을 들게 만드는 여자라면 믿을 만한 여자라는 생각이 들었다. 진주완 늘 미래에 대해서만 이야기 했다. 그녀는 미래에 대해서만 이야기하는 여잔 쉽게 배신한다는 걸 가르쳐 주었다.

"아저씨 말 정말 잘하는데요?"

미향은 눈을 반짝거리며 말했다.

"미향 씨도 말 잘해요. 식당에서 일하는 미향 씨 맞나 싶을 정도로."

나는 솔직하게 말했다. 거리를 두고 재거나 줄다리기를 할 처지가 아니라는 사실을 잊지 않았다.

"돈 못 번다고 부인한테 쫓겨났죠? 그래서 우리 식당에 알바 왔지만 그래도 천성을 못 버려서 도서관엘 다니는 거죠?"

미향은 제멋대로 상상했다. 나는 그녀의 상상을 바로잡아 주고 싶지 않았다. 내용은 다르지만 사실 별반 차이가 없었다.

"심심한데 영화 보러 가실래요?"

달콤한 향기가 코로 스며들어 정신을 차릴 수 없었다. 갈등하고 판단하는 뇌의 중추가 마비되었다.

"나, 7시까지는 들어가야 하는데."

미향이 덥석 내 손을 잡았다. 순간 식은땀이 흘렀다. 잔잔한 파문이 마음 이편에서 저편으로 오갔다. 작은 기쁨 정도는 누려도 될 만큼 그동안 혹독한 세월을 살아왔다는 기분이 들었다. 나는 가방을 챙겨 일어났다.

우리는 뱀파이어가 나오는 영화를 봤다. 미향은 앞 의자 등받이에 팔꿈치를 올리고 턱을 괸 채 영화를 봤다. 영화에 등장하는 남자와 여자들을 바라보면서 흐뭇해했다. 나는 영화는 건성으로 보고 미향을 구경했다. 잠깐씩 화면이 바뀔 때마다 흘러나온 빛이 미향의 목덜미와 옆얼굴을 어루만졌다. 식당에서 유니폼을 입고 있을 땐 보이지 않던 팔과 맨다리의 흰 피부가 내 눈을 사로잡았다. 보아도 보아도 물리지 않았다. 진주를 처음 사랑할 때도 그랬다.

진주를 처음 본 건 회사 비전 선포식에서였다. 그녀는 사내교육팀의 팀장이었다. 나는 그녀에게 혁신적인 툴들을 알려 주고 사용법을 가르치는 2년 계약의 외부 컨설턴트였다. 그녀는 빨리 흡수했다. 채 한 달도 되지 않아 모든 혁신적인 툴을 훌륭하게 교육할 줄 알았다. 그녀에게 더 끌린 건 해박했기 때문이었다. 세계적인 경제학자들의 명언들이 그녀의 입에서 나왔고, 세계적인 기업들이 종업원의 목을 어떻게 죄어 원가를 절감하는지 등에 대한 설명에도 막힘이 없었다. 통계 내는 법을 깨우친 뒤 수백 페이지짜리 경제서적이 그녀의 입을 통하면 10분으로 요약되었고, 세계적인 베스트셀러들도 다이제스트로 만들어 냈다.

그녀는 모든 남자 사원들의 로망이었으며 모든 여사원들의 시기심의 대상이기도 했다. 그런 그녀와 나는 자연스럽게 가까워졌다. 운명처럼 받아들였다. 어느 부서든 막힘없이 드나들 수 있는 나의 직책을 탐냈을 뿐이었는데 그땐 알지 못했다. 사랑인 줄로만 알았다. 그런데 그녀가 접근했던 사원은 나 혼자만이 아니었다. 파리에서 수십 명의 장교들을 사귄 마타 하리와 다르지 않았다. 하지만 모두 살아남았고 나만 해고당했다. 그래도 사랑한다고 생각했고 지금도……

"재밌었어요?"

뱀파이어들의 세력 다툼에 관한 영화였다. 그저 그랬다. 나는 사실대로 말했다.

"그럼, 아저씬 어떤 영화들을 좋아해요?"

나는 하늘을 올려다보았다. 아직 한낮이었다.

"케빈 스페이스가 주연했던 〈케이 펙스〉, 이병헌이 나왔던 〈달콤한 인생〉, 로버트 드니로가 나온 거나 알파치노가 나오는 영화를 주로 봤지."

"처음 들어 본 영화도 있네요. 다 오래된 영화들이죠? 요즘엔 영화 못 봤죠?"

미향은 내 손을 잡고 멀티 영화관 지하의 오락실로 데려갔다. 총도 쏘고 농구공도 던지고 스키도 탔다. 나는 장소를 옮길 때마다 시계를 봤다. 미향은 그런 나를 모른 척했다. 그녀는 마지막으로 노래방으로 나를 데려갔다.

"우리 딱 30분만 노래 불러요."

역시 그녀가 계산을 했다. 노래 시간이 화면에 들어오기 전 남자가 맥주 캔 두 개를 들고 들어왔다.

"이 정도는 괜찮죠? 아저씬 손님들 상대하는 게 아니니까."

　술은 마다하고 싶었지만 맥주 캔 하나 정도라면 뭐. 모처럼 나도 즐거웠다. 노래방을 가본 게 언제였던가. 1년 만인데도 노래방 시설이나 노래가 많이 바뀌었다. 미향은 내가 알지 못하는 노래들을 고래고래 소리 지르며 불렀다. 나는 맥주만 홀짝이며 혼자 노래 부르고 탬버린 두들기고 춤추는 미향을 구경했다. 생각해 보니 나는 술에 어느 정도 취하지 못하면 노랠 부르지 못했다. 적당히 술에 취해야 흥이 채워지고 노래가 나왔다. 나는 술에 취하지 않고도 열창을 하는 미향을 보면서 세대 차이 같은 걸 느꼈다. 그런데 지금은 누가 등 떠밀어 주면 노래를 할 수 있을 것도 같았다. 하지만 막상 무슨 노래를 불러야 할지 까마득했다. 회사 동료들과 술 한잔 걸치고 노래방에 가면 제법 노래도 불렀는데, 무슨 노래를 불렀는지, 어떤 노래를 즐겨 불렀는지 기억이 나질 않았다. 노래가 끝나자 미향이 나에게 마이크를 불쑥 들이밀었다.

"노래할 줄 모르는데……."

"노래 못 하는 사람이 어디 있어요?"

"그게 아니라 너무 오랫동안 노랠 안 불러서 옛날에 내가 무슨 노래를 불렀는지 몰라서……."

미향은 나를 물끄러미 내려다보았다.

"노래를 불러 본 게 언제가 마지막이에요?"

"1년쯤 전?"

"오래되긴 됐네. 그럼 내가 한 곡 찾아 줄게요. 아저씨가 잘 부를 만한 걸로."

미향은 노래책을 펼친 후 제목을 훑어 내렸다. 나는 미향의 목덜미와 귀와 자연스럽게 흘러내린 머리카락을 구경했다. 문득 가슴 한복판이 소용돌이치는 나를 발견하곤 당황했다. 얼굴이 빨갛게 달아올랐다.

"이 노래 한번 불러 줘요. 아저씨 목소리 톤이랑 딱이에요."

미향은 내 곁에 바짝 다가앉으며 마이크를 내밀었다. 그녀의 가슴이 어깨에 닿았다. 나는 흠칫 놀랐다. 미향은 노래책만 들여다보면서 자신의 가슴이 내 어깨에 닿았는지, 그리고 내가 왜 놀라는지에 대해 모른 척했다. 심장 뛰는 소리가 들키지 않을까 걱정이 돼 그녀를 슬그머니 밀어냈다.

"이 노래 아시죠? 옛날에 우리 외삼촌이 기타 치면서 잘 불렀거든요."

타니타 티카람(Tanita Tikaram)이 부른 '아이 마이트 비 크라잉(I might be crying)'이라는 노래였다. 아, 회사 다닐 때 한 영화배우가 영화 속에서 멋들어지게 부르는 걸 본 후 노래방에서 한번 불러 보겠다고 한참 mp3로 다운받아 들었던 노래였다. 그런데 그때 들고 다녔던 mp3는 어디로 갔지?

미향은 어느새 노래 주문 숫자버튼을 눌렀다. 마이크를 잡은 미향은 내 어깻죽지 위에 머리를 기대고 두 손으로 팔을 감싸 안았다. 그러곤 내 등 뒤를 파고들었다. 나는 얼어붙은 몸으로 노래를 불렀다. 처음엔 화면에 올라온 가사를 보고 불렀다. 중간쯤 지나자 까맣게 잊었던 노래가사들이 저절로 떠올라 눈을 감고 불렀다. 노래가 마지막에 가까워오자 미향은 내 뒤를 더 파고들어 얼굴을 묻었다. 노래가 끝났다. 나는 길게 한숨을 내쉬었다. 노래방엔 정적이 감돌았다. 잠시 후 미향이 정적을 밀어내기라도 하듯 나지막이 흐느꼈다. 갑자기 여자와 친해졌다는 생각이 들자 덜컥 겁이 났다.

*

　오전에 내리다 긋다 하던 비가 오후로 접어들며 폭우로 변했다. 나는 처마 밑에 앉아 대야에 담긴 불판을 쳐다보고 있었다. 비가 적당히 내리면 손님이 많지만 폭우가 쏟아지면 식당 문을 닫아야 할 정도로 손님이 뚝 떨어졌다. 식당 영업이 끝나려면 멀었는데 불판 나오는 횟수가 뜸해졌다. 처마 밖으로 흘러 나간 담배 연기가 빗물에 젖어 삽시간에 흩어졌다. 욕탕에 몸을 담근 채 몇 시간 동안 앉아 있는 기분이 들었다.

　"임도랑 씨?"

　나는 깜짝 놀라 담배를 떨어트렸다. 빗물 구경하느라 사람이 다가온 줄도 몰랐다. 하늘색의 얇은 여름 점퍼 차림의 남자가 나를 바라보고 있었다. 무척 낯이 익었다. 아는 사람인가?

　"임도랑 씨, 나 기억 안 나?"

　깡마른 체격 때문에 여름 점퍼가 자루 같다는 생각이 들었다. 반면 또렷한 이목구비와 머리통에 달라붙은 곱슬머리 때문에 인상이 강렬했다. 말도 반말이었다. 분명 아는 사람인데……. 나는 어색하게 미소를 지었다.

　"친구들이랑 술 한잔 하러 왔다가 도랑 씨를 봤는데……. 창밖을 내다보면서 설마 했는데……. 담배 피우러 나와서 보니 도랑 씨가 맞더라고."

　나는 여전히 그의 정체도 모른 채 고개를 끄덕거렸다. 말투가 반말 같기도 하고 아닌 것도 같았다. 묘한 말투를 지닌 남자였다. 그가 미소

70

를 짓자 광대뼈가 튀어나왔다. 불빛에 드러난 광대뼈가 번들거렸다. 그는 친근하게 미소를 지었다. 얇은 담배를 꺼내 물면서 내게도 권했다. 나는 손사래를 쳤다.

"지난번 일은 좀 그랬지. 그건 아니다 싶어서 전화해 볼까 망설이다가 오늘 직접 만나게 됐네."

누구지? 나는 식당 로비와 내실 쪽을 맥없이 둘러보았다. 내가 한때 몸을 담았던 컨설팅 회사의 사람은 아니었다. 그렇다면 내가 컨설팅을 나갔던 회사의 사람? 그렇다면 낯은 익지만 기억나지 않을 수도 있었다. 나이는 나보다 서너 살 많아 보였다. 그래도 서로 반말할 사이는 아닌데. 그래서 더더욱 혼란스러웠다. 그리고 별 대꾸를 하지 못하는 나 자신 때문에 쪽팔렸다.

그의 입가에서 희고 가는 연기가 흘러나왔다.

"사실 담배를 안 피는데 술만 마시면 생각이 나더라고. 애들도 그렇고 손님들도 담배 냄새 싫어하거든."

여전히 반말. 하지만 전혀 친근감이 없는 반말이었다.

"아, 네."

머릿속이 더 복잡해졌다. 손님이라면 장사를 한다는 말인데. 내가 자주 다녔던 식당이나 술집의 사장? 종업원? 그래도 떠오르지 않았다.

"도랑 씨만 한 분 만나기 힘들더라고."

점점 더 알 수 없는 소리만 지껄였다. 말도 끝맺음이 희미했다. 남자 종업원이 불판 몇 개를 놓고 들어갔다. 나는 그사이 담배 하나를 꺼내 물었다. 예전에 알던 사람이라면 쪽팔린 일이지만 이제 더 쪽팔릴 일도 없었다.

불현듯 진주의 얼굴이 떠올랐다. 진주의 곁에서 맴돌던 남자 중의 하나였을까. 나는 더 이상 진주와의 일로 인해 엮이고 싶지 않았다. 그리고 진주 때문이라면 받을 만한 죗값을 모두 치렀다고 생각했다. 그야말로 모든 걸 잃지 않았는가. 스파이라는 낙인이 찍히는 순간 회사에서 정리해고 당했으며 회사를 통해 전세 자금을 대출해 주었던 은행까지 나와의 관계를 정리했다. 회사에 다닐 땐 서로 돈 빌려 주겠다던 모든 금융회사는 물론, 쳐다보지도 않던 제3 금융회사까지 나를 외면했다. 전세금 빼내 은행 빚 갚고 적금 깨고 차 팔고 냉장고, 전자레인지까지 팔아서 큰형의 대출 빚까지 채무정리 하고 나니까 가방 두 개만 남았었다. 불명예 퇴직이라 퇴직금도 고용보험도 받을 수 없었다. 내 사과 담당자는 벌금을 내지 않고 구속되지 않은 것만으로도 다행이라며 빈정거렸다. 사랑 때문에 집도, 돈도, 명예도, 인간적으로 살 최소한의 권리마저 잃었다.

"저는 일을 해야 해서요……."

나는 빗속으로 걸어 나가 앉은뱅이 의자에 앉아 불판을 닦기 시작했다. 그가 누구인지 궁금했지만 일부러 누구인지 확인하고 싶지 않았다. 구면이라지만 오랜만일 텐데 반말이나 해대는 사람이라면 나와는 그다지 친하지 않았을 것이라는 생각이 들었다. 설령 친했다고 해도 반말을 할 사이는 아닐 듯했다. 혹시 파견 나갔던 회사의 감사부 사람들? 그들은 사내 수사를 진행한다며 함부로 반말을 해댔다. 생전 처음 보는 얼굴이고 나이 차이도 별반 나지 않는데 그랬다. 그놈들이라면 반말을 할 법도 했다. 하지만 그 인간들이라면 다시는 보고 싶지 않았다.

우의에 딸린 모자를 뒤집어썼지만 비는 속수무책으로 안을 파고들어 왔다. 가슴이 젖고 심장이 젖었다. 초벌 닦기를 한 불판을 처마 아래 대야로 옮겼다. 그때까지도 남자는 비를 구경하기만 했다. 그 시선이 집요해 나는 남자의 시선을 따라갔다. 남자는 어둠마저 지우는 비를 하염없이 바라봤다. 숲은 하나의 커다란 덩어리가 되어 꿈틀거렸다. 남자는 다시 담배를 한 개비 더 꺼내 물었다.

남자는 내가 불판을 다 닦을 때까지 담배를 피우며 비를 구경했다. 빗줄기가 가늘어지면서 가로등이 시멘트 바닥 위에 노랗게 풀어졌다. 남자가 꽁초를 던졌다.

"이제 일 다 끝나셨나?"

그의 말투에는 빈정거림이 묻어 있었다.

"도대체 누구시죠?"

그의 눈가가 아래로 구부러졌다.

"본 지 한 세 달 정도 됐으니까 모를 수도 있겠네. 나는 도랑 씨가 날 알 거라고 생각했는데."

세 달? 그렇다면 적어도 진주와 엮인 인간은 아니라는 말이었다. 그런데 세 달 전에 만난 인간이 반말을 한다? 하지만 그와 승강이를 벌일 기분은 아니었다. 비까지 와서 기분은 더 우울했다.

"나 애견센터 원장."

"애견센터라면……?"

"몽몽의 집, 기억 안 나? 애견센터와 동물병원을 겸하고 있지."

끝까지 반말이네. 짧은 영상들이 빠르게 머릿속을 지나갔다. 수십 마리의 애완견과 장난감 같은 강아지 집들, 벽을 채운 개 사료들과 미용 재료들 안쪽으로 깊이 들어간 애견 호텔이라는 공간, 카운터 뒤를 채운 온갖 색상의 개 줄들……

그제야 그를 알아보았다. 그를 통해 개 산책시키는 일을 소개받았던 것이다. 일을 소개받았을 때 처음 만난 뒤로 나는 그를 본 일이 없었다. 그 첫날에도 그는 시종일관 반말이었다. 기분 나빠서 속으로 '몽몽 원장'이라고 불렀던 기억도 났다. 하지만 사실 지금 내 앞에 있는 남자가 그때의 그 남자인지도 의심이 갔다.

"몰라봐서 죄송합니다. 일 소개받을 때 한 번밖에 못 만나서 가물가물했나 봅니다."

"그러시겠지. 나야 애견 주인들한테서 간간히 도랑 씨 소식 들었지. 그렇게 견공들하고 호흡이 잘 맞는 분 없다고 칭찬이 자자했어. 똥 체크해 주는 산책자는 아마 도랑 씨가 유일무이할걸. 그 일 있기 전에는 모두 흡족해했는데……"

몽몽 원장은 나를 힐끔 쳐다봤다. 생각해 보니 그는 손님들에게도 나무라기 애매한 반말을 했다. 기분이 나쁘지만 딱히 항변하기에는 애매한 말투였다. 그건 그렇다 치고 왜 느닷없이 내 앞에 나타난 걸까.

"혹시, 퍼그가 임신해서 한바탕 난리가 났던 건 모르지?"

나는 움찔 놀랐다. 몽몽 원장은 손으로 주먹을 말아 쥐고 입을 막았다. 그리고 아주 잠깐 쿡 웃었다. 비밀을 다 알고 있으니 까불지 말라는 뜻 같았다. 미향과 종업원 몇이 불판을 들고 나왔다. 몽몽 원장은 잠시 말을 멈추었다. 미향이 나와 몽몽 원장을 번갈아 본 뒤 식당으로 들어갔다.

"아무튼 이 동네 사람들은 까다로워. 그렇긴 하지만……"

그런 넋두리나 늘어놓으려고 나를 찾아온 것 같지는 않았다.

"도랑 씨 연락처를 잃어버려서 일 몇 번 들어왔는데 연락을 못 했지. 아직도 할 의향이 있으신가? 낮에 별일 없으시면 말이야."

계속 말투가 거슬렸지만 막을 수가 없었다. 나는 앉은뱅이의자에 앉아 설거지통에 담긴 불판을 꺼내들었다.

"별일 없으면 낮에 우리 가게 나오면 어떨까? 가게에서 아르바이트 하던 학생이 그만두는 바람에 손이 좀 딸리거든. 뭐 별일은 아니고 개들 목욕시켜 주는 정도만 해주시면 되는데. 사료 좀 주고. 퍼그 임신했다고 주인이 얼마나 난리를 치는지 그 일 무마하느라고 아주 혼났네."

계속 듣고 있자니 말투에서 여성스러운 냄새도 풍겼다.

"시간이 안 될 거 같네요."

그는 퍼그의 임신이 나의 관리 소홀이라고 짐작하고 있었다. 사실이었기에 항변할 마땅한 말이 떠오르지 않았다. 하지만 그건 그야말로 개들의 일이었다. 나는 불판을 철수세미로 박박 문질렀다. 그는 팔짱을 끼고 서서 비실비실 웃으며 나를 내려다봤다. 그의 입가에 서린 미소가 섬뜩했다.

"하루에 두세 시간 정도만 봐주면 되거든. 시급은 많이 쳐줄 수 있어."

뭔가 잘못되었다는 생각이 들었다. 보통 거절하면 그러냐고 답하고 물러나기 마련인데 그는 그럴 기미를 보이지 않았다.

"사람이 없습니까? 나 말고도 광고 내면 사람 금방 구할 수 있잖습니까?"

"하나같이 모자란 놈들만……. 개 목욕시키거나 산책시키는 일도 머리가 있어야 하는데 아무나 하면 되는 줄 안다니까."

그는 또 한 차례 주먹으로 입을 막았다. 나는 불판을 설거지통에 담근 후 그를 빤히 쳐다봤다. 빗줄기가 가늘어졌다.

"도랑 씨처럼 야무진 사람을 구할 수가 있어야지. 별일 없는 거 같은데……. 가끔 도랑 씨를 찾는 사람도 있고 해서 말이야."

"나를 찾아요?"

"개 산책 부탁하려는 사람들이 종종 있어. 도랑 씨가 개 산책시키는 걸 공원에서 봤다고 하면서 소개 좀 해달라는데. 사실 한 두 마리 산책시켜선 답이 없잖아. 그리고 가끔 개 데려오는 사람들이 파피용이랑 퍼그가 달라붙었던 걸 봤다는 말도 하더라고. 그래도 개 산책에 전문가라면서 소개해 달라는 사람들이 몇 있었지. 나야 개를 잘 아니까 사람이 어쩌지 못한다고 변명을 하기는 했는데."

그는 자신이 나서서 퍼그 사건을 변명해 주었다고 말하고 있었다. 그러니까 군소리하지 말고 자신의 뜻을 받아들이라는 이상한 협박을 하고 있었다. 그가 굳이 나를 찾은 이유가 명확해졌다.

"광고를 냈더니 노숙자나 그런 이상한 분위기의 인간들만 몰려오더라고. 이 동네 개 주인들은 적어도 대학은 나오고 말끔해야 한다고 생각하거든."

개를 산책시키는 일에도 대학을 나와야 한다? 이번에는 내가 피식 웃었다. 그러니까 한마디로 나는 개 산책시키는 일에 제격인 셈이었다. 말끔한 얼굴에 대학까지 나왔으니 조건으로서는 좋았다. 하지만 그러려고 대학을 나온 건 아니었다. 내가 나서서 아르바이트를 찾으러 갔을 때보다 더 비참하다는 생각이 들었다.

"지금, 다른 일도 하고 있습니다. 정기적이지는 않지만 거기서 연락이 오면 나가고 해야 하는 일이라 힘들겠네요."

"아, 그런 거라면 상관없지. 우리도 매일 나오는 것보다 이틀에 하루 정도 나와서 개만 목욕시켜 주면 되거든."

그는 도무지 돌아갈 생각을 하지 않았다. 괜한 일에 고집부리고 말도 안 되는 일에 오기 부리는 그런 인간들이 있었다. 기어코 어떤 식으로든 자신이 원하는 답을 얻어야 직성이 풀리는 유형의 인간이 있다. 그러면서 남을 존중해 주는 듯 구는 그런 인간.

"일단 생각해 볼게요."

"아, 그러셔야지. 개 목욕시키다 보면 더 좋은 일도 들어오고 그럴 거거든. 쥐구멍에도 볕은 들지 않겠어?"

몽몽 원장은 내게 명함을 주고 내 전화번호를 받아 적어 갔다. 그리고 이왕이면 내일부터 나와 줬으면 좋겠다는 말을 남겼다. 친하게 지내자는 인사말을 할 때는 왠지 소름이 끼쳤다.

모두가 퇴근했다. 별채 유리 지붕 위로 빗방울이 맺혔다가 떨어졌다. 인근 네온사인이 담을 넘어와 빗방울에 젖었다. 빗물은 네온사인의 빛을 타고 흘러내렸다. 어깨 위로 한기가 내려앉았다. 벌써 여름은 물러가고 있었다. 나는 침낭을 어깨까지 끌어올렸다. 괜히 코끝이 시큰거리며 가족들 생각이 났다.

평생 폐차장에서 도둑질만 하다 떠난 아버지, 불법으로 개 도축하는 일을 업으로 삼아 수시로 파출소를 드나들던 어머니, 빚만 남기고 자살한 큰형, 한국이 싫다며 인도 문드라로 떠난 작은형. 다들 서로를 보며 으르렁거렸지만 그래도 내가 대학에 입학하던 날에는 모두 모여 짜장면과 배갈을 먹으며 웃고 떠들었다. 그런데 어디선가 균형이 깨지고 말았다. 어디에서 어떻게 균형이 깨진 것인지 알 수 없었다. 한순간 소리도 없이 찾아온 어둠처럼 균형도 조용히 깨졌다.

도로에서 급하게 브레이크 밟는 소리가 들렸다. 나는 침낭 지퍼를 머리끝까지 올리고 어둠 속으로 숨어 버렸다.

*

나는 운명에 관한 책들을 빌렸다. 모두 개인의 의지로 운명을 바꿀 수 있다는 내용이 담긴 책들이었고, 어떤 책은 운명을 바꿀 수 있는 비법을 기록해 놓은 책도 있었다. 인간의 사주에 따라 운명이 제각각으로 진행되지만 어떤 비법을 통해 이 운명의 큰 틀을 다른 방향으로 휘어지게 만들 수 있다는 내용이었다. 그 어떤 비법을 찾아보기 위해 나는 책을 펼쳤다. 이름을 바꾸고, 부적을 쓰고, 사는 곳을 바꾸고, 굿을 하고, 합을 이룰 수 있는 배우자를 만나고……. 젠장! 부적을 쓰면 내 운명을 바꿀 수 있을까?

나는 키득거리며 웃었다. 운명을 바꿀 수 있다는 문장들은 모두 허무맹랑한 요설에 지나지 않았다. 나는 문득 미향의 얼굴이 떠올랐다. 네 권의 책 중에 세 권을 반납하고 마지막 책을 펼쳤다.

현재는 과거에 대한 결과다. 과거에 대한 업을 씻기 전에는 운명을 바꿀 수 없다. 운명을 바꿀 수 있다는 말보다 운명을 바꿀 수 없다는 말에 더 솔깃했다. 모든 일에는 반드시 원인이 있으며 그 원인에 의해 운명도 결정된다고 쓰여 있었다. 그렇겠지. 그러니까 책대로라면 내 인생은 과거의 어떤 잘못으로 인해 지금 고통을 겪고 있다는 말이었다.

아니면 과거보다 더 먼 과거의 어떤 잘못된 결과로.

　나는 책을 덮고 자줏빛으로 익어 떨어진 산수유 열매의 무덤을 바라보았다. 삶이란 원래 터무니없이 난해한 것이야. 어머닌 죽기 전에 어쩌자고 그런 말을 했을까. 살날이 더 많이 남은 나는 그 점이 늘 궁금했다. 그런데 요즘 들어 그 터무니없이 난해한 삶을 살고 있다는 기분이 들었다. 산수유는 따는 사람도 주워 가는 사람도 없어 내가 버린 세월처럼 조용히 제 나무 아래에서 썩어 가고 있었다. 서서히 땅 속으로 스며들어 썩고 발효되어 언젠가는 다른 산수유로 피어날 것이다. 백 년쯤 후에. 나는 무덤처럼 소복이 쌓여 있는 산수유를 쳐다보며 두서없이 떠오르는 과거의 기억들을 헤집어 보았다.

　내 눈앞으로 고등학생쯤으로 보이는 아이들 대여섯 명이 지나갔다. 녀석들은 도서관 후미진 곳으로 몸을 숨겼다. 하지만 내가 앉아 있는 자리에선 녀석들이 훤히 보였다. 다섯 명이 한 명을 앞에 두고 욕설을 퍼부었다. 어떤 녀석은 주먹질을 하고 누구는 발길질을 했다. 일방적으로 두들겨 맞던 녀석이 풀썩 쓰러졌다. 사람들의 눈길 따윈 무시하겠다는 행동이었다. 나는 벌떡 일어났다가 도로 벤치에 앉았다. 대신 담배를 꺼내 물었다. 녀석들은 쓰러진 학생을 무차별 짓밟았다. 심장이 분주하게 뛰었다. 내가 나설 일이 아니었다. 나의 고통에 상관없이 무심하게 굴러 가는 세상처럼 무관심해도 될 일상이었다. 이제는 세상에 진 빚 없고 세상 역시 내게 진 빚 없었다. 내버려두면 그냥 흘러갈 일이었다. 담배 연기가 흩어지지 않고 제자리를 맴돌았.

　문득 오래전 일 하나가 떠올랐다. 아마 내가 고등학생 때였을 것이다. 시내에서 영화를 보고 오던 길이었다. 늦은 밤이라 서둘러 집으로 향하고 있었다. 그랬는데 극장 골목을 지나가다 낯익은 목소리를 듣고 걸음을 멈추었다.

극장 골목 끝에 남녀 학생 둘이 건장한 청년들에게 둘러싸여 협박을 당하고 있었다. 전봇대에 매달린 갓등이 빛을 뿜으며 파르르 떨었다. 지금은 이름이 기억나지 않지만 남학생은 내 친구였다. 머리에 피도 안 마른 것들이 연애질이냐, 봐줄 테니 돈이나 꺼내. 나는 어찌해야 할지 몰라 골목 입구에서 서성거리다 그만 친구와 눈이 마주치고 말았다. 친구는 나에게 간절한 눈빛으로 도와달라고 말했다. 그때 친구의 눈길을 알아차린 청년 한 명이 나를 쳐다봤다. 저 새끼 봐라, 너도 이리로 와! 청년 한 명이 나를 향해 걸어 나왔다. 청년의 어깨 너머에 있던 친구는 이미 바닥을 뒹굴고 있었고, 여학생은 남자들에게 둘러싸여 모습이 제대로 보이지도 않았다. 그들의 발아래에서 가방만 뒹굴었다. 나는 냅다 도망치기 시작했다.

다음 날 친구는 학교에 나오지 않았다. 다음 날도, 그 다음 날도. 소문이 돌았다. 극장 골목에서 한 여학생이 강간을 당했다고. 그날 이후 나는 친구를 보지 못했다. 전학 갔다는 말만 들었다. 그 골목으로 뛰어들어갔다면 둘의 운명과 내 운명이 바뀌었을까? 과거는 과거일 뿐일까? 과거의 행동과 물리력은, 특별한 왜곡이 없는 한 결국 현재에 이르고 미래에 다다른다. 내가 손에 쥔 책에는 그렇게 쓰여 있었다. 나의 현재가 운명이라는 말을 믿기에는 억울했다. 하지만 과거의 물리력이 현재에도 영향을 미친다는 말은 수긍이 갔다.

나는 벤치에서 일어났다. 그리고 남학생들이 몰려 있는 곳으로 걸어갔다. 15미터쯤 되는 그 길을 걸으며 나는 재빨리 계산을 했다. 잘 타이를 것인지, 아니면 어른의 위엄을 보일 것인지……. 마음을 정하지 못했다. 내가 고등학생이던 시절과는 여건이나 상황이 달랐다. 녀석들에게 가까이 다가갔을 때 휴대폰에 문자가 왔다.

— 고민하다가 문자 보냅니다. 당신이 그렇게 되리라곤 상상해 보지 않았으니까요. 왜 모든 걸……. 이젠 부질없는 짓이 되어 버렸군요. 내게도 그만 한 이유가 있었다는 걸 어떻게 말해야 할까요? 미안할 뿐입니다. 만나고 싶습니다. 그래서 진짜 나에 대해 당신에게만은 알려 주고 싶습니다. 제 욕심인가요?

문자를 보낸 건 진주였다. 나는 잠깐 걸음을 멈췄다. 내가 간절하게 보낸 메일과 문자엔 답변 한 줄 해주지 않던 여자가 1년 만에 용서를 구한다는 문자를 보냈다. 전화번호는 낯선 번호였다. 속이 부글부글 끓고 화가 났다. 시간이 지나도 화는 식지 않고 나를 우울하게 만들었다. 나를 사랑하긴 했냐는 문자를 적었다가 지웠다. 그사이에 나는 녀석들 앞에 섰다. 고등학생이라지만 덩치는 어른들과 맞먹을 정도로 좋았다.

"이런 호로새끼들, 밥 처먹고 할 일들이 없냐? 빨리 안 일으켜?"

그럴 마음은 없었는데 내 입에서 거친 말이 튀어나왔다. 내 목소리라고 믿지 못할 정도로 격렬했다. 그런데 속이 시원했다. 학생들이 내 얼굴을 살피며 쓰러져 있던 학생을 일으켜 세웠다. 나는 들고 있던 책으로 녀석들의 머리통을 갈겼다. 그런데 어찌 된 일인지 그 소리가 무척 컸다. 학생들이 움찔거렸다.

"얼른 안 꺼져? 다시 한 번 내 눈에 띄면 그땐 진짜 대가리 빵구 날 줄 알아."

내가 윽박지르자 학생들이 비실비실 뒷걸음질 치더니 냅다 달아났
다. 몇 달 전 공사 중인 건물에서 고등학생들에게 당했던 때가 생각났
다. 그때 나는 잔뜩 주눅이 들어 있었다. 무기력했던 그때와 지금은 달
랐다. 내 운명의 어떤 요소들이 변화를 일으켰다는 기분이 들었다. 운
명론자들이 그것조차도 운명이라며 공허한 논리를 들이댄다면 할 말
은 없었다. 분명한 건 운명이든 아니든 뭔가 변했다는 사실이다. 이루
지 못할 것들에 대한 욕망을 버렸거나 갈 수 없는 길을 깨닫고 자포자
기한 그런 변화인 듯했다.

나는 다시 벤치로 돌아와 앉았다. 그리고 운명을 바꿔 줄 이야기에
몰두했다. 때론 과거의 참회를 통해 이미 정해져 있는 운명의 선이 미
세하게 방향을 틀기 시작하며 결국 새로운 인생을 살게 될 수도 있다는
말이 적혀 있었다. 책 속에서의 과거란 어제 그제의 일만 아니라 태어
나기 전의 삶도 포함해야 한다고 말하고 있었다. 이미 정해진 길을 따
라 흘러가는 물길이 끝없는 참회와 기원으로 바뀔 수 있다는 말. 매력
적인 글귀였다. 또한 죄를 지으면 그 죄는 반드시 그 인간에게 돌아온
다는 말도. 좋은 말이지만 달리 보면 저주 같은 말이기도 했다. 그래도
나는 좋게 생각하기로 했다. 저주가 풀릴 때도 되지 않았나 생각했다.

"아저씨 때문에 더 좆 됐어요."

두들겨 맞던 녀석이 내 곁에 앉으며 투덜거렸다. 녀석의 입가에 피
딱지가 앉아 있었다.

"저 새끼들, 존나 끈질기거든요."

녀석은 입가를 훔치며 말했다. 옷도 더러워졌고 바지 밑단은 뜯어졌
다. 나는 녀석의 이름을 물었다.

"이재혁이에요."

"뭐, 한번 을렀다고 겁먹고 도망가는 녀석들이 끈질기면 얼마나 끈질기겠어."

"쟤들 학교에서도 포기한 애들이지만 아저씨 보고 안 도망갈 애들이 어디 있어요?"

"내가 어떤데?"

나는 우스웠다. 농담하냐는 의미도 담겨 있었다.

"아저씨, 마약 환자 같아요. 얼굴은 희멀겋지. 눈은 꼭 약에 취한 사람 같은 눈이었단 말이에요. 조폭보다 더 무서운 인간들이 약쟁이들이잖아요. 아저씨 보고 안 도망가는 게 이상한 거지. 진짜 약쟁이죠?"

나는 녀석의 머리통을 후려쳤다.

"왜 때려요! 아니면 그만이지. 아무튼 나 좆 됐어요."

재혁이 벤치에서 일어났다.

"학교 가서 매일 부딪혀야 하는데……."

나는 녀석의 문제에 대해 물었다.

"사실 나 편의점에서 알바 하거든요. 돈통에서 돈 빼오라고 그러는 거예요. 몇 번은 제 돈으로 갔다 줬는데 이젠 감당할 수가 없을 만큼 큰 돈을 가져오라는 거예요. 그 새끼들은 악마예요."

재혁의 얼굴이 잔뜩 일그러졌다. 내가 다니던 회사에서도 그 비슷한 일들이 있었다. 좋은 기업의 컨설턴트로 보내 줄 테니 돈 얼마를 가져 오라고 노골적으로 말하던 상사가 있었다. 상사가 말한 좋은 기업이란 잘만 하면 연봉 높은 회사에 이직을 수월하게 할 수 있는 그런 회사자리였다. 나는 그와 말 섞지 않았다. 세상의 모든 일에 자신이 있었다. 지금은 아니지만. 그 상사와 녀석이 말한 아이들과 하나 다를 바 없었다.

"그런 일 생기면 날 찾아. 내가 한번 끝장을 내줄게."

내가 말했다. 극장 골목길에서 본 게 마지막이 된 친구에게 참회하고 싶었던 것일까. 아무튼 호기롭게 말해 놓고 후회했다. 조폭보다 탈선한 고등학생들이 더 무서운 존재라는 건 개나 소도 알았다. 한 번은 우연찮게 윽박지르는 게 먹혀들었지만 만약 주먹질 한번 제대로 해본 적 없다는 게 들통 나면 끝이었다.

"정말요?"

"몇 학년이야?"

"고 2요."

"고 2가 공부 안 하고 웬 알바야?"

"고 2는 알바 하면 안 돼요? 난 알바 안 하면 못 살아요."

"왜?"

재혁이 벤치에서 일어나며 나를 휙 째려봤다.

"형사처럼 왜 꼬치꼬치 물어요?"

나는 말이 흘러가다 보니 그렇게 됐다는 설명을 하려다 말았다. 더 이상 꼬마의 인생에 관여할 생각은 없었다.

"알바 갈 시간이에요. 아저씨 때문에 내 인생 완전 새 된 줄이나 아세요."

재혁은 끝까지 고맙다는 말을 하지 않았다. 어쩌면 아이들의 세계에 내가 잘못 뛰어든 것인지도 몰랐다. 재혁이 가방을 메고 정문 쪽으로 뛰어갔다. 나는 문득 그 시절을 떠올렸다. 고등학교 땐 아르바이트를 해본 일이 없었다. 집에서 사육하던 똥개들에게 아침저녁 사료를 준

게 전부였다. 그 일을 하면서도 늘 투덜댔다. 그런 과거도 현재를 만드는 데 일조를 했으려나?

딱히 지금까지 살아오면서 잘못한 일은 떠오르지 않았다. 자위했던 일들? 담배를 배운 후 아버지 담배를 훔쳐 핀 일? 옆집 누나의 팬티를 훔친 일? 여자가 목욕하는 걸 훔쳐본 일? 한 가지 기억이 났다. 대학에 입학한 그 첫해 자취를 할 때였다. 옆방에 조미료를 빌리러 갔는데 방문이 열려 있고 사람은 없었다. 나는 방문을 활짝 열고 안으로 들어갔다. 자주 왕래를 하던 사이라 방에서 기다려야겠다고 생각했다. 그 순간 남의 서랍 안이 왜 궁금했을까? 나는 의자에 앉아 서랍을 열었다. 그런데 그곳에 만 원권 지폐 다발 두 뭉치가 가지런하게 놓여 있었다. 나는 손을 뻗어 날름 돈 다발 하나를 집어 들었다. 어떤 갈등도 없었다. 선과 악의 저울질 따위 같은 일도 일어나지 않았다. 돈을 훔치라고 꼬드기는 악마도 나타나지 않았지만 돈을 돌려주라고 충고하는 천사 역시 나타나지 않았다.

돈을 들고 나온 나는 완전범죄를 위해 준비를 했다. 자취방에 들어왔다는 흔적을 남기지 말아야 했다. 방문을 잠그고 메모지도 한 장 써 붙였다. 용택아, 하루 종일 도서관에 있을 것 같으니까 도서관으로 와라. 너 올 때까지 있을게. 용택인 고향에서 나를 만나러 올라온 가상인물이었다.

걸었던 빨래도 도로 널었다. 거둬들였던 신발도 다시 꺼내 돌담에 기대어 놓고 자취방을 빠져나왔다. 나는 그 돈을 들고 종로 골목으로 달려갔다. 그러곤 배가 터지도록 소고기를 먹었다. 술도 몇 잔 마시고 보고 싶었던 소설책도 몇 권 샀다. 그때 산 소설책 중 한 권은 지금까지 내 가방에 들어 있었다. 마르께스의 《백 년 동안의 고독》이었다. 나는 너무 많이 읽어서 낡아 버린 그 책을 버리지 못했다. 그날 밤 기차를 타고 처음으로 부산으로 내려갔다. 열차 좌석 맞은편에 앉은 사람에게도 맥주나 계란을 사서 선심 쓰고, 부산역에 도착해선 계단 아래 엎드려 있는 거지에게 만 원짜리 지폐를 쥐어 주기도 했다. 해운대를 찾아가 해변을 거닐며 고독도 씹고, 모래사장에서 만난 두 여자와 밥도 먹고 술도 먹고 잠도 같이 잤다.

부산에서 돌아온 날, 나는 소주와 쥐포 새우깡을 사들고 자취방으로 들어갔다. 그러곤 고향에서 농사짓는 친구가 쥐어 준 돈으로 사온 거라며 소주 한잔 하자고 능청을 떨었다. 친구는 돈을 잃어버렸다고 하소연했고, 나는 그런 그를 위로했다. 옆방 친구는 그해 휴학을 했다. 과거는 추억으로만 존재하는 건 아니었다. 때론 삶을 더 엉망으로 만들기도 하고, 때론 절대자 앞에 무조건 무릎 꿇는 죄인을 만들어 내기도 했다. 때로는 현재를 허무하게 만들었다.

나는 가방을 챙기고 벤치에서 일어났다. 휴대폰이 몸을 떨었다.

"나 동물병원 원장. 어떻게 생각은 해봤어?"

다짜고짜 반말하는 인간. 그에게 끌려 다니고 있다는 기분이 들었다. 하지만 그에게 왜 내가 끌려 다녀야만 하는 것인지에 대해서는 답을 찾을 수 없었다. 거미줄처럼 촘촘하게 얽힌 지난 순간들이 나를 이곳까지 몰고 온 것이라고 해도 그와는 엮이고 싶지 않았다.

"생각해 보고 전화 드린다고 했잖습니까?"

"개 목욕시키는 일인데 뭘 그렇게 오래 생각해? 불판 닦는 거보다 럭셔리하지 않나?"

말문이 탁 막히고 말았다. 언제나 거침없이 말하던 나였다. 하지만 지금의 나는 뭔가에 짓눌려 가벼운 항변조차 쉽게 내뱉지 못했다. 나는 벤치 앞에 선 채 한 발짝도 앞으로 나가지 못했다.

"나중에 전화 드리겠습니다."

"음, 그래. 꼭 전화 줘. 이 알바는 자기를 위해 비워 놓을게."

내가 뭐라고 대답을 하기도 전에 그는 전화를 끊었다. 어떤 물결에 떠밀려 실려 가고 있는데 저항할 수가 없었다. 그런 뜻이 없었음에도 불량한 고등학생 앞에 나서서 책을 휘두른 일처럼. 세상이 네 뜻대로 되면 그건 세상이 아니고 환상이야. 아버지와 어머니가 죽고 큰형마저 자살한 후, 인도로 떠나며 작은형이 내게 남긴 마지막 말이었다. 그럴지도 모르겠다. 내 뜻대로 되지 않는 게 세상인지도 모르겠다.

'그냥 전화 안 하면 되겠지.'

나는 몽몽 원장의 제안을 쉽게 생각하고 받아들이기로 했다.

도서관 정문 쪽으로 걸음을 옮겼다. 도서관 담장을 따라 의지한 갈참나무 잎들의 끝이 노랗게 물들고 있었다. 어느새 가을인가? 가을은 지난가을에 대해 참회하고 누군가에게 용서받을 일 따위는 없겠지. 그저 순리만 있을 뿐. 참회하고 용서하는 따위의 일은 종교적인 성질의 일은 아닐지도 모른다는 생각이 들었다. 참회란 종교가 탄생하기 이전의 인간들이 느낀 진리나 진실에 대한 되물음이고 반성이지 않을까.

*

나는 식당으로 돌아왔다. 매일 그랬듯 불판과 받침대를 닦고 닦았다. 어느 정도 요령도 생기고 덜 힘들었다. 단순한 일이지만 일이란 게 무슨 일이든 어느 순간 성스러워지는 모양이었다. 불판을 닦으며 참회도 하고 욕망도 비웠다. 단순하면 단순할수록 일은 더 성스러운 경향을 띄는 모양이었다. 어느 경지에 이르면 귓속을 파고드는 영어 문장도 들리지 않았고 오로지 한 가지 행위에만 몰두하는 나를 발견할 수 있었다. 식당 건물이 점점 희미해지면서 사라지고 소음들도 멀어졌다. 주변의 풍경들이 모두 사라지면 공간 속에는 나만 남았다. 지극히 단순하고 반복적인 노동에서만 맛볼 수 있는 경지였다. 일이 복잡해지고 창의적인 요구들이 많은 일일수록 욕심도 강해지고 욕망도 커졌다. 수많은 잡념들이 일상에서부터 잠까지 지배했다. 몸은 쉬지만 머리는 팽팽 돌아갔다. 과거는 혼미해지고 미래는 복잡해졌다.

“임씨, 지낼 만하죠?”

나는 정신없이 불판을 닦고 있었다. 누가 다가왔는지 알아차리지 못했다. 가로등에 걸린 그림자가 내 얼굴 위에 드리워졌다. 총매니저였다. 그는 담배를 꺼내 나에게 건넸다. 지금까지 그가 담배 피우는 걸 본 적이 없었던 터라 좀 의아했다. 담배 연기가 가로등 아래에서 맴돌았다.

“임씨를 보면 한결같아요. 어때요? 우리 식당에서 정식 직원으로 일해 볼래요?”

매니저가 불쑥 농담처럼 말을 건넸다.

“화장실 관리도 하고, 현관 신발 정리도 좀 하고, 신발 번호표도 좀 나눠 주고. 하다 보면 팁도 생기고 그럽니다. 해보겠습니까?”

농담이 아닌 모양이었다. 그럼 불판 닦는 일은?

“다시 사람 구해야죠.”

정식 직원이 되면 백만 원쯤 받는다고 했다. 4대 보험에도 들어 준다고 덧붙였다. 숙소도 제공되고 식사도 제공되었다. 이게 기회일까, 덫일까? 나는 결정을 내릴 수 없었다. 분명 삼손과 하는 역할대행자 짓이나 몽몽 원장이 제안했던 일보다는 안정적이라는 생각이 들었다. 하지만 많은 게 불투명해 보였다. 아르바이트로는 허드렛일을 할 수 있지만 정식 직장으로는 갖고 싶지 않다는 허영이 가슴 밑바닥에서 꼬물거렸다. 나는 슬슬 내 허영을 변명해 줄 말들을 생각해 냈다.

유명한 한식당이라 아침 일찍부터 손님들이 드나들었다. 현관을 지키는 직원은 일은 힘들지 않지만 여유가 없었다. 항상 싹싹하게 미소를 짓고 있어야 하고 공손하고 겸손해야만 했다. 일은 잘하겠지만 그럴 자신은 없었다. 저녁에 불판을 닦는 일만 해도 한 달이면 90만 원 가까이 벌었다. 그리고 어쩌다 삼손의 사무실에 나가면 못 벌어도 하루에 5만 원 이상 벌었다. 주로 주말에 일이 많았고, 대부분 주말은 새로운 인물로 태어나 대역을 했다. 한 달에 40만 원쯤 벌었다. 비록 많은 돈은 벌지 못하지만 내 몸 하나 건사할 수 있고, 도서관에서 책을 읽을 수도 있고, 뒤틀린 과거도 되돌아볼 수 있었다. 하루 종일 정신없이 돌아가는 시간보다 불안하지만 빈 시간들이 필요하다는 생각도 들었다. 나는 더 이상 고민하지 않았다. 매니저가 두 대째 담배를 피워 물었을 때 그냥 이대로 살겠다고 답했다.

"그러세요. 불판 닦는 거 임 씨만큼 잘하는 사람 구할 자신도 없고. 아무튼 여기 일은 매달 사람이 바뀌어서 골치 아팠거든요. 사장님이 우연찮게 임씨 일하는 거 보고 홀로 데려와 썼으면 하셨거든요. 난 아마 안 할 거라고 말하긴 했는데."

그런 내막이 있었구나. 문득 뒤틀려 있던 인생이 조금씩 제자리를 찾아가고 있다는 생각이 들었다. 매니저가 홀로 들어갔다. 불판을 건조대 위에 가지런하게 올려놓고 까만 밤하늘을 올려다봤다. 도시의 오염된 공기 때문에 별은 보이지 않았다. 하지만 아무도 도시의 공기를 탓하지 않았다. 별빛이 흐려졌다고들 말했다. 고향 집 뒷산에만 올라가도 흰 소금처럼 박혀 있는 별들을 볼 수 있었다. 언제 별들을 보았던가? 쉽게 위선을 떨고 살면서 내 눈 속에서 별들은 사라졌다.

문득 한 남자의 모습이 떠올라 나는 손길을 멈추었다.

겨울, 서교동 친구 자취방에 얹혀살 때였다. 큰형의 양계장이 폭삭 망한 뒤 집으로부터 올라오던 모든 돈이 끊겼을 때였다. 주유소에서 주유하는 아르바이트를 끝내고 친구 자취방으로 돌아가던 때였다. 친구 자취방은 대로변이긴 했지만 낡고 오래된 주택단지에 있었다. 가로등도 드문드문 있고 철거되지 않은 경의선 철길도 있었다. 자정 무렵이었다. 대로변에서 벗어나 작은 골목으로 들어서려는데 길바닥에 엎어져 있는 젊은 남자가 보였다. 양복 차림으로 보아 샐러리맨인 듯했다. 나는 순간 남자를 구해야 한다는 생각을 하지 않았다. 구하지 못하면 신고라도 했어야 했는데 그렇게 하지 않았다. 주변을 살핀 후 남자의 뒷주머니를 뒤졌다. 지갑이 있었다. 지갑을 들고 도둑고양이처럼 조용히 친구의 자취방으로 갔다. 두근거리는 심장을 진정시키고 지갑을 열어 보았지만 지갑은 텅 비어 있었다. 그제야 후회하고 또 후회했다. 남자는 삶과 죽음의 경계를 오가고 있었을 텐데, 발견 즉시 신고를 했다면 살아났을지도 모르는데…… 30분을 망설인 끝에 지갑을 들고 도로로 나갔다. 남자는 이미 사라지고 없었다. 나는 남자가 쓰러져 있던 자리에 지갑을 던져 놓고 자취방으로 후다닥 도망쳐 왔다. 그런 나를 누군가 처음부터 지켜봤을지도 모른다는 생각이 들어 두려웠다. 그 기억은 나를 오랫동안 쫓아다녔다. 특히 직장에서 잘린 뒤로는 아무 때고 불쑥불쑥 떠올라 내 얼굴을 빨갛게 물들였다. 과거를 후회하는 부질없는 짓은 하지 말자고 다짐해도 몇 가지 기억들은 바로 어제의 일처럼 떠올라 나를 불편하게 만들었다. 바보 같은 짓이라고 생각해도 기억은 속수무책으로 떠올랐다. 느슨해진 시간의 틈을 비집고 들어와 한바탕 나를 흔들고 흔적도 없이 사라지고는 했다. 언젠가 다시 바쁘게 사는 날이 온다면 저절로 사라지겠지. 나는 나를 쉽게 긍정하고 용서했다.

마지막 불판을 모두 닦은 후 소주병 궤짝에서 남은 소주를 모았다. 두 병 남짓 되었다. 주방에서 김치와 감자 크로켓을 얻었다. 식당에서도 운영비를 줄이기 위한 원가 절감 운동을 하면서 직원들의 야식 자리가 없어졌다. 직원들도 몇 자른 눈치였다. 이런 판국이라 홀에서 일하지 않겠느냐고 제안했던 매니저의 심사가 이해되지 않았다. 다른 꿍꿍이가 있을 법했다.

직원들이 숙소로 돌아가거나 퇴근한 후 나는 별채로 갔다. 불을 켜지 않은 채, 상 위에 모아 온 소주와 김치 그리고 감자 크로켓을 펼쳐 놓았다. 어쩌다 거리에 엎어져 있던 남자에 대한 기억이 떠오르면 나는 잠을 이루지 못했다. 얼굴을 본 적도 없는 그 남자는 가끔 형체 없는 얼굴로 내 꿈에 나타나 울기도 했다. 나는 바지 주머니에서 두 개의 소주잔을 꺼냈다. 한 잔을 따라 멀리 두고 한 잔은 앞에 두었다. 그렇게 나만의 진혼식을 벌였다. 나를 용서하기 위한 진혼식이기도 했다. 그가 아니라 나를 위한.

나는 잔을 비웠다. 그러곤 김치 한 조각을 먹었다. 어둠 저편에 그날의 남자가 앉아 있었다. 나는 연거푸 잔을 비웠다. 남자가 이젠 용서하겠다고 말해 주기를 바랐다.

"청승맞게 이게 뭐예요?"

나는 깜짝 놀라 앞으로 다가온 시커먼 물체를 올려다보았다.

"도대체 누구랑 같이 술 마시는 거예요?"

미향이었다. 그녀는 스스럼없이 내 곁에 앉으며 맞은편 자리에 놓인 술잔을 가리켰다. 그녀가 임시 숙소에 들어온 건 처음이었다. 그녀의 손에 검정색 비닐봉투가 들려 있었다. 그녀가 봉투를 풀자 다 식은 갈비 몇 점이 나왔다.

"퇴근하다가 아저씨가 주방에서 김치랑 감자 크로켓 받아 가는 거 봤어요. 먹다 남은 소주도……. 그래서 좀 챙겨 왔어요. 남이 먹고 남은 거지만 손 안 댄 거니까 깨끗해요."

나는 잔을 비웠다. 그리고 잔에 술을 따랐다. 잔을 미향에게 내밀었다.

"퇴근한다며? 집에서 기다리는 거 아냐?"

"기다리는 사람 없어요."

"동생은?"

"걘 기숙사에서 지내요."

미향은 맞은편 자리에 있는 술잔에 눈길을 주면서도 술잔의 의미를 묻지 않았다. 술잔에 달빛이 스며들어 반짝거렸다. 눈을 들어 절반이 유리로 되어 있는 천장을 올려다보니 별이 희미하게나마 보였다. 여름

장마가 도시의 먼지를 깨끗이 몰아 간 덕이었다.

"여기 천장 유리는 깨끗하네요."

"비도 왔고 밤에 할 일도 없고 해서 내가 닦았거든."

"안 어두워요?"

"어둠이 눈에 익으면 괜찮아. 도시 전체가 밝은데 여기라도 좀 어두워야지. 그리고 별빛도 있고 달빛도 있는데 뭘."

나와 미향은 묵묵히 술잔을 비웠다. 소주를 한 병 다 비웠을 때 입을 열었다.

"이젠 충분히 마시고 갔겠다."

나는 맞은편에 놓여 있던 술잔을 거둬들였다.

"대충 짐작은 가지만 누구 잔이에요?"

"짐작이 가? 네 짐작으로 이게 누구의 잔일 거 같아?"

"뭐, 돌아가신 부모님이나 형제 아님 친구?"

나는 그 잔의 술을 마셨다. 잔의 술은 알코올 기운이 모두 빠져나가 버린 듯 맹탕이었다.

"나도 모르는 사람이야."

나는 대학 시절 적막한 겨울 거리에 누워 있던 남자와 나에 대해 말했다.

"…그동안 까마득하게 잊고 있었는데 근래에 들어 느닷없이 그 남자가 떠오르곤 해. 얼굴도 모르는데 말이야. 어렸을 땐 내가 잘못했다는 생각을 뼈저리게 느끼지 못했어. 그냥 생각으로 후회하는 정도였지. 그런데 오늘 그래선 안 됐다는 생각이 든 거야. 그해 겨울 몹시 추웠는데 아마 죽었을 거야."

미향은 내 어깨에 머리를 기댔다. 노래방에서 노래를 부른 이후 그녀는 경계 없이 친밀하게 다가왔다. 식당에서 눈이 마주치면 환하게 미소를 지었고 남모르게 사탕을 가져다주거나 커피를 뽑아다 주었다. 겁도 나고 불편했지만 나는 마다하지 않았다. 식당 종업원들끼리의 지질한 연애를 눈여겨보는 사람도 없을뿐더러 설령 안다고 해도 입방아 찧을 사람도 없었다. 왜 나한테 이러는 거야? 이러면 안 되나요? 안 될 건 없지만 난 그야말로 내 몸뚱이밖에 없는 놈이거든. 아무도 날 위로해 주려고 하지 않아요. 아저씨라면 나를 충분히 위로해 줄 수 있을 거 같아서 그래요. 그러면 안 되나요? 그녀가 쉬던 날 식당으로 돌아오는 길에 그녀는 그렇게 말했다. 위로받고 싶다고. 그날 나도 하나의 진실을 깨달았다. 나도 누군가로부터 위로받고 싶다는 걸. 그녀의 머리카락에서 숯불에 구운 고기 냄새가 났다.

"그래도 아저씬 나보다 나아요. 몇 년 전까지만 해도 난, 아니 우리 가족은 행복했어요. 남부러울 게 없었어요. 그런데 어느 순간 모든 게 엉망이 되고 말았어요. 차라리 처음부터 불행하게 살았더라면 지금 불행한지 어쩐지 모를 거잖아요. 한때 행복하게 살았다는 건 정말 고통스러운 일이에요."

고른 숨소리와 달큼한 땀내가 내 코로 건너왔다. 어깨가 축축해졌다. 나는 축축해진 어깨가 무거워 술을 더 마셨다. 내겐 여전히 모든 게 난해했다. 이제 스물을 갓 넘은 여자가 어깨에 기대어 눈물을 흘리고 있다는 사실도 나에겐 난해한 일이었다. 과거의 어느 순간에 사용하고 버린 시간 때문에 빚어진 일일까.

"오늘 자고 가도 돼요?"

"여긴 이불이 없어. 침낭 하나밖에."

"침낭에서 같이 자면 되잖아요."

그게 유혹의 말처럼 들리지 않는 게 이상했다. 그저 난해한 또 한 가지의 일이 일어났을 뿐이라고 믿었다. 겁은 어디론가 슬그머니 사라지고 말았다.

# 3. 그래도 인생

식당 본관과 별채 사이엔 꽤 긴 산책로가 있었다. 산책로를 가운데 두고 양옆으로 소나무와 백일홍, 갈참나무 따위가 숲을 이루었다. 산책로 중간쯤에는 제법 큰 연못도 있고, 연못에는 수십 마리의 비단 잉어들이 살았다. 잉어들은 사람들이 주는 미끼에 길들여져 산책을 나온 늙은이처럼 유유자적하며 연못 속을 유영했다.

여름엔 나뭇잎에 가려 본관 건물이 보이지 않았는데, 가을로 접어들고 나뭇잎이 떨어지면서 별채에서 황토 빛의 본관 모습이 조금씩 보이기 시작했다. 본관에서도 별채가 절반쯤은 보였다. 밤에만 생활하는 터라 보인다고 해도 별 상관은 없지만 미향이 드나든 후부터 본관의 시선이 불편했다.

나는 오늘도 가로등 아래 앉아 철수세미로 불판을 문지르고 있었다. 가끔 돌판 위로 미향의 얼굴이 떠올라 문지르기를 멈추곤 했다. 별채에 그만 찾아오라고 해도 그녀는 막무가내였다. 좁은 침낭 안에서 잠 자고 새벽같이 빠져나갔다가 10시 무렵 식당에 나타났다.

나는 날마다 흔들렸다. 머릿속으로는 이쯤에서 멈춰야 한다고 생각 했다. 알량한 양심 때문은 아니었다. 미향이 찾아올 때마다 위로를 얻 은 만큼 마음에 수많은 파문이 일었다. 진주에 대한 미련 때문에 쌓아 두었던 담벼락이 매일 밤 조금씩 허물어지는 것도 싫었다. 그럼에도 미향이 오지 않으면 그 밤은 견딜 수 없이 깊고 넓어 잠 못 이루곤 했 다. 침낭의 단단한 지퍼는 이제 경계의 선이 되지 못했다.

나는 철수세미를 내려놓고 담배를 꺼내 물었다. 비닐 앞치마에 맺혀 있던 물방울이 도르르 흘러내렸다. 물이 차가워진 탓에 손이 곱았다. 일을 끝내고 일어나 허리를 폈다. 직원들 퇴근하는 소리가 들렸다. 이 제 내 일당은 통장으로 들어왔다. 매니저가 제안했고 나는 바라던 바 라고 말했다. 가로등이 꺼진 후 직원 숙소의 불이 밝았다. 나는 직원 숙 소의 불빛을 길잡이 삼아 별채로 돌아왔다.

별채로 들어와 벽에 등을 기대고 앉아 점점 거대해지고 있는 밤에 시선을 주었다. 오늘은 달도 어둠에 잠기고 말아 숲엔 아무런 빛도 떠 돌지 않았다. 약간 허기가 졌지만 이젠 견딜 만했다.

나는 하루 두 끼는 먹었다. 식당을 나서면 먼저 삼손의 사무실에 들 렀다. 일거리가 있나 확인한 후 삼손과 점심을 먹었다. 그런 후 도서관 으로 향했다. 책을 읽거나 멀티미디어실에서 특별한 내막이라곤 없어 보이는 온갖 뉴스들을 살펴보고 저녁은 6시쯤 휴게실에 앉아 컵라면과 김밥 한 줄로 때웠다.

본관 쪽에서 바스락거리는 소리가 들렸다. 나는 벽에서 등을 떼고 창문 밖을 내다보았다. 미향이려니 싶었다. 하지만 어둠을 뚫고 지나가는 건 고양이였다. 고양이의 눈은 어둠 속에서도 빛났다. 녀석이 내 시선을 느꼈는지 잠깐 걸음을 멈춰 서서 나를 빤히 쳐다봤다.

등을 다시 벽에 의지하고 몸을 채운 설렘과 한숨을 토해 냈다. 간절하게 미향일 기다리고 있다는 사실을 부정하고 싶었다. 가방에서 양주 병 하나를 꺼냈다. 대학 시절 자취방에서 사다 먹곤 했던 싸구려 양주였다. 삼손이 안겨 준 것들이었다. 한 젊은 남자의 집사 노릇 해주고 선물로 받은 양주라고 했다. 여자 앞에서 도련님이라고만 불러 주면 된다는 자리에서 그는 스무 번쯤 도련님이라는 말을 했다고 말했다. 그는 양주를 건네주면서 조만간 일이 생길 거 같다고도 말했다.

나는 카운터에서 가져온 누룽지 사탕 몇 알을 까났다. 그런 후 양주를 병째 입에 대고 목을 축였다. 날카롭고 냄새나는 술이 식도를 타고 넘어간 후 속을 긁었다. 사탕 한 알을 입안에 넣고 굴렸다. 직원 숙소 쪽에서 나지막이 음악이 들려왔다.

문득 음악을 들을 공간은 물론 텔레비전을 볼 만한 공간도 없다는 사실을 깨달았다. 또 한 모금 들이켰다. 몽몽 원장이 전화했던 일이 떠올랐다. 그는 이제 그만 나와서 일 좀 해주라고 말했다. 나는 다른 사람을 찾는 게 빠르지 않겠냐고 답을 주었다. 하지만 그는 나를 기다리겠다고 말했다. 여전히 반말이었고 말끝마다 '자기'라는 소름 끼치는 단어를 붙였다. 몽몽 원장이 머릿속에서 사라지면서 강당이 떠올랐다. 내 말을 경청하는 수십 명의 샐러리맨이 보였다. 나는 무서운 말들을 즐겨 썼다. 살아남으려면 반드시 시그마 식스를 해야 한다, 당신들 열 명 중 절반 이상은 10년을 넘기지 못하고 도태된다, 완전히 껍데기를 벗고 새롭게 태어나지 못하면 미래는 없다, 용케 정년으로 퇴직해도 남은 삶은 30년 넘는다……. 나도 적용할 수 없고 대책이 없는 허언을 남발했지만 즐거웠다. 샐러리맨들은 내 말을 한마디도 놓치지 않으려고 귀를 기울였다. 뒤풀이 자리가 주어지면 나를 중심으로 모여 앉았고 내게 건배를 청했다. 그래, 그런 날도 있었다.

자꾸만 행복했던 시절들이 떠올라 나를 가슴 아프게 했다. 허리띠 조른 긴장으로도 그것만큼은 어쩔 수 없었다. 술기운이 좀 오르자 진주의 냄새도 그리웠다. 지금껏 그 그리움이 어디에 숨어 있다가 튀어나온 것인가. 양주가 조금씩 위에 차오르자 하나둘 그리운 얼굴들이 바다 물결처럼 밀려왔다. 개고기가 익어 가는 가마솥을 들여다보는 어머니, 공항 출국 게이트를 빠져나가며 뒤를 돌아다보던 작은형, 간간이 회사 소식을 전해 주던 동기, 문학 동아리 친구들 그리고 '어느 개 같은 날의 오후'라는 시를 가장 좋아했던 여자 후배. 나는 몸을 바짝 일으켜 세웠다. 여자 후배가 좋아했던 시의 제목은 생각이 나는데 정작 여자 후배의 이름은 기억나지 않았다. 나는 입안 가득 양주를 물었다. 꿀꺽꿀꺽 주변을 점령한 어둠이 놀라도록 술을 삼켰다.

그녀는 한 해 후배였다. 기이한 매력을 풍기는 여자였다. 다가서지도 못하게 하면서 너무 밀어내지도 않았다. 과의 여자들보다는 남자들과 더 잘 어울렸다. 술도 잘 마셨고 노래도 잘 불렀다. 보통의 키에 보통의 몸매. 하지만 그녀가 풍기는 매력은 좀 남다른 데가 있었다. 그녀는 햇볕에 타들어가는 잔디 위에서 유독 눈에 띄었다. 피부가 까무잡잡한 탓만은 아니었다. 그녀는 걸을 때면 막 풀을 베었을 때 나는 상큼

한 냄새를 풍겼다. 어느 땐 마른 풀을 태울 때의 연기 냄새가 났다. 또 어느 땐 햇볕 가득 담은 뻘 냄새를 냈다. 술에 취하면 수많은 시를 읊조렸고 반주도 없이 노래를 했다. 그녀는 걸핏하면 집엘 가지 않았다. 술 마시던 술집에서 혹은 친구나 선배의 자취방에서 그대로 고꾸라져 잠을 잤다. 그녀는 발정 난 암캐처럼 남자들을 끌고 다녔다. 누구누구와 잤다는 말도 돌았다. 하지만 남학생들은 그녀를 위해서라면 교재비는 물론 등록금의 일부도 떼어 내 술자리를 만들었다. 나도 그중의 하나였다.

그래, 개고기. 그 사건이 일어난 날, 나는 개고기를 먹었다. 아마 초복이었을 것이다. 남학생이 다섯이었고 여잔 그녀 혼자였다. 기말시험이 끝난 후 갈 곳 없는 청춘들이 잔디 위로 모여들었다. 초복이고 시험도 끝났으니 몸보신 하러 가자고 누군가 그랬다. 그녀가 가장 먼저 찬성을 했다. 미적거리던 남학생들도 덩달아 손을 들었다. 욕망이란 사라진 별에 대한 연민이라고 했던가. 나도 사라진 별이 그리웠다. 짐승 같은 남자들 손에서 그녀를 구해 내야 한다는 연민도 가득했다.

나는 그들을 성남 모란 시장까지 끌고 갔다. 뭔가 색다르다는 걸 보여 주고 싶었다. 여섯은 막소주를 놓고 안주로 개고기를 먹었다. 모두 그 자리에서 청춘이 끝나기라도 하는 양 위 속에 소주를 퍼부었다. 미래에 대한 염려 따윈 하지 않았다. 맥주와 오징어를 사들고 두 번째 술자리를 위해 친구의 자취방으로 갔다.

맥주가 바닥나기 전 그녀는 벽 쪽에 자리를 잡고 누웠고 그 다음으로 내가 술에 취해 누웠다. 나는 미명 속에서 잠을 깼다. 그리고 바로 눈앞에 그녀가 잠들어 있는 걸 보았다. 연민의 손길이 그녀에게로 향했다. 하지만 내 속셈은 얼마 지나지 않아 추잡한 욕망으로 변하고 말았다. 어깨를 어루만지고 가슴을 만지고 치마 사이로 손을 집어넣었다. 아침이 올 때까지 그동안 가지지 못했던 걸 가지려고 열심히 손을 꼼지락거렸다.

술이 덜 깨네, 좀 더 있다가 갈게. 내가 말했다. 나도 좀 쉬었다 갈래. 그녀도 말했다. 친구들은 순순히 학교에서 보자며 그녀를 두고 일어났다. 친구들의 발자국이 멀어진 후 오랜 시간 갈망해 온 여자를 품에 안듯 그녀를 끌어안았다. 그리고 저질렀다. 허튼 맹세조차 하지 않았다. 사랑의 언어 따위도 나누지 않았다. 종족을 보존해야 한다는 절박함 같은 건 더더욱 없었다. 나중엔 희미하게나마 남아 있던 연민조차 사라졌다. 섹스를 하고 자취방에서 나와 그녀와 나는 뻔뻔하게 학교로 갔다. 아무 일 없었다는 듯 떠들고 수업 받고 저녁엔 다시 또 술을 마셨다. 어떤 미래도 약속하지 못한 나는 그녀에게 더 이상 손을 내밀지 못했다. 그리고 그녀가 다른 남자와 어깨동무를 하고 어둠 속으로 사라지는 광경을 지켜보았다.

그 후 그녀는 겨울이 오기 전에 휴학을 하고 학교로 돌아오지 않았다. 이후 난 회사에서 진주를 만나기 전까지 연애를 하지 못했다. 누군가를 만나도 항상 뭔가 허전함을 느꼈다. 그게 후배 때문이었다는 걸 오늘에서야 깨달았다. 그녀를 훔쳤던 일은 내겐 너무도 무모한 일이었던 것이다. 이름도 잊어버린 그녀의 얼굴이 취기와 함께 새록새록 올라왔다.

나는 남은 양주를 다 들이켰다. 가벼운 멀미가 왔다. 아주 사소한 씨줄과 날줄 한 가닥이 원하지 않았던 곳에서 매듭을 맺었다. 타락한 무희 타이스의 영혼을 구하려고 그녀에게 달려들었지만 정작 자신은 신앙을 잃고 만 수도사처럼 나는 궤도를 이탈했다. 이제 궤도는 보이지 않았다. 여자에게 죄의식 따위를 느낄 필요가 없고, 사랑한다고 말하면 사랑하는 것이라는 엉뚱한 믿음도 생겼다. 하지만 후배를, 진주를 진심으로 사랑했던가. 연애를 하던 그 시절엔 자신 있게 그렇다고 말했겠지만 지금은 자신이 없었다. 나는 가방에서 손가락 크기의 미니 양주병을 꺼냈다. 아직도 가방엔 삼손이 준 수십 개의 미니 양주가 들어 있었다. 뚜껑을 따고 단숨에 들이켰다. 나중에 마신 양주는 먼저 마신 양주보다 더 뜨거웠다. 사탕 하나를 더 까서 입에 넣었다.

'이렇게 과거나 주워 먹으며 살 수는 없는데, 없는데……'

나도 모르게 헛소리가 픽픽 흘러나왔다. 두 개쯤 더 미니 양주를 비웠을 때 휴대폰에 문자가 들어왔다. 몽몽 원장이었다. 언제쯤 올 수 있느냐는 내용이었다. 그곳에 갈 생각이 없다는 문자를 찍으려는데 미향이 찾아왔다. 나는 그녀를 보자마자 끌어안았다. 미향은 반항하지 않았다. 냉기가 도는 바닥을 피해 나는 미향을 침낭 위에 눕혔다.

"오늘 이상한 거 알죠?"

"알아. 그런데 오늘은 도저히 참을 수가 없어."

미향이 제 가슴에 묻은 내 머리를 아이 다루듯 쓰다듬었다.

"오늘은 나도 누군가에게 위로받고 의지하고 싶어요. 더 이상 위로받고 싶다는 생각이 들지 않을 때까지 위로받고 싶어요."

이제는 제자리로 돌려보내야 한다는 각오는 온데간데없었다. 둔해서 깨닫지 못하고 있을 뿐 그녀를 사랑하고 있는 것이라는 변명이 내 손을 다급하게 이끌었다. 어둠에 드러난 살에 입 맞추고 어둠에 젖어 더 은밀해진 곳으로 들어갔다. 나는 더 깊은 어둠 속으로 달려가며 스스로에게 말했다. 나 역시 사랑하게 될 미향에게서 위로를 받고 있는 것이라고. 그리움을 찾아 몸부림치고 그리움을 부정하며 또 몸부림쳤지만 순간은 짧았다.

"우리 다시 해요."

미향이 내 손을 잡아 주었다. 그러곤 침낭 깊은 곳으로 나를 이끌었다. 때론 사랑이 나중에 올 수도 있지 않을까? 진동으로 해놓은 휴대폰에 문자가 들어왔다. 삼손의 문자였다. 내일 자정 밀롱가에서 볼 수 있나.

*

'밀롱가'. 나는 이름을 보고 재즈를 연주하는 와인 바를 연상했다. 그런데 거긴 조금 고급스럽게 꾸며 놓은 실내 포장마차였다. 벽면에 색소폰을 부는 남자와 탱고를 추는 남녀 그림 등이 그려져 있었다. 색소폰을 연주하는 남자 아래에서 삼손이 손을 들었다. 그 손으로 희끗한 머리카락을 쓸어 올렸다.

그는 미소를 지으며 나를 바라봤다. 테이블 위엔 소주와 맥주 그리고 장어와 어묵탕이 놓여 있었다. 이상한 조합의 술자리였다. 그는 맥주잔에다 맥주를 삼 분의 이쯤 부은 후 나머지는 소주로 채웠다.

"회사 다닐 때 많이 먹어 봤지?"

그렇게 폭탄주를 세 잔쯤 마셨다. 그는 술만 마실 뿐 나를 만나려 했던 이유를 쉽사리 꺼내지 않았다. 할 말이 있다면 내가 사무실에 들렀을 때 할 수도 있었다. 하지만 그는 굳이 아르바이트가 끝나는 자정을 택해 약속을 정했다. 어묵탕은 다 식었고 장어의 양념은 윤기를 잃었다. 소주 한 병과 맥주 두 병이 말끔하게 비워졌다.

"무슨 일 있으세요?"

그래도 삼손은 곧바로 대꾸하지 않고 히죽 웃기만 했다.

"이 시간이나 되어야 도랑 씨랑 술 한잔 할 수 있잖아."

삼손은 진짜 용건을 꺼내기 위해 뜸을 들였다.

"사실은 말이야. 어제랑 오늘 전화가 왔거든."

그는 주변을 한 차례 둘러본 후 운을 뗐다. 입구 쪽에 남자 두 명과 여자 한 명이 앉아 술을 마시고 있었다. 포장마차 주인은 미국 드라마를 보느라 우리 쪽엔 아예 신경을 쓰지 않았다.

"무슨 전화요?"

"왜 전에 도랑 씨가 미국 뉴욕 주립대에 유학 가 있는 걸로 역할 맡았던 일 있잖아."

생각났다. 동생이 되어 준 여자가 상당한 미인이었다는 점도 기억났다.

"어제 전화 왔을 때 사후처리 같은 건 안 된다고 그렇게 말했는데도 통사정을 하는 거야."

무슨 이야기인지 도통 알 수가 없었다.

"한마디로 안 된다고 전화를 끊었는데 오늘 전화가 또 왔지 뭐야. 돈은 달라는 대로 주겠대."

"도대체 무슨 일인데요?"

나는 식어 버린 어묵탕의 국물을 숟가락으로 떠서 입에 넣었다. 생각보다 맛이 좋았다. 어묵을 건져 간장에 찍은 후 입에 밀어 넣었다.

"아무래도 낌새를 챈 거 같대."

"낌새요?"

"그 여자가 결혼할 남자 말이야."

좀 빠른 감이 없지 않았지만 언젠가는 터질 일이라고 생각했다. 어쩌면 여자에게 잘된 일인지도 모른다. 세상이 아무리 타락했다고 해도 그렇게 거짓으로 성을 쌓을 수는 없었다.

"그럼, 끝난 거네요."

"그게 그렇지가 않아."

삼손의 말이 끝나기 무섭게 입구 쪽에 앉아 있던 패거리 쪽에서 꽉 찬 포대가 터지는 듯한 소리가 들려왔다. 삼손과 내가 동시에 그쪽을 쳐다봤다. 남자 한 명이 씩씩거리고 있고 맞은편의 남자가 의자에 앉은 채 비틀거리다 옆으로 넘어졌다.

"니가 나한테 이럴 수 있어. 내가 현정이를 얼마나 사랑하는지 알잖아."

몸을 부르르 떨며 말하는 남자 앞에 여자와 남자가 고개를 떨어트리고 있었다.

"너도 나쁜 년이야. 이 새끼가 내 친구인 줄 알면서 어떻게 이렇게 양다리를 걸칠 수 있어. 이 새끼가 대시를 해도 너는 안 된다고 버텨야 되는 거 아냐?"

"나도 내 마음을 모르겠어."

남자의 손이 이번에는 여자의 뺨을 후려쳤다. 가게 주인은 힐끔거리기만 할 뿐 그들을 말리지 않았다. 삼손과 나는 그들에게서 시선을 떼고 잔을 부딪쳤다.

"그렇지 않다는 말은 뭐예요?"

"그 여자가 말하길 상대 남자가 이상한 낌새를 알아차린 게 바로 도랑 씨 때문이라는 거야."

"네?"

다시 뺨 갈기는 소리가 들렸다. 이번에는 의자에 앉아 있던 여자가 쓰러졌다. 그러자 묵묵히 듣고만 있던 남자가 자리에서 벌떡 일어나며 손찌검을 하던 남자의 멱살을 잡았다.

"그래도 난 신사적으로 네 놈한테 말해야 한다고 생각했어. 그런데 생각해 보니까 이건 아닌 거 같다. 현정이가 아무리 잘못했어도 이러면 안 돼. 걸핏하면 현정이한테 손찌검하는데 오늘부터는 내가 참지 못해."

"어쭈, 해보겠다는 거야?"

욕설이 오갔다. 삼손과 나의 말이 끊어졌다. 술집 주인은 여전히 텔레비전에 눈을 둔 채 무관심한 척 굴었다. 급기야 남자 둘이 멱살을 잡은 채 바닥을 뒹굴었다. 여자가 벽 쪽으로 붙어 섰고 테이블이 넘어졌다. 그래도 가게 주인은 모른 척했다. 삼손이 자리에서 일어났다. 그러더니 거침없이 그들에게 다가갔다. 그는 한 손에 한 명씩 멱살을 잡아 일으켜 세웠다. 두 남자는 발이 들린 채 허공에서 발버둥을 쳤다. 그가 괴력을 가지고 있다는 말은 들었지만 직접 보기는 처음이었다. 나도 술집 주인도 그의 괴력에 놀랐다. 두 남자 사이에 있던 여자 역시 놀라 말문을 닫았다. 남자들이 켁켁거렸다.

"여자 때문에 싸우는 건 내가 뭐라고 할 말은 없지만 다른 사람들도 있는데 교양 있어 보이는 사람들이 이러면 안 되죠."

삼손은 두 남자를 의자에 앉혔다. 그런 후 두 남자의 어깨를 지그시 눌렀다. 두 남자는 아무 소리도 못 한 채 부들부들 떨었다.

"인생이라는 게 원래 불공평해. 그게 마음대로 되지도 않고. 그러니까 싸우지들 말고 조용히 있다 가세요."

삼손은 내가 앉아 있는 자리로 돌아왔다. 두 명의 남자와 여자는 슬그머니 자리에서 일어나 계산을 한 후 도망치듯 부리나케 포장마차를 빠져나갔다.

"소문이 사실이었네요?"

"소문?"

"괴력 말입니다. 그래서 삼손이라고 불린다는 거 말이죠."

그가 희미하게 웃었다.

"집안 내력이야. 아버지하고 할아버지도 장사셨지. 사실 나는 아버지나 할아버지만은 못해. 그분들이 진짜 괴력을 가지고 있었지. 나는 그저 새 발의 피야. 그리고 별로 자랑할 것도 아니고."

삼손이 잔을 들어 내가 부딪쳐 주기를 기다렸다.

"그래서 말인데……."

삼손은 다시 우리의 이야기로 돌아왔다.

"자네가 한번 정리 좀 해야 할 거 같아."

"정리라뇨?"

"사후 서비스지. 우리는 좀처럼 그런 일 안 한다고 그랬는데도 막무가내야. 한 번 더 나와서 자기 남자를 만나 달라는 거야."

나는 고개를 저었다.

"이렇게는 살 수 없는 거잖아요."

"여자는 나름의 복안이 있겠지. 그러니까 그런 일도 저질렀겠지만 말이야. 아무튼 도랑 씨가 한 번 더 나가 줘야 할 거 같아."

삼손이 점퍼 주머니에서 봉투 하나를 꺼내 테이블 위에 올려놓았다.

"선금까지 넣었더라고. 받을 역할비의 절반이야. 나머지는 끝나고 준대. 물론 10프로는 뗐어."

"어떻게 낌새를 알아차렸는지, 뭐든 정보가 있어야 뭘 해도 해보죠."

"나도 자세한 건 몰라. 울면서 구해 달라고만 그랬으니까. 곧 연락 올 거야."

삼손은 소주 한 병과 맥주 두 병을 더 시켰다. 시간은 새벽 1시를 넘어가고 있었다. 나는 테이블 위의 돈 봉투를 내려다봤다. 피곤했다.

"안 하면 안 되나요? 끝없이 엮일 거 같은데요."

"거절하긴 좀 그래, 돈까지 미리 보냈거든. 생각보다 역할비도 많아. 어쨌든 한 번 더 나가줘. 그 다음은 도랑 씨가 결정해. 우리가 그 여자 불쌍하다고 인생 책임질 건 아니니까."

나는 돈 봉투를 들고 안을 들여다보았다. 식당에서 보름은 불판을 닦아야 받을 수 있을 정도의 돈이었다. 지금의 나로서는 거절할 처지가 아니었다. 두 달은 대출금을 변제할 수 있는 돈이었다.

"이런 케이스는 사실 두 번이면 끝나. 상견례 때, 그리고 결혼식 때. 가끔 일이 틀어지고 그럴 때도 있지만 다시 사람을 부르지는 않아. 그 여자는 그 집에 꼭 시집을 가야겠다고 결심한 모양이야. 뭐, 그 여자가 행복하게 산다면 나쁠 것도 없잖아. 거짓말을 했다는 게 나쁜 일이긴 하지만 말이야."

"그게 가장 나쁜 거죠."

"가끔은 거짓말로 만든 인생이 진짜 자기 인생인 줄 착각하며 사는 인간들도 있어. 그걸 우리가 나쁘다 좋다 평가할 수는 없을 거 같아. 때로는 거짓으로 사는 게 그 인간에게는 나을 수도 있거든."

술기운 때문인지 삼손의 말은 멋있게 들렸다. 아니 그럴 수도 있다. 남에게 피해를 주지 않는다면 거짓으로 인생을 살 수도 있다. 배경만 거짓일 뿐 마음만 진실하다면 이해하고 용서해야 하지 않을까. 나도 한때 그렇게 살았다.

고등학교를 졸업하던 해, 대학에서 떨어진 친구 녀석들과 술자리를 가진 일이 있었다. 나는 나대로 구속으로부터 해방된 자유를 만끽하느라 술에 취했고 녀석들은 패배의 고통 때문에 술에 취했다. 죽을 듯 괴로워하던 한 녀석의 어깨를 두드리며 난 나의 합격을 즐겼다. 야, 재수는 필수라더라. 그 순간 녀석이 돌변했다. 테이블을 엎고 나를 올라탄 후 내게 주먹질을 했다. 녀석은 거구였고 주먹도 컸다. 친구들이 겨우 뜯어말렸을 땐 이마가 찢어지고 어금니도 한 대 부러진 후였다. 태어나서 누군가에게 처음으로 맞았던 경험이었다. 나는 치욕으로 이빨을 부딪치며 떨었다. 주먹 한번 휘둘러보지 못한 채 그의 폭력에 고개를 숙였다. 이마와 입 속을 지혈하고 우리는 다시 술집으로 몰려갔다. 녀석은 그때부터 걸핏하면 주먹을 휘둘렀다. 머리통을 맞기도 하고 가슴을 맞기도 했다. 어느 땐 정강이를 차였다. 도망가고 싶었으면서도 난 도망가지 못했다. 녀석의 집요함과 주먹이 무서웠고 벌벌 떠는 날 들키고 싶지 않았다.

또 한 차례 두들겨 맞아 입이 터진 날 난 처음으로 살인을 꿈꿨다.

지혈약을 사러 간다며 술집에서 나와 약국으로 달려갔다. 이 약국 저 약국을 돌아다니면서 수면제를 샀다. 만취 상태에서는 위험하니까 가능한 한 먹지 말라는 경고의 말도 들었다. 나는 약을 들고 술집으로 돌아왔다. 그러곤 녀석이 화장실에 간 사이 다른 친구들이 뻔히 보는 앞에서 녀석의 잔에 사온 수면제를 모두 탔다. 놈들도 말리지 않았다. 모두 녀석의 서슬에 묶여 도망가지 못한 채 목각인형처럼 앉아 있었다. 녀석이 돌아왔고, 인생 뭐 별거 있냐는 말을 남발하며 술잔을 들이켰다. 5분쯤 후 녀석은 쓰러졌다. 나는 남은 친구 녀석들에게 내가 할 일은 다했다며 술집을 빠져나왔다.

건강이 넘쳤던 녀석은 죽지 않았다. 그 후 나는 녀석을 피해 다녔다. 녀석이 있는 자리면 아예 참석하지 않았다. 전화도 받지 않고 거리에서 발견하면 숨었다. 녀석과 어울리는 놈들까지 만나지 않았다. 녀석은 나와 소통하려고 끝없이 노력했다. 얼굴 좀 보잖다, 그때 일은 미안했단다, 친구 좋다는 게 뭐냐……. 나는 모든 걸 거절했다. 그런데 녀석은 내가 회사에 입사하던 그해 겨울, 술에 취해 거리에서 동사했다. 속이 시원할 줄 알았는데 슬펐다. 세월이 지나 미움이 엷어지면 열리리라는 문은 결국 영원히 닫히고 말았다.


삼손이 술값을 계산했다. 나는 테이블 위에 놓여 있던 돈 봉투를 챙겨 주머니에 찔러 넣었다. 오랜만에 폭탄주를 많이 마신 탓에 다리가 휘청거렸다. 삼손이 잘해 보라는 뜻으로 내 어깨를 두드렸다. 별 감흥도 없이 눈물이 핑 돌았다.

*

그 후로 한동안 여자는 연락을 해오지 않았다. 삼손은 아마 그대로 일이 쫑난 듯하다며 잊으라고 말했다. 하지만 돈이란 그렇게 목적 없이 흘러 다니지 않는다. 언젠가는 반드시 연락이 오리라고 생각했다.

밤은 더디게 왔다. 나는 밤마다 미향을 기다렸다. 미향은 손님들이 모두 가고 직원들도 숙소로 들어간 뒤 내게 왔다. 우리는 눈빛으로 모든 걸 말했다. 옷을 벗고 소름 돋은 맨몸을 침낭 속에 집어넣었다. 서로의 몸을 염탐하고 만지고 애무했다. 열락이 사라지면 뒤에 밀려올 쓸쓸한 배신감을 잊기 위해 나는 지쳐 잠이 들 때까지 미향을 괴롭혔다. 미향은 투정을 부리지도 않았고 거부하지도 않았다. 몸을 만지면 노래를 불렀고 은밀한 접촉이 이루어지면 좋은 꿈을 꾸듯 눈을 감고 내 살을 음미했다. 그녀의 향기는 모든 그리움을 잊게 해주었다. 나는 사용하고 버린 시간들에 대해 더 이상 미련을 갖지 않았다. 그녀는 내게 긍정적인 변명이었다. 하지만 변명의 시간은 그리 오래가지 못했다.

미명이 채 물러가기도 전, 별채의 전등이 느닷없이 불을 밝혔다. 별채에 들어와서 전등을 밝혀 본 적이 거의 없어 등이 켜지자 별채 내부 풍경이 낯설었다. 그런데 출입구에 총매니저가 붉게 충혈 된 눈을 깜빡거리며 서 있었다. 그의 눈은 까만 해변을 뒤지는 탐조등처럼 방 안을 살폈다. 침낭 안에 미향이 있었다. 매니저는 신발을 신은 채 방 안으로 뛰어 들어왔다. 그는 들어오면서 문짝에 발을 부딪치는 바람에 방바닥 위에 제대로 서지 못하고 허둥거렸다. 그 바람에 깊이 잠들어 있던 미향이 깨어났다. 그녀는 침낭으로 제 앞가슴을 가린 채 매니저를 쳐다봤다. 매니저의 눈이 불안하게 굴렀다.

"소문이 사실이었군. 난 그래도 설마 했는데. 네가 이러면 안 되지. 너 나 찾아와서 일자리 달라고 했을 때 그야말로 불쌍한 년이었어. 네가 사정사정해서 널 받아 줬고 그나마 네가 정식 직원이 된 것도……."

나는 옷을 챙겨 입었다. 미향은 침낭 안에서 옷을 입었다. 매니저는 눈을 돌리지 않았다.

"이건 배신이야, 배신. 내가 널 얼마나 잘 봤다고. 그런데 이렇게 배신을 해?"

그 순간까지도 나는 미향이 별채에서 남자와 잔 일을 두고 매니저가 타박을 하는 거라고 생각했다.

"성실하게 일 잘하면 내가 여자 부매니저 자리도 준다고 그랬잖아."

매니저는 방 안 깊이 들어오더니 발로 침낭을 홱 젖혔다. 그는 눈을 부라리며 뭔가를 찾았다. 그가 뭘 찾는지 나는 알지 못했다.

"내가 사람을 잘못 봤지, 잘못 봤어. 뒤에서 꼭 호박씨 까는 놈도 있다는 걸 왜 몰랐을까. 순진한 애 꼬드겨서 데리고 자기나 하고. 당신은 성실한 척, 착한 척 위장하고 들어와서 직원들 물 다 흐려 놓는 놈이야. 당신 위장취업이지?"

나는 그제야 매니저의 눈 속에 든 미향을 보았다. 그는 미향을 사랑하고 있었다. 미향은 매니저의 눈길을 무시하듯 창밖으로 시선을 주었다. 창밖의 나무들이 어둠을 벗고 있었다. 매니저는 떨리는 손을 진정시켜 가며 담배를 꺼내 물었다.

매니저는 사랑을 구하기 위해 그녀에게 새로운 지위를 제안했다. 하지만 미향은 매번 거절했다. 그래도 돈을 벌어야 하기 때문에 떠나지 못하고 붙어 있었다. 지나치게 치근덕거리지 않았고, 나쁜 사람도 아니며, 자신에게 잘해 주는 남자이기에 버텼다. 그런데 그건 매니저로 하여금 오해를 사게 만들 수도 있었다. 남자란 여자가 조금만 호의를 보여도 제 여자인 줄 착각하는 동물이니까.

"내가 몇 번을 말했어? 부매니저 되면 월급도 대기업 사원 못지않고 대우도 좋아진다고 그랬잖아. 네 주제에 가당키나 한 소리야?"

미향은 묵묵부답이었다. 매니저 혼자 떠들고 정리하고 해답을 내놨다.

"좋아, 이번은 봐줄게. 네가 잘못한 게 아니니까. 임씨가 꼬드겼겠지. 잘 생각해 봐. 임씨는 나이도 너 보다 많은 데다가 집도 절도 없는 떠돌이야. 그리고 과거에 뭘 했는지 아무도 모른다고. 전적이 화려한 제비였을 수도 있고, 혹시 알아? 살인범일 수도 있지. 경찰에 수배를 받고 있는지도 몰라."

나는 비약적으로 상상하는 매니저의 말을 그저 듣고만 있었다. 이제 더 이상 식당에서 일할 수 없다는 건 명확했다.

"떠돌이를 떠나서 모르는 사람은 특히 조심해야 해. 성폭행범들이 사실은 임씨처럼 사람 좋게 생겼다고 하잖아. 자신의 과거를 말하지 않는 걸 보면 아마 그런 쪽일 가능성이 커. 널 어떻게 꼬드긴 건진 몰라도 성폭행범들은 다 그런 재주가 있다고 하잖아."

더 이상 듣고 있을 수 없었다. 매니저의 멱살을 잡았다.

"이것 봐, 본성이 나오는 거라고."

그의 얼굴을 향해 주먹을 날릴 때 미향이 말리는 바람에 손이 헛나가고 말았다. 턱을 올려붙이려던 주먹이 그의 광대뼈에 가서 맞았다. 매니저가 바닥에 쓰러졌다. 그의 말에 항변할 만한 어떤 근거도 제시할 수 없다는 게 화가 났다. 한때 잘나가던 기업에 근무했다는 말이 지금 이 자리에서 무슨 소용이 있을까 싶었다. 손으로 입을 막았던 미향이 손을 뗐다. 매니저는 광대뼈를 주무르며 히죽 웃었다.

"매니저님이 아무리 그래도 전 아니에요. 몇 번을 말씀드려야 아시겠어요. 그리고 전 이 아저씨 누구보다 믿어요. 한 가지 분명하게 말씀드리고 싶은 건 이 아저씨가 날 꼬드긴 게 아니라 내가 아저씰 꼬드겼다는 거예요. 아시겠어요?"

미향이 제 가방을 챙겼다. 그런 후 내 가방까지 꼼꼼하게 챙겼다.

"저 이제 그만둘래요."

"그만둬? 그럼, 요양원에 있는 네 할머니는? 동생이 지금 고 2지? 여기 나가면 넌 끝장이야. 네가 잘 몰라서 말해 주는 건데 사실 넌 다른 사람들보다 두 배 가까이 돈을 더 받았어. 그래서 네 집이 굴러 갔던 거야. 알아? 그 돈을 어디 가서 벌 수 있을까? 아, 술집이라면 가능할지도 모르겠다. 그러니까 까불지 말고 식당에나 잘 나와!"

미향이 바닥에 앉아 있던 매니저에게 달려가더니 맨발로 그의 턱을 걸어찼다. 매니저는 발랑 뒤로 넘어졌다. 그 바람에 문가에 세워져 있던 싸구려 도자기 하나가 작살났다. 매니저 눈이 휘둥그레졌다.

"내가 왜 옛날에 그만 못 됐는지 알아? 나를 지켜 줄 사람이 없어서였어. 하지만 이젠 달라."

미향은 뒤돌아보지 않았다.

"나쁜 년, 내가 네 뒤를 얼마나 많이 봐줬는데, 다른 사람들 보너스

50프로 줄 때 넌 100프로 줬어. 그리고 다른 직원들 6개월에 한 번 임금 올려 줄 때 넌 두 달에 한 번씩 올려 줬어. 그런데 나를 발로 차? 내가 널 얼마나……."

매니저는 울먹거렸다. 인간이란 사랑 앞에선 행복해질 수도 있지만 한없이 치사하고 비굴하고 나약해지는 존재였다. 매니저는 협박도 서슴지 않고 달콤한 유혹의 말도 남발했다. 하지만 미향은 그의 이야기를 듣지 않았다.

"…둘 다 각오해. 폭력으로 고소할 테니까."

방을 나서던 미향이 고개를 휙 돌렸다.

"좋아, 나도 고소하겠어. 당신이 월급 좀 많이 줬다고? 그때마다 창고로 나 데려가서 가슴 만지고 엉덩이 주물럭거리고 침 질질 흘리지 않았나? 아마 내가 고소하면 여기 매니저 생활도 끝일걸. 어디 그뿐이야? 다시는 취직도 못 할걸?"

매니저의 눈이 파랗게 빛났다. 사랑 때문에 울먹이고 가볍게 협박하던 온순한 연애주의자의 눈이 아니었다. 증오가 가득한 눈이었다. 미향도 지지 않고 그의 눈을 노려보았다. 그러곤 그의 얼굴에 침을 뱉었다.

"더러운 놈, 처음엔 나뿐인 줄 알았어. 당신한테 당하고 쫓겨난 여자들이 있다는 걸 최근에 알았어. 처음엔 나도 당신을 따라가면 할머니랑 동생은 행복해질 수도 있겠구나 싶었어. 그러면 난? 난 불행해도 돼? 내가 가장 힘들었던 게 뭔지 알아? 당신 때문에 직원들한테서 왕따를 당했다는 거야. 왕따! 나를 벌레 보듯 하는 거 몰랐다고 말하진 않겠지."

나는 그제야 그녀가 다른 직원들과 어울리지 못했던 이유를 알았다.

미향인 문을 세차게 닫았다. 문이 요란하게 몸을 떨었고 맨 아래쪽 칸에 있던 유리가 깨지면서 와르르 흘러내렸다. 미향인 말없이 앞장서서 걸었다. 나는 그녀와 한 걸음 정도 차이를 두고 걸었다. 울고 있을까? 그녀가 고개를 돌렸다. 웬걸, 그녀의 얼굴은 발갛게 상기되어 있었다.

"아저씨, 미안해요. 아저씨까지 직장 잃게 만들어서……."

"나야, 아르바이튼데 뭘."

"잘 데도 잃어버렸잖아요."

"그건 그래……."

"어디로 가실 거예요?"

"너는?"

"난 미모가 있잖아요. 오라는 데 많아요."

미향이 미소를 지었다. 그녀의 입술 위로 아침노을이 스며들어 붉게 빛났다. 직장 잃고 잠자리 잃고 서럽지 않기는 처음이었다. 그런데 어디로 가지?

# 4. 돌이킬 수 없는

여자에게서 전화가 걸려 온 건 식당에서 쫓겨난 지 이틀 후였다. 역할비의 반을 미리 받은 데다 거절할 마땅한 핑계가 떠오르지 않아 결국 그녀가 말한 장소로 나가게 되었다. 딱히 할 일도 없었다. 그녀는 결혼할 남자와 함께 나를 기다리고 있었다.

"어머니가 은주 씨를 얼마나 좋아하는지 모르겠어요. 어떨 땐 제가 사위 같고 은주 씨가 딸 같다는 생각이 들더라고요."

그래, 여자의 이름이 은주였지. 이은주. 나는 이도랑이고. 언제까지 이 위험한 줄타기를 계속할 건가? 하지만 은주는 전혀 불안해 보이지 않았다. 어쩌면 자신이 만든 세계가 진짜 세계라고 믿게 되었는지도 모른다. 나는 아직도 내가 만든 가짜를 믿고 있지 않은가. 나를 도구로 생각했던 여자가 아직도 나를 사랑하고 있다고 믿고 있으니 가짜든 진짜든 그건 그 인간이 어떻게 생각하느냐에 따라서 가짜가 되고 진짜가 되는지도 몰랐다.

술잔이 몇 번 도는 동안 결혼식 준비에 관한 소소한 이야기들이 오
갔다. 예단비, 예물비, 예식장, 전세금, 출산 계획 등 그런 식상한 이야
기들을 안주 삼아 술을 마셨다. 어느 순간 나는 진짜 은주의 오빠가 되
었고 남자의 형님이 된 기분이 들었다. 하지만 그런 이야기를 하려는
게 남자의 목적이 아니라는 건 나도 은주도 알고 있었다.

"…K대 졸업하셨죠?"

남자는 전혀 예상하지 못한 질문을 했다. 순간 은주에게 눈길이 갔
다. 그녀의 눈가에 억지 웃음이 그려졌다. 그녀 역시 예상하지 못한 눈
치였다.

"맞죠?"

남자는 내 잔에 술을 따르며 진지하게 물었다. 진실을 말해야 할지
아니면 거짓을 말해야 할지 가늠이 되지 않았다. 진실을 말해도 거짓
이 되고 거짓을 말해도 거짓이 되는 상황이었다. 그렇다면 좀 더 가벼
운 거짓이 유용하지 않을까 싶었다. 거짓의 부피가 커져 감당할 수 없
는 지경에 이를 수도 있겠다는 생각이 들었다. 은주는 눈을 지그시 감
았다가 떴다. 진실을 말하라는 뜻인지 적당히 넘겨 주라는 뜻인지 분
간이 되질 않았다.

"오빤 더 좋은 데 들어갈 수도 있었는데 거기밖에 못 갔다고 대학 이
야기는 잘 안 했어요. 그런 거면 나한테 먼저 물어보지."

은주가 먼저 가닥을 잡아 나갔다.

"K대 졸업한 거 맞아요."

"혹시 경제학과 01 학번 아니세요?"

덜컥 남자가 판 함정에 빠진 기분이 들었다. 나는 둘째치고 은주가 빠져나올 구멍이 있을까.

"맞구나. 저는 경제학과 05 학번입니다. 선배님을 이렇게 만나게 될 줄 정말 몰랐네요."

은주는 눈썹을 파르르 떨었다. 거짓은 매번 더 큰 거짓을 요구한다는 걸 그녀는 잘 알고 있었다. 다행히 남자는 눈치 채지 못했다. 나는 어색하게 미소를 지었다.

서울에서 K대 졸업생을 만나는 건 사실 흔한 일이었다. 내가 한때 몸담았던 컨설팅 회사에도 K대 출신들이 수십 명이었다. 그러니 그런 정도의 우연은 있을 수도 있었다. 우연은 있을 수 있다지만 이제 어디로 도망을 가지? 나에 대해 만들어진 정보에만 충실했지, 상대의 정보에 충실하지 못한 잘못이었다. 여자도 남자의 현재에 대한 이야기만 했지, 과거에 대한 정보를 알려주지 않은 잘못을 했다. 인생은 늘 변수의 연속인지도 모른다. 하지만 변수가 생길 수밖에 없는 상황이더라도 역시 변수는 당황스러운 일이었다. 나는 급하게 잔을 털어 넣은 후 화장실로 조용히 도망갔다.

"거 참, 미리미리 확인했어야 했는데. 그런 일이 종종 있었어. 그래서 결국 문제가 터진 경우도 있었는데……. 역할비 절반은 날아갔다고 생각해."

나는 삼손에게 전화를 걸어 충고를 구하고 있었다.

"지금 역할비가 문제가 아니잖아요."

"그럴 땐 달리 방법이 없어. 그 진실 안에서 상황에 맞게 대응하는 수밖에."

진실을 바탕으로 거짓을 꾸미라는 말이었다.

"그 이후는 우리도 어쩔 수 없잖아."

"그냥 도망가면 안 되나요?"

"쩨쩨하게 왜 그래? 여자의 환상이 어쩔 수 없이 깨져 버리는 거하고 일부러 깨버리는 거하고는 달라."

나는 거짓이 들통 났을 때의 모멸의 기분을 안다. 얼굴을 들 수 없는 그 창피함도 안다. 아무런 항변도 하지 못한 채 일방적으로 비난의 말을 들어야 할 때의 그 참담함을 다시는 겪고 싶지 않았다. 그냥 도망가 버릴까. 내가 아는 여자도 아닌데.

"어쨌든 판단은 도랑 씨가 알아서 해."

삼손도 이런 경우에는 대책이 없었다. 도망가 버리겠다고, 내가 여자의 인생을 책임질 수는 없다고 말하려는데 남자가 화장실 문을 열고 들어왔다. 그는 나를 보고 히죽 웃었다.

"알았습니다. 제가 조만간 다시 연락을 드리죠."

나는 서둘러 통화를 끝냈다. 그러곤 세면대 앞에 서서 능청을 떨며 손을 씻었다. 남자가 볼 일을 보고 내 옆에 와서 섰다.

"선배님, 진짜 세상 좁아요. 은주 씨는 자기 오빠가 K대 나왔다는 이야기를 안 하더라고요. 오늘에서야 그 이유를 알았습니다. 그래도 선배님, 우리 K대 명문대 아닙니까?"

"마, 맞아요."

살다 보면 미묘한 말 한마디나 미묘한 한순간 때문에 전체의 흐름에 내가 묻혀 흘러가 버리는 경우가 있었다. 고시원에서의 사건이 그랬고, 신축 건물에서 고등학생들에게 두들겨 맞았을 때도 그랬다. 도서관에서 만난 재혁과 패거리들도 그런 경우였다. 나는 결국 그녀의 오빠가 되기로 결심하고 말았다.

"간간이 선배님이 다른 선배님들과 모여 있는 걸 보고는 했습니다. 저랑은 한 1년 같이 학교 다니셨나, 그럴 겁니다. 졸업하신 건 알았는데 미국으로 유학 가신 건 몰랐네요."

자리로 돌아온 남자는 화제의 중심에 나를 세웠다.

미국의 분위기는 어떤지, 후에 미국 지사로 발령을 받아 가면 도와줄 것인지, 결혼은 언제 할 것인지, 나와 친해질 시간들이 없어 아쉽다느니 하는 이야기들.

"…강성우 선배님 아시죠? 우리 회사에 근무하고 있는데."

은주와 나는 점점 더 깊은 수렁으로 빠지고 있었다. 어떤 사건이 일어나지 않으면 결국에는 들통 날 역할극이었다.

"경제학과 B 반이었나? 나는 A 반이라 잘 모르겠는데."

나는 예전의 임도랑으로 돌아가 사실 그대로 말했다. 다행이라면 남자가 말한 강성우라는 작자와 내가 친하지 않다는 사실이었다.

"하긴 성우 선배도 선배님에 대해서 잘 모르더라고요."

남자의 말에 은주가 더 안심이 되는 눈치였다. 남자들의 유대는 이쯤에서 마무리해야 하지 않을까. 나는 은주를 그에게 맡기고 자리를 접으려고 했다.

"아닙니다. 조만간에 미국에 들어가신다면서요. 그동안이라도 오누이가 오붓하게 지내세요."

남자는 친절하고 배려가 깊었다. 그는 나와 은주를 택시에 태웠다. 나는 차창 밖에 서 있는 그의 얼굴에서 슬픔 같은 걸 보았다. 남자는 웃고 있었지만 슬퍼 보였다. 뭔가 더 물어보고 싶은 얼굴이었지만 묻지 않고 참는 눈치이기도 했다. 그게 아니라면 은주가 쌓은 성의 진실을 알고 있는지도 몰랐다. 남자가 손을 흔들었다.

"어디로 가죠?"

은주에게 물었다. 나도 은주도 어디로 가야 할지 몰랐다.

*

은주는 잔에 술을 넘치도록 따랐다. 이미 말없이 소주 한 병을 비 웠다.

어떤 식으로든 결론을 냈어야만 했다. 하지만 그녀도 나도 아무런 결론을 내지 못한 채 사이좋은 오누이처럼 술집을 찾아 들어왔다. 누가 먼저랄 것도 없었다. 내가 술집으로 들어섰고 은주가 따라왔다. 딱히 뭐라 꼬집어 말할 수는 없었지만 그녀와 나 사이에 해결해야 할 문제가 남아 있다는 기분이 들었다.

그녀의 얼굴은 어느새 취기가 올라 불그죽죽했다. 나는 기이하게도 기분 좋게 취했다. 그래서 그랬는지 그녀가 예뻐 보였고 말이 거침없이 나왔다. 그녀의 진짜 오빠가 된 기분이기도 했다.

"언제까지 이럴 수는 없어."

"알아요, 나도 안다고요."

"그만하지."

"왜 반말이에요?"

은주가 고개를 바짝 쳐들었다. 내가 반말을 했나? 나도 모르겠다. 나는 사과 대신 고춧가루 묻은 잔을 홀짝 비웠다. 고춧가루가 사라졌다.

"택시 타기 전에 느낀 건데 그 남자 뭔가 눈치 챈 거 같았어."

"나도 안다고요. 그래서 미안한데 어쩔 수가 없어요. 멈출 수가 없단 말이에요."

은주도 남자가 우리 관계에 대해서 이상하다고 느낀다는 걸 알고 있었다? 그렇다면 남자는 적어도 삼손이나 내가 그녀의 가족이 아니라는 걸 알고 있을지도 몰랐다. 그럼에도 은주를 버리지 않는 남자의 마음은 무엇일까? 그건 아무래도 좋았다. 그런 줄 알면서도 계속해서 거짓말을 해야 한다는 게 곤혹스러운 일이었다. 나까지 괜한 죄의식에 시달릴 필요가 없는데도 나는 죄의식을 느꼈다.

은주는 고개를 돌려 입구 쪽을 쳐다봤다. 서빙을 하던 청년이 입구에 서서 담배를 피우고 있었다. 거리 바닥에는 네온사인이 출렁거렸지만 인적은 뜸했다. 밤이 깊어 가고 있었다. 나는 홀을 둘러보았다. 구석자리에 고등학생쯤으로 보이는 남녀 다섯이 욕을 해대며 술을 마시고 있었다. 은주는 여전히 밖을 내다본 채 말이 없었다. 나는 마른세수 끝에 천정을 뚫은 기둥을 보았다. 기둥에는 '모래집 한 접시 5천 원'이라는 종이가 붙어 있었다.

"그 남자 좋아해?"

이번에는 내가 반말을 했다는 걸 분명하게 깨달았다. 그녀는 더 이상 반말하는 문제를 걸고넘어지지 않았다.

"난 속물이에요. 그 남자뿐만 아니라 그 남자가 가진 모든 걸 좋아해요. 그러면 안 되나요?"

"안 되는 건 아니지만 꼭 이렇게까지 해서 좋아해야 할 이유가 있느냐는 거지?"

"난 이미 내 조건 때문에 몇 번이나 상처를 받았어요. 더 이상 상처 받고 싶지 않아요. 내가 먼 친척들한테서 구박받으며 살아왔다는 걸 알고 나면 남자들은 두말없이 돌아섰어요."

"처음부터 그 친척들하고 상견례를 했어야지."

"그 인간들은 두 번 다시 보고 싶지 않아요. 그 인간들을 다시 만난 다면 차라리 죽어 버릴 거예요."

그녀는 두 잔이나 연거푸 술을 마셨다.

"나도 처음에는 내가 살아온 환경을 중요하다고 생각하지 않았어요. 하지만 세상은 그렇지 않았어요."

고등학생들이 우르르 몰려와 계산을 한 후 술집을 나갔다. 은주의 이야기가 잠시 끊어졌다.

"그래도 진실한 남자를 만나면……."

"진실한 남자 좀 소개시켜 줘봐요. 세상의 어떤 남자도 진실하지 않 아요. 간혹 남자들은 사랑 앞에서는 진실한 척 눈물 흘리지만 현실 앞 에서는 냉정해져요. 남자가 냉정해지지 않으면 그들의 부모나 형제가 냉정해지죠. 중요한 건 요즘 남자들은 사랑에 목숨 같은 거 걸지 않는 다는 거예요. 그렇지 않아도 복잡한 세상인데 사랑 때문에 더 복잡해 지는 걸 원하지 않기 때문이죠."

문득 미향과의 일들이 떠올랐다. 만약 내가 아직도 컨설턴트라면 미 향과 사귀었을까? 그 점은 장담할 수 없을 것 같았다. 애초에 서로 다 른 계급에 놓여 있어 만나기 힘들었을 것이다. 그래도 만났다면? 나도 모르게 웃음이 나왔다.

"왜 웃어요?"

"다른 생각이 좀 나서."

"아직 확신을 할 수는 없지만 그 남자는 복잡해지는 걸 받아들이기로 한 거 같아요."

"이건 복잡함 그 이상의 문제인데."

"물론 그 이상이죠. 어느 정도까지는 댁이나 그 아저씨가 내 가족 노릇을 해주어야 해요. 그이 부모님은 아직 아무것도 모르니까."

순간 나는 그녀가 의뢰인일 뿐이라는 사실을 분명하게 깨달았다. 어디까지 가야 할까? 여자는 입술을 잘근잘근 깨물었다. 결론은 났다. 앞으로도 꾸준히 역할놀이를 잘 해달라는 주문의 자리인 셈이었다. 그런 주문이라면 택시에서 내렸을 때 한두 마디로도 족했다. 그녀도 나도 여전히 뭔가를 더 해결해야 한다는 기분에 사로잡혀 있었다. 나는 잔을 기울이며 그녀의 눈을 쳐다봤다. 잠깐 나와 눈이 마주쳤다. 그녀는 이내 고개를 돌렸다. 그녀와 나 사이에 뭐가 더 남아 있지? 생각하려고 하면 할수록 더 취기만 올랐다.

"알았어. 이번처럼 아침에 느닷없이 전화하지 말고 적어도 하루 전에는 전화를 줘. 그래야 준비라도 좀 하고 나오지."

나는 더 이상 자리에 앉아 있을 이유가 없었다. 내가 의자에서 일어났을 때 그녀가 손을 내밀어 내 팔을 덥석 잡았다. 손이 뜨거웠다.

"나, 잘못하는 거 아니죠?"

그녀가 나를 물끄러미 쳐다봤다.

"내가 틀리지 않았다고 말해 줘요."

그녀와 나 사이의 문제는 옳고 그름의 문제를 떠나 결코 자유로울 수 없는 생존의 문제가 걸려 있었다. 나는 계산대 쪽으로 걸어갔다. 그녀가 허겁지겁 핸드백을 챙겨 나를 따라 나왔다. 술집 밖으로 나온 그녀가 내 팔에 팔짱을 꼈다.

"댁은 내가 만나 본 사람들 중에 가장 내 가족 같은 느낌이 들었어요. 처음부터 그랬어요."

나는 걸음을 멈추었다.

"나는 본능적으로 혼자인 사람들의 냄새를 맡게 돼요."

그녀가 내 어깨에 더 바짝 밀착해 왔다. 그녀의 팔은 떨렸고 숨은 고르지 않았다.

"살아야 하니까."

모래로 쌓을 그녀의 삶. 그녀는 지금 그걸 인정해 줄 누군가가 필요했다. 그녀의 과거에 대해 알지 못하지만 이해할 수 있는 타인으로부터.

*

나는 느닷없이 한 여자의 삶을 이해해 주기 위한 컨설턴트가 되었다. 나쁘지 않은 조건이었다. 전화는 절대 하지 말아야 하며, 전화는 받아 주고, 힘들 때 만나 술잔 좀 기울여 주면 역할비를 지불하겠다고 했다. 돈을 받는다는 사실이 께름칙하지만 은주와 헤어지던 일주일 전 그녀와 나는 그렇게 말로 계약을 했다. 하지만 그날 이후 일주일이 넘도록 그녀로부터 전화는 오지 않았다. 둘 중의 하나였다. 잘 되었거나 완전히 깨졌거나. 하지만 어떤 경우라도 그녀에게 위로가 필요하지 않을 리는 없었다. 그래서 전화를 기다렸다. 어쩌면 그녀의 삶이 측은해

진짜 보호자라도 된 듯한 기분에 사로잡혀 지냈는지도 몰랐다. 삼손에게는 말하지 않았다. 술기운에 젖어 한 말을 믿고 기다리는 내가 바보 같다는 생각이 들었기 때문이었다.

그래도 삼손의 사무실에서 뒹굴며 벼룩시장을 뒤지고 도서관을 오가면서도 그녀에게서 전화가 오기를 기다렸다. 그녀의 연애가 뒤틀려서 분명히 내게 위로받기 위해 달려올 것이라는 상상을 하면서 기다렸다. 일주일이 지난 어느 날 그녀의 전화를 기다리다 못한 내가 먼저 룰을 깨고 전화를 걸었다.

"잘못된 번호거나 결번이오니 다시 한 번 확인하시어……."

얼굴이 달아올랐다. 배신감이라는 감정이 맞는지 모르겠지만 그 비슷한 기분에 사로잡혔다. 나만을 믿는다던 진주의 달콤한 말이 떠오르기도 했다. 종류는 다르지만 나는 또 당했다. 허탈한 기분이 드는 나 자신이 우스웠다. 몇 마디의 말과 몇 번의 떨림에 속아 여자의 위로받이가 되었다는 생각이 들자 눈물도 났다.

"…그런 일도 있어. 하지만 도랑 씨를 피하려고 하는 게 아닐 수도 있어. 결혼하려던 남자를 피해서 번호를 바꾼 것일 수도 있거든. 그런 일 널렸어. 꼬리가 기니까 밟힐 수밖에 없지 않겠어?"

삼손은 눈치도 빨랐다. 내가 은주의 전화를 기다린다는 사실도 알고 있었으며, 결국에는 그렇게 결론이 나리라는 것도 짐작하고 있었다.

"여자만큼 믿기 쉬운 존재도 없지만 여자만큼 믿기 어려운 존재도 없어. 더군다나 우린 역할대행자들이야. 의뢰인들도 가끔 자신의 위치를 잊을 때가 있어. 뭐, 잊어도 상관은 없지만 아무튼 그래서 미주알고주알 다 털어놓는 사람도 있거든. 다시는 안 볼 사람들이라는 거지. 그래서 자신도 모르게 역할대행자들에게 빠지는 수가 있어. 하지만 그건 아주 잠시야. 눈물 콧물 다 흘리다가도 어느 순간에 의뢰인이라는 걸 깨닫게 돼. 그러면 다시는 연락 안 해. 남들은 알지 못하는 자기 치부까지 속속들이 알고 있는 사람을 다시 보려고 하겠어? 설령 그 여자가 도랑 씨한테 연락을 해왔다고 쳐. 그러면 그 여자랑 연애를 잘 할 수 있을까?"

삼손은 검지를 좌우로 저었다. 나는 씁쓸하게 웃고 말았다.

"역할 대행 일 처음 하는 친구들이 가끔 그런 실수를 해. 그러니까 도랑 씨도 마음의 경계를 풀어놓는 일은 없도록 해야 해."

삼손의 말이 끝나기 무섭게 사무실 문이 와락 열렸다. 교복을 입은 학생이 사무실로 톡 뛰어 들어왔다. 학생은 주머니에 손을 찔러 넣은 채 사무실을 둘러보았다.

"네가 아빠가 필요하다고 전화한 학생이냐?"

삼손이 학생에게 물었다.

"네. 지금 당장 가능하죠?"

삼손이 나를 쳐다보자 녀석도 나를 바라보았다.

"오랜만에 한 건 하고 오지."

나는 그렇게 중학생 녀석의 아빠가 되었다. 녀석은 돈을 선불로 모두 냈다. 학부형 티를 내느라 삼손의 자가용을 빌려 끌고 나왔다.

"아저씬 그냥 얌전히 담탱이가 하는 말만 듣다가 나오면 돼요."

녀석의 주문은 맹랑했다.

"그리고 앞으로 잘 가르치겠다고만 하면 끝, 아셨죠?"

"뭐 때문에 부르는 거냐? 그래도 뭐든 좀 알아야 대처를 할 수 있지."

"꼭 그런 것도 알아야 합니까?"

녀석이 차창 쪽으로 고개를 홱 돌렸다. 한참 반항할 때라고 생각했다. 하지만 반항의 농도가 좀 달랐다. 녀석은 선생 앞에서는 얌전한 고양이처럼 굴었다. 녀석의 담임은 녀석이 여자 친구를 놀린 친구들과 싸웠다며 부른 이유를 설명했다. 그럴 수도 있다. 많이 다치지 않아 다행이라는 설명도 들었다. 그런데 녀석의 아빠를 부른 진짜 이유는 다른 것이었다. 선생은 전교 1등 하던 성적이 자꾸 떨어져서 나를 불렀다고 말했다. 나는 녀석이 선생 앞에서 공손하게 굴었던 이유를 그제야 알았다. 하지만 내가 할 수 있는 일은 없었다. 선생의 이야기를 들어주고 녀석의 머리를 몇 번 쓰다듬어 주고 선생에게 허리 숙여 인사하는 게 다였다.

교문을 나서자마자 녀석이 차를 세워 달라고 말했다. 교문 건너편 분식집 앞에 녀석의 친구들인 듯한 학생들이 서 있었다. 야, 잘 끝났어? 우리 담탱이 멍청한 게 어제오늘의 일이냐? 그 새끼 끝장내야 하는 거 아냐? 아, 쪽팔려……. 녀석들의 이야기가 차창을 타고 넘어들어 왔다. 괘씸해할 필요 없다. 나는 그저 역할대행자일 뿐이니까. 나는 녀석을 등지고 반대 방향으로 차를 몰았다. 세상은 어차피 돈 놓고 돈 먹기다.

*

"어제 다녀온 데에선 아직 연락 없는 모양이네?"

삼손이 물었다. 식당에서 쫓겨 나온 뒤 다시 닥치는 대로 이력서를 썼다. 예상했던 일이지만 한 군데에서도 연락이 오지 않았다. 취직되면 역할의 굴레에서 벗어날 수 있다는 계산은 허무한 소망이었다. 그랬는데 그저께 이력서를 넣은 회사에서 면접 보러 오라는 통보를 받았다. 단벌이 되어 버린 양복을 챙겨 입고 찾아간 회사는 보안 전문 회사였다. 연락이 오리라고 예상하지 않았던 회사라 조금은 의아했다. 면접관은 거두절미하고 내게 말했다. 우리가 대도를 고문으로 받은 적이 있습니다. 아시죠? 그런 차원입니다. 당신의 경험을 우리 회사에서 살릴 수 있지 않겠습니까? 두서없는 말에 나는 무슨 뜻이냐고 되물었다. 스파이 경험 말입니다. 나는 능청을 떨며 부정했다. 제 이력서엔 그런 내용이 없는데요. 순진하시긴……. 요즘 주민등록번호 치면 뭐든 다 나오는 세상 아닙니까? 둔하게도 그제야 이력서를 냈던 수백 군데의 회사에서 나를 외면했던 이유를 깨달았다. 내가 갈 수 있는 곳은 어디에도 없었다. 어쩌면 다시 몽몽 원장을 찾아가야 할지도 몰랐다.

식당에서 쫓겨난 뒤 몽몽 원장으로부터 문자가 왔다. 개들이 내 손길을 기다리고 있다고 적혀 있었다. 개들이 좋아하는 인간이 있는데 내가 그런 인간이며 그런 냄새를 개들이 맡는다고도 덧붙였다. 한마디로 개 같은 인간이라는 말이었다. 그처럼 끈질기게 내게 손길을 내미는 인간이 있을까 싶었다.

그의 문자를 지우지 않고 보관했다. 혹시나 싶어 문자 수신함을 뒤져 보았지만 미향이 보낸 문자는 없었다. 나는 언젠가부터 그녀를 기다렸다. 은주에게서 벗어난 뒤부터였던 것 같다. 그녀와는 식당에서 쫓겨난 뒤부터 연락이 끊어졌다. 조금 열린 창문 틈으로 담배 연기가 빨려 나갔다. 언젠가는 나아지겠지. 나는 담배 연기와 함께 소소한 걱정들을 날려 버렸다. 전화가 왔다. 낯선 전화번호였다.

"도랑이 오늘 저녁은 식당에 가서 돼지나 한 점 먹을까?"

"그러죠."

나는 삼손과 함께 사무실 앞 식당으로 들어갔다. 다시 휴대폰에 낯선 전화번호가 떴다.

"전화 건 사람 속 타겠네. 불편한 전화야?"

"아뇨, 모르는 전화번호라……."

내 이름으로 정리되지 않은 빚이 있었던가 하는 생각이 먼저 스쳐 지나갔다.

"받아서 잘못 건 전화라고 하면 되잖아."

나는 삼손의 눈길을 피할 수 없었다.

"여보세요. 나 재혁이에요, 재혁이."

낯익었지만 아는 목소리도 아니었다.

"누구지?"

"아저씨도 참, 나 몰라요? 도서관에서 애들한테 맞고 있을 때 아저씨가 나 구해 줬잖아요. 그래서 좆 됐는데. 기억 안 나세요?"

기억났다. 여러 가지가 궁금했다. 전화번호를 어떻게 알았는지, 그리고 왜 전화를 걸었는지. 오늘따라 어린놈들이 나를 찾는다 싶었다.

"…나중에 말씀드릴게요. 그런데 저 일하는 데에 좀 오셔야겠어요. 아저씬 내가 모르는 사람이라고 그래도 이 자식들이 믿질 않고 데리고 나오라는 거예요. 안 그러면 오늘 날 묻어 버리겠대요. 버티다 버티다 더 이상 못 버텨서 전화하는 거예요. 그것 보세요. 그냥 가만히 내버려 뒀으면 별일 없었을 텐데, 이게 뭐예요. 일만 더 커졌잖아요. 나 10시에 끝나요. 안 오면 나 작살나요. 이 자식들 싸움 잘하니까 단단히 각오

하고 오세요. 아무튼 안 만나고는 절대로 해결이 안 나겠어요."

"인마, 내가 왜 나가야 하는……."

전화가 뚝 끊겼다. 그리고 문자가 들어왔다. 10시 정각, 서교 편의점. 녀석의 목소리가 커서 삼손도 대충 이야기를 들은 눈치였다. 삼겹살과 소주가 테이블 위에 올라왔다.

"뭐야?"

삼손은 여느 때처럼 참견을 했다. 나는 별일 아니라고 답했다. 소주한 병을 비우고 삼겹살을 모두 먹어 치운 후 소주와 삼겹살을 더 주문했다. 삼손이 다시 물었다.

"뭐 곤란한 일 같던데?"

나는 더 이상 숨기지 않고 농담을 섞어 가며 말했다.

"…요즘 애들이 좀 그렇잖아요. 안 가도 됩니다."

"가야지."

의외다 싶을 정도로 삼손은 단호하게 말했다.

"전화 한 놈이 말은 그렇게 해도 어쩌면 자넬 기다리고 있는지도 몰라. 그리고 이건 내 짐작인데 그 녀석이 믿고 의지할 수 있는 사람이 자네뿐인지도 모르고. 그리고 우린 대역이 전문이잖아. 가끔은 돈 안 받고도 일해 줄 수도 있지, 안 그래? 그보단 누군가 자네를 향해 손을 내밀 때마다 자꾸 외면하는 건 좋지 않아. 세상에 대해 무뚝뚝해지는 건 사는 것에 권태를 느낀다는 거고, 그건 결국 자신의 목을 죄는 독이기도 해. 누가 손을 내밀면 잡아 줘."

그는 처음으로 가족에 관해 말했다.

삼손에겐 한국에 자식이 없었다. 그의 말에 의하면 아들은 10년 전

음주 뺑소니차에 치여 죽었고 와이프와 딸은 호주에 살고 있었다. 한국에서 도망가고 싶은 심정 나도 이해해. 나는 도망가지 않는 대신 내 꿈대로 살기로 했어. 좀 웃기겠지만 난 늘 탤런트를 꿈꿨거든. 그런데 탤런트는 멀었고 이렇게 대역 인생으로 사는 것도 좋겠다 싶더군. 별별 년놈들 다 만나니까 재미도 있고. 그렇게 이 일에 내 인생이 묻히면서 슬픔이 점점 마음 깊은 곳으로 숨어들더군. 어느 순간엔 내게 아들이 있었나 싶을 때도 있어. 지금 내 마누라 다른 놈팡이랑 살고 있어. 딸년이 그러더군. 새아빠가 잘해 준다고. 아마 모든 걸 새로 바꾸고 싶었을 거야. 처음부터 새로 시작할 수 있다면 아마 그렇게 했을 거야. 그래도 난 돈 보내. 내 딸이 거기에 있으니까. 마누라가 누구랑 살건 상관없어. 내 마누라가 고른 남자니까 틀림은 없을 거야. 까다로운 여편네였거든. 마누라가 거기에서 그렇게라도 새로 살 수 있는 건 아들놈 곁에 나라도 있기 때문일 거야. 아마 나마저 다른 여자 만나거나 그랬다면 혼자 살았을 거야. 좀 이상하게 들릴지 모르겠지만 날 믿고 있기 때문에 새 남자 만나서 살 수 있다는 거지. 거기서 두 사람이라도 잘 살면 돼.

삼손은 술병을 들고 제 잔에 술을 채웠다. 그동안 두 개의 문자가 왔다. 하나는 재혁이 꼭 오라는 문자였고, 다른 하나는 끈질긴 몽몽 원장의 문자였다.

"세상의 모든 일이 다 원인이 있어서 일어나는 거 아니겠어? 그 녀석이 자네에게 전화를 걸었다면 그 녀석이나 자네는 알지 못하겠지만 어떤 원인이 있어서 그런 결과가 발생했을 거야. 모든 존재는 친족성이 있는 거잖아."

그의 말끝에 피타고라스의 철학이 튀어나왔다. 그는 우주에 존재하는 모든 건 서로 연관이 있다고 믿었다. 내가 어느 순간부터 미향을 그리워하면서도 진주를 잊지 못한 채 사는 것 역시 결국엔 어떤 친족성 때문일까? 어쨌든 삼손은 놀랍고 종잡을 수 없는 사내였다. 어느 땐 막일꾼이었다가 어느 땐 철학자였다. 여자를 후리는 언변도 수준급이었고, 아이들을 다스리는 위엄 가득한 목소리는 수만 명의 신도를 거느린 목사 못지않았다.

"그 녀석과 내가 처음부터 인연이었다는 말처럼 들리네요."

삼손이 피식 웃었다.

"모든 건 결국 연결되어 있으니까. 세상에 우연이라는 게 존재하는 줄 아나? 아냐, 우연은 없어. 우리가 해석할 수 없는 관계가 있을 뿐이야. 세상의 모든 건 긴밀하게 연결되어 있어. 일어날 일은 반드시 일어난다는 거야."

나는 술잔을 든 채 그의 눈을 빤히 바라보았다. 도무지 그의 깊이를 느낄 수 없었다. 문득 언젠가 진주가 했던 말이 떠올랐다. 명심해요, 인간이란 건 신조차도 그 내면을 파악할 수 없는 존재라는 걸. 결국에는 그 말이 맞았다.

"나도 같이 가지. 아들놈이 컸으면 아마 그 녀석 나이일 거야. 살아 있었다면 그 녀석과 친구가 되었을지도 모르지. 자네가 나한테 오게 된 것도 다 이유가 있는 거겠지. 동거인으로서 가보는 게 당연하겠지."

삼손은 결국 친족성 운운하며 나를 따라나섰다. 그와 나는 도로변으로 나와 택시를 탔다.

　나는 삼손과 함께 재혁이 일하는 편의점 앞에서 내렸다. 10시 10분 전이었다. 나는 유리창 너머로 카운터에 서 있는 재혁을 들여다보았다. 그땐 몰랐는데 제법 키도 크고 덩치도 좋았다. 삼손과 나는 편의점 앞 비치 의자에 앉아 시간이 가기를 기다렸다. 삼손은 입을 열지 않았다. 가끔씩 꽉 다문 그의 입술 꼬리가 미세하게 꿈틀거렸다. 어쩌면 그는 지금 죽은 아들을 생각하고 있는지도 몰랐다. 그렇다고 나를 따라나설 것까진 없었는데.

　삼손은 점퍼의 깃을 세운 후 조용히 담배를 피웠다. 담배 연기가 바람에 흩어졌다. 인도엔 낙엽이 이리저리 쓸려 다녔다. 삼손은 담배를 피우며 편의점을 드나들거나 지나가는 사람들을 구경했다. 편의점 불빛에 드러난 그의 까만 얼굴은 비장해 보이기까지 했다. 삼손에게서 그런 분위기를 느끼기는 처음이었다. 과거에 깊이 몰입해 있는 듯 보여 그에게 말을 붙이지 못했다. 그가 무슨 생각을 하는지 궁금했다. 그의 침묵은 주변까지 고요하게 만드는 힘이 있었다. 나도 담배를 꺼내 물고 침묵을 지켰다. 비장한 침묵이 채 가라앉기도 전에 재혁이 편의점에서 뛰어나왔다.

　"아저씨, 정말로 고마워요."

　재혁이 말했다. 그의 얼굴엔 초조한 기색이 역력했다.

　"이 아저씨는 누구예요?"

　재혁은 삼손을 가리켰다. 바윗덩어리 같은 어깨와 큰 머리통을 가진 삼손이 재혁을 향해 살짝 미소를 지었다. 나는 잘 아는 선배라고만 소개했다.

"정말 잘됐네요. 그놈들은 떼로 몰려다니거든요. 맞짱 뜨면 잽도 안 되는 것들이 떼로 몰려다니니까 뵈는 게 없나 봐요. 나랑 타협을 보자고 해도 막무가내로 아저씨를 봐야겠다는 거예요."

재혁은 말을 하면서 재빠르게 사방을 살폈다. 나는 재혁에게 폭력을 쓰던 녀석들의 얼굴은 기억나지 않았다. 사방을 둘러보던 재혁이 주택가로 들어가는 골목 쪽을 응시했다. 그곳 가로등 아래 몇 명의 남자들이 서 있었다. 남자들이 피운 담배 연기가 가로등 불빛에 젖어 들고 있었다. 누군가 편의점 쪽을 쳐다보며 자기들 쪽으로 오라는 신호를 보냈다.

"왔어요. 가죠."

재혁이 손에 들고 있던 가방을 멨다. 재혁이 앞장을 섰다. 나와 삼손이 뒤를 따랐다.

녀석들은 모두 여섯 명이었다. 하나같이 다리에 착 달라붙는 스판 바지에 반들거리는 구두를 신고 있었다. 머리가 길어 고등학생처럼 보이지 않았다. 녀석들은 담배를 꼬나물고 서서 건들거리며 이쪽을 쳐다봤다.

"야, 이거 씹할 좆같네. 우린 좋게 좋게 끝내려고 했는데 꼰대를 둘이나 데려왔냐?"

한 녀석이 앞으로 나섰다. 도서관에서 곱게 물러가던 녀석들이 아니었다. 그날 본 구성원들과도 달랐다. 다리를 떨고 껌을 씹고 침을 뱉는 폼이 좀 더 험악하고 위악적이었다. 녀석들은 담배를 끌 생각도 하지 않았다.

"아저씨야? 아저씨가 내 친구들 쪽팔리게 했다며? 씨발놈아, 이 꼰대 때문에 후배들한테 짜하게 소문난 거 알지? 후배들한테 쪽팔려서 내가 고개를 못 들어요."

나에게 시선을 보낸 녀석이 담배꽁초를 손가락으로 튕겼다. 빨간 꽁초는 포물선을 그리며 날아가 전봇대에 부딪힌 후 떨어졌다. 도서관에서 마주친 녀석들과 분명 질이 달랐다.

"내가 말한 그대로야. 이 아저씨는 나랑 상관없어."

재혁이 내 앞을 막아섰다. 의리 있는 녀석이었다. 녀석들이 둥글게 퍼졌다. 공격하겠다는 뜻 같았다. 나는 순간 긴장이 되었다. 어른의 위엄이나 질서 같은 게 통하는 아이들이 아니라는 걸 깨달았다. 삼손은 그때까지 입도 뻥끗하지 않았다.

"상관없는 건 없는 거고……. 난 쪽팔리곤 못 사는 성미거든."

"네가 그 자리에 있었던 것도 아니잖아."

"내 친구들이 쪽팔리면 나도 쪽팔린 거야, 씹탱아!"

그때 나는 벽 어두운 곳에 기대놓은 각목을 보았다. 녀석들이 단단히 준비를 하고 나왔다는 걸 알았다.

"좋았어. 너희들 뜻대로 상납할게. 단 이번 주말까지 시간을 줘."

"허, 요 새끼 봐라. 이제 와서 상납하겠다고? 약 올릴 대로 바짝 올려놓고 상납하겠다?"

무리 앞에 나서서 대거리를 하는 녀석이 우두머리인 모양이었다. 그런데 녀석의 얼굴이 낯익었다.

"너, 나 알지?"

나는 재혁을 밀쳐 내고 녀석들 앞으로 나갔다. 분명 아는 놈이었다.

아! 나를 해고시킨 회사의 홍보실 부장 아들이었다. 아들놈 수학 과외 좀 해달라기에 마지못해 세 달 가까이 부장의 집을 드나들었다. 컨설턴트로서는 좋은 자리로 파견을 보내 달라는 아부였다. 부장으로서는 과외비 좀 아끼겠다는 치사한 발상이었지만 사원들은 부장의 요구를 거절할 수 없었다. 일주일에 두 번은 부장 집에서 저녁을 먹어야만 했다. 그때 다리 쫙 뻗고 앉아 만화책을 들춰 보던 바로 그 녀석이었다.

"너 이화성 부장 아들놈이지?"

"이 꼰대가 불리하게 생겼으니까 딴소리하시네. 우리 치사하게 굴지 맙시다. 존나 재수 없으니까."

"이 자식이!"

나는 손을 들었다. 그런데 골목에서 바스락거리는 소리가 났다. 잠깐 시선을 돌리는 사이 녀석의 주먹이 망설임 없이 내 얼굴을 향해 날아왔다. 방심한 틈을 노리고 공격했다. 나는 녀석의 주먹에 맞아 나가떨어졌다. 매운 주먹을 가진 녀석이었다. 녀석은 그때도 그랬다. 어른이라고 대접해 준 적이 없었다. 부하 직원들을 부장의 요구에 무조건 따른다고 줏대 없는 인간들이라고 비난했을 정도였다. 부장에 대한 분노까지 한꺼번에 치밀어 올랐다. 나는 쪽팔려서 벌떡 일어났다.

"씹할, 치사하게 굴지 마! 꼰대들은 죄 비굴하다니까."

억울한 심사를 달랠 길 없어 녀석 앞으로 나갔는데 놈은 기다렸다는 듯 잽싸게 주먹을 먼저 들이밀었다. 역시 망설임이 없었다. 뒤에 서 있던 녀석들도 공격할 태세를 갖췄다. 그때 삼손의 손이 불쑥 앞으로 나와 녀석의 주먹을 잡았다.

"어, 뭐야? 꼰대 힘 좀 쓰는데 한번 해보겠……?"

녀석의 말이 끝나기도 전에 삼손의 다른 손이 녀석의 뺨을 후려쳤다. 그런데 손에 뭔가가 들려 있었다. 작은 구두 주걱처럼 생긴 물건이었다. 녀석의 고개가 홱 돌아갔고 뭐라고 대거리를 하기도 전에 다시 한 차례 후려쳤다. 이번엔 녀석의 몸이 돌아갔다. 패거리가 주춤거리며 뒤로 물러나자 삼손은 본격적으로 녀석들을 손에 든 물건으로 후려치기 시작했다.

우두머리인 놈은 삼손의 손아귀에서 벗어나지 못한 채 비틀거렸다. 나와 재혁은 삼손의 행동을 구경하기만 했다. 문득 땀 냄새 품은 바람이 불어왔다. 삼손은 멈추지 않았다. 녀석들이 모두 바닥으로 쓰러질 때까지 돌아가면서 보기 좋게 올려붙였다. 녀석들은 정신을 차리지 못했다. 우두머리인 놈이 손을 잡힌 채 주먹을 휘둘렀다. 그러면 팔을 비틀고 주먹을 향해 구두 주걱 같은 걸 휘둘렀다. 녀석이 손을 품에 감추고 부들부들 떨 정도로 녀석을 무자비하게 두들겼다. 막다른 골목이라 도망갈 곳도 없었다. 삼손은 숨소리 하나 거칠게 내지 않고 녀석들을 자근자근 밟았다. 가슴에 맺힌 한을 풀어내기라도 하려는 듯 아이들을 짓밟았다. 녀석들의 뺨이 금방 빨갛게 빵처럼 부풀어 올랐다. 그래도 삼손은 멈추지 않았다. 피멍이 들고 멍에서 핏물이 송송 배어나올 때까지 뺨을 후려쳤다. 너무한다 싶어 내가 말리려 들자 삼손은 손을 들어 나를 제지했다. 그러곤 손목이며 발목, 뺨을 골라서 후려쳤다. 효과적인 솜씨였다. 삼손을 보면서 여러 번 놀랐지만 오늘만큼 놀라기는 처음이었다. 대역자이면서 철학자이기도 했고 요설을 내뱉는가 하면 설교를 하던 그였다. 보통 사람보다 넘치는 힘을 보여 주었을 때도 놀랐다. 그런데 그는 오늘 섬뜩할 정도로 폭력적이기도 했다. 존재의 친죽성 운운하기에 아이들을 잘 달래 돌려보내겠거니 싶었다. 그런데 그는 터져 버린 분노를 주체하지 못하는 것처럼 아이들을 후려 팼다. 그러면서도 그는 무서울 정도로 침착했고 매우 효과적으로 공격을 했다.

녀석들이 모두 바닥에 뒹굴었다. 그래도 삼손은 멈추지 않았다. 넘어진 놈들의 발목과 손목을 끊어 버리기라도 할 듯 힘차게 후려쳤다. 녀석들의 비명이 골목 안에 흘러넘쳤다. 재혁이 내 곁에 바짝 다가왔다. 서서히 소름이 돋았다. 삼손은 뭔가를 기다리고 있었다. 다시 말리려 들자 이번에도 역시 손을 들어 나를 제지했다. 삼손은 잔인했다. 살짝만 스쳐도 아플 곳만 골라 요령껏 두들겨 팼다. 어느 순간 우두머리인 녀석이 삼손의 다리를 붙잡고 매달렸다.

"아, 아저씨, 잘못했어요."

그래도 삼손은 다리를 붙잡은 손의 손가락 마디마디를 후려쳤다. 녀석이 자지러질 듯 비명을 질렀다. 다른 녀석들이 기어서 삼손의 다리를 붙잡았다. 역시 마찬가지였다. 악마가 따로 없었다. 녀석들은 땅바닥을 뒹굴며 부들부들 떨었다. 지금껏 이렇게 맞아 본 적이 없을 터였다. 녀석들이 다시 다가와 삼손의 다리를 붙잡았다.

"다, 다시는 재혁이 괴롭히지 않을게요. 다시는……"

그래도 삼손은 멈추지 않았다. 나는 삼손에게 기가 질렸다. 그만하면 되겠다는 생각이 들었다. 아저씨 좀 말려요. 저러다 큰일 나겠어요. 재혁이 내게 속삭였다. 삼손은 한번 고집을 부리면 누구도 꺾지 못한다는 걸 실감하는 순간이었다. 하지만 이건 고집이 아니었다. 삼손은 녀석들에게서 뭔가 색다른 걸 요구하고 있었다.

"자, 잘못했어요. 다시는, 다시는 나쁜 짓 안 할게요."

녀석들이 너도나도 삼손에게 빌었다. 녀석들은 이빨을 심하게 부딪치며 떨었다. 어깨를 가만히 두지 못했고 풍 걸린 사람처럼 머리를 덜덜 떨었다. 보고 있는 나도 다리가 후들거렸다.

"무릎 꿇고 똑바로 앉아!"

처음으로 삼손의 입에서 말이 터져 나왔다. 명령이 떨어지자마자 녀석들은 일사분란하게 움직였다. 녀석들의 얼굴 위로 가로등 불빛이 달라붙었다. 삼손은 손에 쥐었던 걸 주머니에 넣은 후 담배를 꺼내 물었다. 나는 길게 한숨을 내쉬었다. 참혹한 폭력이었지만 왜 그런지 마음이 후련했다. 지금까지 내가 흠씬 두들겨 맞은 기분이 들었다. 나도 모르게 쥐고 있던 손을 폈다. 손 안에 땀이 흥건했다. 녀석들을 내려다보는 삼손의 눈빛은 영혼을 팔라고 다가온 악마의 눈빛처럼 음산하고 뼈가 시릴 정도로 차가워 보였다. 녀석들은 고개를 들지도 못한 채 여전히 이빨을 부딪치며 떨고 있었다.

"이렇게 좆같이 살았다가는 고등학교 졸업하고 평생 후회해. 그땐 바로잡으려고 해도 잡을 수가 없어. 그냥 개 같은 인생으로 쫑나는 거야. 아버지도 죽고 엄마도 죽고 없으면 어떠냐? 두 사람이 서로 죽일 듯해서 이혼을 했으면 또 어때? 엄마랑 아버지가 전혀 관심을 안 가지면 또 어때? 집안이 좆같으면 또 어때? 아버지가 매일 주먹을 휘둘러, 아님 엄마가 술집에 나가, 그것도 아니면 새엄마야, 아님 새아버지? 밥 한 끼도 제대로 못 먹을 정도로 똥구멍 찢어지게 가난하면 또 어때? 엄마 아빠가 장애인이야, 그러면 또 어때……"

삼손의 허스키하면서도 갈라지는 듯한 목소리엔 가슴을 파고드는 깊은 슬픔이 배어 있었다. 나는 또 한 번 놀랐다. 그는 타고난 연설가이기도 했다. 녀석들이 하나둘 고개를 떨어뜨린 채 어깨를 들썩이며 흐느끼기 시작했다. 극도의 공포가 끝난 뒤에 찾아오는 해방감과 희열 같은 것이었다.

"원래 세상은 좆같은 거야. 평등하지도 않아. 그렇다고 해서 좆같이 살면 그 인생은 진짜 좆 돼. 그래도 좆같이 살겠다는 놈들, 고등학교 졸업하고 찾아와. 그럼 칼잡이든, 소매치기든, 조폭이든 만들어 줄게. 하지만 지금은 아냐."

삼손은 일장 연설을 끝낸 후 담배를 꺼내 녀석들에게 일일이 담배를 줬다. 손가락 세 개뿐인 그 손으로. 녀석들은 삼손의 손가락을 볼 때마다 흠칫 놀라는 눈치였다.

"네 놈들은 인생 종치기엔 아직 어리잖아."

삼손은 녀석들의 어깨를 두드려 준 후 보냈다. 녀석들을 모두 보낸 뒤 삼손은 우리와 함께 눈에 보이는 막걸리 집으로 들어갔다. 삼손은 주저하는 재혁의 손을 잡아끌었다. 삼손과 나는 막걸리를 마시고 재혁은 사이다를 마셨다.

"어설프게 손대면 오히려 보복을 하는 애들이야. 하지만 뼈저리게 손대면 어른과 달라서 빨리 깨달아. 모르긴 몰라도 고등학교 졸업할 때까진 얌전하게 다닐 거야. 이 세상에서 살아가려면 최소한 고등학교는 졸업해야 하잖아. 요즘 어른들은 아이들에게 너무 관대하고 무관심해. 담밸 피워도, 누굴 두들겨 패는 걸 봐도, 술 마시고 시비 걸어도 피하기만 하잖아."

나는 이제 그가 경이로웠다. 보통의 사람들과는 다른 세상에서 사는 인간. 그의 머릿속이 궁금했다. 문득 가족들의 얼굴이 떠올랐다. 양계장 엎어졌다고 자살한 큰형이나 주야장천 개 잡아 살아온 어머니, 미련 버리고 훌쩍 인도로 떠난 작은형, 늘 세상이 불만이던 아버지 그리고 간단하게 남을 꼬드기고 이용해 먹었던 진주. 그들 역시 나는 이해하지 못했다. 그들도 결국에는 나와는 다른 세상에 사는 인간들이었다.

"…한두 놈 삐딱하게 나갈지도 몰라. 그건 정말 어쩔 수 없어. 매로 안 되는 놈은 스스로 뼈저리게 깨닫지 못하면 구제 못 해."

나는 막걸리를 들이켜는 삼손의 목울대를 쳐다봤다. 가까이 다가가면 갈수록 그는 미스터리였다. 사무실 역할대행자들은 술만 기울이면 삼손이 살아온 내력을 추론하는 재미를 안주 삼았다. 모 재벌의 숨겨진 아들이라느니, 야권 실력자의 숨겨진 싱크탱크라느니, 위장한 투사라느니, 간첩이라느니 하는 말들. 그중에 가장 신빙성 있게 느껴졌던 안주는 프리메이슨 같은 비밀결사대의 수장이라는 말이었다. 하지만 어떤 조직의 비밀결사대라는 말은 없었다. 사무실 출입문을 열어 놓은 채 의자에 앉아 오랫동안 밖을 내다보며 혼자 미소 짓거나 심각한 표정을 짓는 그를 보고 있노라면 진짜 그가 과거에 뭘 했는지, 정체가 뭔지 묻고 싶은 충동이 일고는 했다. 나는 그의 비밀을 더 알게 된다는 게 두려워 입을 다물었다.

손에 든 막걸리 잔을 내려놓기도 전에 문자가 왔다.

— 쌍아오야, 원래 이름은 티베탄 마스티프야. 사자견이라고도 불러. 어때? 산책 한번 시켜 보겠어? 개 주인이 당신을 유심하게 봐왔던 모양이야. 다른 사람이 아니면 안 맡기겠다는데 조만간에 들러. 보수는 최고로 해준다니까.

몽몽 원장이었다. 하긴 그 역시 미스터리고 이해할 수 없는 인간이었다. 삼손이 나를 힐끔거렸다. 나는 휴대폰을 바지 주머니에 쑤셔 넣었다.

"아까 그건 뭐예요?"

나는 딴청을 부리듯 녀석들을 두들겨 패던 물건에 대해 물었다. 삼손이 주머니에서 물건을 꺼내더니 내게 건넸다. 좀 두꺼운 소가죽 혁대를 잘라 손에 맞게 제작해 놓은 주걱 같았다.

"구두 주걱이야. 재질이 다를 뿐. 구두나 운동화 신을 때도 쓰고 겨울엔 옷에 묻은 눈도 털고, 아까처럼 쓰기도 해. 호신용이기도 하고."

주걱은 삼손의 손때에 절어 거무튀튀하면서도 반들거렸다. 오래전에 만들어진 물건 같았다. 나는 주걱으로 내 허벅지를 때려 보았다. 살점이 찢어지는 것처럼 아팠다. 도대체 이런 물건을 만들어서 들고 다니는 사람이 몇이나 될까? 게다가 호신용이라? 전자충격기도 아니고 호신봉도 아니고 주걱이었다. 재혁이 가죽 주걱과 삼손을 번갈아 보았다.

"실은 아버지가 소 몰 때 쓰던 물건이었어. 백정이었거든. 내게 남긴 유일한 유산이기도 하지."

삼손은 그 이상 말하지 않았다. 삼손의 아버지가 백정이었다? 그는 나를 점점 더 큰 미스터리로 몰고 들어갔다. 문득 진주에게 빠져들 때와 비슷한 기분이 들고 있다는 걸 깨달았다. 세상에 존재하지 않는 신비에 빠져들었던 그 기분. 삼손은 그런 내 기분을 알아채기라도 한 듯 히죽히죽 웃었다.

"내 전화번호는 어떻게 알았어?"

나는 서둘러 재혁에게로 관심을 돌렸다.

"아저씨도 참, 아저씨가 그날 들고 있던 책이 《운명의 우생》인가 그
럴 거예요. 도서관 홈페이지 해킹한 후에 도서관 관리자로 들어가서
책 이름만 치면 아저씨 전화번호쯤 쉽게 알아낼 수 있어요. 그런 건 식
은 죽 먹기라고요."

재혁이 히히거리며 웃었다. 녀석은 신이 나서 자신의 이야기를 늘어
놓았다. 하지만 녀석도 가족이나 주변에 대해선 말하지 않았다. 나이
는 다르지만 우린 서로에게 뜨내기라는 말처럼 씁쓸한 기분이 들었다.
하지만 녀석의 눈에서 작은 빛 같은 걸 보았다. 그게 무엇을 향한 빛인
지는 가늠이 되지 않았다. 삼손은 편의점 오가는 손님들 흉내를 내며
투덜거리는 재혁의 머리를 쓰다듬었다. 새삼 그의 손 마디마디가 굵다
는 걸 느꼈다.

그렇게 녀석들과의 관계가 마무리되리라고 생각했다. 하지만 그건
삼손과 나의 오산이었다. 하루가 다르게 변하는 게 요즘 아이들이었
다. 삼손의 그런 무식한 방법이 통했던 건 10년 전 혹은 20년 전의 이
야기였다. 물론 삼손의 스파르타식 훈계로 본래의 심성을 찾아간 아이
들도 있었다. 하지만 그날 한두 명은 삼손과 나 그리고 재혁을 향해 더
깊은 증오를 쌓았을 뿐이었다. 대부분의 아이들이 예의도 없고 담배를
피우며 건들거리긴 하지만 뭐든 금방 잊고 새로 시작할 수 있다고 믿
었던 게 잘못이었다. 재혁의 그 친구들은 어제의 일을 금방 잊고 오늘
웃는 그런 아이의 시절은 이미 오래전에 지나 버렸던 것이다. 특히 그
이 부장의 아들 녀석은 독을 품었던 듯했다.

# 5. 개 같은 나날들

목줄을 단단히 잡았다. 녀석이 한 발을 앞으로 내밀었다. 대비하지 않았던 터라 몸이 휘청거렸다. 놈은 몸길이만 1미터 50센티미터가 넘었다. 집사는 라마의 몸무게가 65킬로그램이라며 꼼꼼하게 알려주었다. 그래, 녀석의 이름은 라마였다. 나와 몸무게가 같았다.

"지금까지 라마를 산책시키겠다고 수십 명이 다녀갔어요. 그런데 누가 와도 라마가 꼼짝을 안 하지 뭐예요. 아예 거들떠보지도 않을 정도였으니까. 그런데 댁을 보는 순간 벌떡 일어나는 걸 보고 나도 약간 놀랐지요."

그 집의 집사였다. 그녀는 내가 개 다섯 마리를 끌고 산책을 시킬 때 종착역처럼 들렀던 은행나무 저택의 집사였다. 선뜻 몽몽 원장의 제안을 받아들였던 것도 '라마'가 바로 그 집의 개라는 이유 때문이었다.

라마는 여느 개들과는 달랐다. 좀처럼 한눈을 팔지 않았다. 가야 할 목적지를 분명하게 알고 있는 듯 똑바로 걸어 나갔다. 나는 개 다섯 마리를 산책시켰던 코스로 라마를 끌고 갔다. 아니 라마가 이끄는 대로 끌려간 편이었다.

"멈추고 싶으면 목줄을 두 번 잡아당기세요. 그렇게 훈련받은 녀석이니까."

한바탕 난리가 났던 바로 그 벤치 앞에서 멈춰 섰다. 라마는 벤치 앞에 다소곳이 앉았다. 녀석은 벤치 밑 따위에는 관심을 보이지 않았다. 녀석이 특이한 것은 결코 자신의 영역을 만들지 않는다는 점이었다. 동족의 냄새를 찾기 위해 코를 들이대거나 오줌 따위를 갈기지 않았다. 그런 행동을 우습고 시시하다고 여기는 듯했다.

날이 추워진 때문인지 운동 나온 사람들이 뜸했다. 나는 가방에서 비스킷을 꺼내 라마에게 내밀었다. 녀석은 비스킷을 받아먹기 전에 내 손을 핥았다. 다 먹고 나서는 다시 전방을 주시한 채 꼿꼿한 자세를 취했다. 녀석은 평온하고 기품이 있었다. 오늘로써 네 번째 산책이지만 한 번도 흐트러진 자세를 보인 적이 없었다. 마치 산책 나온 나를 지켜주기 위한 호위견 같았다.

나는 집사가 준 아이패드를 꺼냈다. 라마를 산책시키는 일에 따라붙은 보너스였다.

라마의 운동 거리, 먹은 간식의 양, 소변이나 대변 활동, 이상행동 등에 대해 기록했다. 매운바람이 불었다. 얼굴이 따가웠다. 나는 몸을 움츠렸다. 그래도 라마는 털을 날리며 꼼짝도 하지 않았다.

몽몽 원장이 라마에 대해 말할 때까지만 해도 거리에 흔한 개 이상이라고는 생각하지 않았다.

"짱아오 종이야. 그 집 주인 여자가 무척 아낀다는 것만 알아 둬. 조사해 보면 알겠지만 짱아오는 사실 순종이 세계적으로 몇 마리 안 돼. 그러니까 대충 얼마나 비싼 갠지 알겠지? 라마를 팔면 강남에서 아파트 한 채는 살 수 있을 거야. 만약 라마가 순종이라면 말이지. 그래서 산책시켜 주는 사람을 찾는 데도 좀 까다롭게 굴었어. 그리고 주인을 지키는 데 있어서 탁월해. 머리도 좋아. 중요한 건 이 라마라는 놈은 인간의 불순한 의도를 알아차리는 개라는 거야."

라마는 여느 개들과 분명 달랐다. 덩치도 덩치이지만 무엇보다 인간의 기분을 살필 줄 알았다. 낯선 인간이 나타나 쓰다듬으려고 하면 먼저 나를 쳐다봤다. 내 얼굴에서 안도의 빛을 발견하면 낯선 인간에게 고개를 내밀었다. 무엇보다 확연히 다른 점은 아이들에 대한 태도였다. 나의 지시가 없어도 아이들이 다가오면 겁먹지 않도록 덩치를 한껏 낮추었다.

"기대하지 않고 마지막으로 댁을 불렀던 겁니다. 당신을 찾는 데 애를 좀 먹긴 했지만……. 사람들은 개 산책시키는 일을 우습게 생각하죠. 하지만 순간적인 판단력도 필요하고, 개와 충분히 교감할 수 있는 정서도 가진 사람이어야 해요. 그런 사람들은 기본적으로 머리가 좋죠. 오해하진 마세요. 라마가 가격이 좀 비싸서 신원조회를 해봤으니까요."

처음 집사를 봤을 때 그녀는 나를 달가워하지 않는 인상이었다.

"당신이 개들 산책시키는 걸 아가씨께서 꾸준히 보셨던 모양이에요. 나는 사실 당신을 찾는 일에 반대했어요. 지금도 나는 당신을 믿지 않아요."

창가에서 밖을 내다보던 여자. 커튼 뒤에 숨어 그동안 나를 은밀하게 내려다봤다는 생각이 들자 적잖이 소름이 돋았다. 하지만 왠지 내 인생이 제 궤도를 찾아가고 있다는 증거처럼 들렸다.

"하나는 인정할게요. 당신에게서는 개들의 냄새가 나요. 딱히 그 냄새를 뭐라고 말할 수는 없지만 아무튼 그래요. 라마가 반응한 것도 아마 그 냄새 때문인 거 같아요."

집사로부터 그 말을 들었을 때 문득 떠오른 얼굴이 어머니였다. 개 백정이던 어머니. 집 뒤뜰에 늘 개들이 들끓고 개장국 냄새가 가시지 않았던 집 안 풍경과 냄새도 기억났다. 하지만 이건 좀 다른 문제였다. 내게서 냄새가 난다면 그건 개들의 삶을 단절시킨 냄새였다.

라마의 목줄을 한 번 잡아당겼다. 날이 추워서 벤치에 오랫동안 앉아 있을 수가 없었다. 라마는 첫날 다녔던 길을 잊지 않고 기억했다. 그 길로 나를 데리고 갔다.

산책을 시키고 돌아오는 반환점에서 언뜻 미향을 봤다. 골목에서 빠져나온 미향이 대로 쪽으로 바쁘게 걸어갔다. 한동안 연락이 없었던 미향이었다. 반갑고 궁금했다. 나는 코스에서 벗어났지만 그녀의 뒤를 밟아 보기로 결정했다. 하지만 뒷모습을 보니 미향인지 아닌지 구분할 수가 없었다. 멀리 대로변에는 차폭등을 깜박거리고 있는 검정색 차가 보였다. 여자는 그 차를 향해 똑바로 걸어갔다. 라마와 함께 다니는 산책로에서 많이 벗어났다. 그때 휴대폰이 울렸다.

"제가 가능한 한 코스에서 벗어나지 마시라고 말씀을 드리지 않았나요?"

차가운 목소리의 주인공은 놀랍게도 집사였다. 대로변으로 다가간 여자는 검정색 차 조수석에 냉큼 올라탔다.

"그게 저, 갑자기… 아는… 사람이 나… 타나는 바람에……."

등골을 타고 소름이 창에 맺힌 물처럼 흘러내렸다. 나는 라마의 목줄을 두 번 잡아당겼다.

"먼저 말씀을 안 드렸는데, 댁이 말한 코스에서 벗어나면 지금처럼 바로 전화가 갈 겁니다. 아시겠지만 워낙 비싼 개라서 말이죠. 아시겠죠? 그리고 라마는 자신의 틀에서 벗어나는 거 별로 안 좋아합니다."

엉덩이를 땅바닥에 붙이고 앉은 라마는 내게 시선을 주지 않았다. 말단 직원의 잘못을 침묵으로 나무라는 상사처럼 라마의 뒷모습은 냉랭했다.

나는 서둘러 라마를 코스로 데려갔다. 라마는 다시 능청스럽게 코스를 따라 걸었다. 여자나 아이가 나타나면 몸을 낮췄고 덩치 큰 남자가 지나가면 경계를 했다. 길바닥에 떨어진 음식 따위에는 눈길 한 번 주지 않았고 자신을 보고 짖는 개나 꼬리를 치는 개들에게도 관심을 주지 않았다. 라마는 목줄이 너무 팽팽하도록 앞서 나가지도 않았고, 그렇다고 줄이 너무 늘어지도록 천천히 걷지도 않았다. 적당한 거리를 두어 가벼운 손놀림만으로도 목줄을 잡아당겨 제지할 수 있는 그 거리만큼만 여유를 두고 걸었다. 무엇보다 흥미로운 건 집을 나선 이후 세 번의 산책 때처럼 한 번도 짖지 않았다는 점이었다.

1시간 50분의 산책을 끝내고 은행나무 집 앞에 섰다. 내가 초인종을 누르기도 전에 집사가 먼저 문을 열고 나왔다.

"수고하셨습니다. 내일은 좀 일찍 오셨으면 합니다. 10시가 좋겠습니다."

말아 올린 입가가 가늘게 떨렸다. 집사와 라마 앞에서 미소를 지어야 한다는 생각과 비굴하게 굴지 말라는 자존심이 입가에서 부딪쳐 충돌했다. 하지만 결국 비굴함이 이겼다.

"10시에 맞춰서 오도록 하겠습니다."

집사는 코스에서 벗어났던 일을 거론하지 않았다. 실력은 모자라지만 한 번 부여한 권한에 대해서는 다시는 언급하지 않겠다는 상사의 배려였다. 집사와 라마는 뒤 한 번 돌아보지 않고 집으로 들어갔다. 나역시 집사나 라마는 물론 2층 창가에 시선을 주지 않았다. 내 몸을 가릴 수 있는 골목에 이른 후에야 멈춰 섰다. 몸을 담벼락 뒤에 숨기고 서서 은행나무 집을 살펴보았다. 저택의 문은 굳게 닫혀 있었고 창가에는 어김없이 그 여자가 찻잔을 들고 서서 밖을 내다보고 있었다. 거리가 멀어서 그녀의 시선이 어디로 향하고 있는지 알 수 없었다. 나는 몸을 조금 앞으로 내밀었다. 그 순간 창가의 여자가 한 발 뒤로 물러나는 게 보였다. 여자도 나를 내려다보고 있었는지도 몰랐다. 나는 서둘러 골목길로 뛰어들었다.

*

미향에게서 전화가 왔다. 식당에서 쫓겨난 지 두 달 만인 듯했다.

"나 취직했어요."

나는 휴게실로 나와 전화를 받았다. 반가우면서도 어색했다.

"잘됐네. 그동안 어떻게 지냈어?"

나는 벤치에 앉으며 하늘에 금을 그은 빈 가지들을 보았다. 가지 끝

에 걸린 먹구름이 오지도 가지도 못한 채 멈춰 서서 금방이라도 눈을
뿌릴 것처럼 꿈틀거렸다.

"어디 취직했어?"

"만나서 말씀드릴게요. 오늘 별일 없으시죠? 실은 취직하고 오늘 첫
월급 받았거든요."

미향에게서 문자가 왔다. 7시에 일이 끝나는데 어디로 가면 되겠냐
고. 나는 마땅한 장소를 고르지 못해 일단 삼손 사무실의 위치를 가르
쳐 주었다.

— 사당역에서 이수교 쪽으로 10분쯤 걸어오면 오른편에 돼지 식당이 있어.

그 식당을 끼고 안으로 10미터쯤 들어오면 삼손 사무실이 있거든. 거기로 와.

일단 사무실에서 만나서 가자. 근방에 갈 만한 곳도 많이 있으니까.

문자를 보내 놓고 나는 후회했다. 삼손에게 미향을 뭐라고 설명할지
난감했기 때문이었다. 다시 약속 장소를 변경하려는데 미향으로부터
문자가 왔다.

— 전에 역할 대행 일 한다던 그 사무실이죠? 어딘지 궁금했는데 저녁에 그리

로 갈게요.

굳이 숨길 필요가 없다는 생각이 들어 다시 문자를 보내진 않았다.
굳이 사는 곳을 감추고 싶지 않았다. 감출 수 있는 처지도 아니었다. 그
녀나 현재의 나나 뜨내기 같은 인생이었다. 서로 감추고 털어놓을 비

밀 같은 거 간직하고 살기에는 우스운 존재라는 생각이 들었다. 진주에게는 많은 걸 감추었다. 형이 자살한 일도 그랬고 어머니가 개백정이었다는 사실도 감추었다. 심지어 작은형이 인도로 도망가듯 떠난 사실도 말하지 않았다. 그런 사실들을 감춘다고 해서 남자와 여자의 관계가 달라질 것도 없었다. 그녀가 나를 이용하고 있다는 생각이 들었으면서도 이미 시작된 사랑이 변하지 않은 것처럼 말이다.

도서관에서 중간쯤 보았던 《여름의 흐름》을 마저 읽고 《리더스 다이제스트》 영문판을 읽었다. 삼손의 사무실까지 걸어갈 계산을 하고 자리에서 일어났을 때 상당히 긴 전화번호가 휴대폰에 떴다. 국제전화였다. 나는 서둘러 열람실을 빠져나왔다. 보이스 피싱일지도 모르겠다는 생각이 들었다. 전화가 끊어졌다. 주머니에 손을 깊이 찔러 넣고 대로변을 걷는데 다시 휴대폰이 울렸다. 역시 같은 전화번호였다. 역시 받지 않았다. 길을 건너기 위해 횡단보도 앞에서 신호등이 바뀌기를 기다리고 있는데 다시 휴대폰이 울렸다. 곁에 서 있는 사람들이 나를 힐금거렸다. 망설이다가 전화를 받았다.

"도랑이냐?"

전혀 예상하지 못했던 목소리가 튀어나왔다. 인도로 떠난 작은형이었다. 공항 출국장에서 그를 본 게 마지막이었으니 1년 반 만에 그의 목소리를 듣는 셈이었다. 전화 한 통, 메일 한 번 보내지 않았던 형이라 내게 형이 있었던가 싶을 정도로 낯설었다.

"…형. 한국이야?"

"아니, 아무튼 오랜만이다. 거긴 지금 4시쯤 됐겠구나. 난 지금 점심 먹으러 나왔다."

형의 말은 툭툭 끊어졌다. 잘 살고 있냐는 안부 인사를 물어야겠다
는 생각이 들었지만 입 밖으로 나오진 않았다. 나는 이상한 굉음만 들
리는 휴대폰을 들고 신호등이 바뀌는 걸 구경하며 서성거렸다. 10분?
어쩌면 그보다 더 많은 시간이 흘렀는지도 몰랐다. 형은 말이 없었다.
굉음만 들렸다.

"거긴 벌써 겨울이겠구나. 여긴 후텁지근해."

형의 말 사이사이로 굉음이 북소리처럼 들어왔다.

"쿵쿵 울리는 소리는 뭐야?"

소리가 귀에 거슬렸다.

"무른 땅에 발전소를 건설하려면 땅속 깊이 파일을 박아야 하거든.
그 파일 때려 박는 소리야."

작은형이 맞긴 맞았다. 뭐든 친절하게 설명하는 그 버릇. 다시 침묵
이 이어졌다. 뜸을 들이는 버릇도 여전했다. 인도에서도 주눅이 든 듯
어깨를 축 늘어뜨리고 느릿느릿 걸어 다닐까.

"전화를 했으면 말을 해야지."

"그래, 그렇지."

형은 또 뜸을 들였다.

"그냥 안부 전화한 거야? 난 잘 살고 있어. 이만 끊을까?"

"아냐, 부탁이 있어서 전화한 거야."

반가울 줄 알았는데 형과 나의 대화는 건조하고 딱딱했다.

"오늘 아버지 제사라는 거 모르지? 여기서 어떻게든 지내보려고 했
는데 장소가 마땅치 않더라. 지난해엔 교포 집에 가서 제살 지냈는데
좀 그랬어. 타국인 데다 남의 집에서 제사 지내니까 좀 우습더라. 그래

154

서 말인데… 올해부터 네가 좀 지냈으면 해서 말이야. 나 돌아갈 때까지……."

"어려운 일도 아닌데 답답하게 왜 뜸을 들여."

나도 모르게 짜증이 났다. 살갑게 대할 수도 있으련만 말은 차갑게만 흘러나왔다.

"미안하다."

"뭐가?"

"모든 게 다……."

"됐어. 오늘이란 말이지. 내가 알아서 지낼게."

"고마워."

"고마워할 게 뭐야? 난 자식 아냐? 그나저나 언제 오는데?"

"그게 언제가 될지 잘 모르겠다."

"그래?"

형은 다시 입을 닫았다. 굉음은 멈추지 않고 이어졌다.

"참, 나 조만간 사막 트레킹에 참가하기로 했어."

"그게 뭐야?"

"말 그대로 사막을 걷는 경기지. 알제리에서 수단까지."

조심해서 잘 다녀오라는 응원의 말이 입 밖으로 흘러나오지 않았다. 비겁하게 도망간 인간에게는 빈말이라도 사치라는 생각이 들었기 때문이었다. 알제리에서 수단이라? 문득 진주의 모습이 떠올랐다. 알제리 어딘가에서 레이싱에 참석한 진주를 본 사람이 있다고 하지 않았던가. 그런데 형은 걷는 대회에 참석한다고 한다. 형과 진주가 만날 가능성은 희박했다. 그런 엉뚱한 생각 끝에 화가 났다.

"그런 말을 나한테 왜 하는 건데?"

"그냥, 여긴 답답해서 뭐든 하진 않고는 못 견디는 곳이거든."

"그런데 왜 거기까지 간 거야?"

"나도 모르겠다. 거기도 답답했거든."

"그만 끊어. 나 바빠."

"알았어. 종종 전화하마."

건조하고 삭막한 대화가 끝났다. 허전함과 외로움이 밀려들었다. 기이한 감정이었다. 잊고 살 때는 뚜렷하지 않았던 감정들이 존재를 확인하는 순간 뚜렷해졌다. 신호등이 초록색으로 바뀌고 사람들이 오갔지만 나는 제자리에 서서 길 건너편의 쇼윈도를 맥없이 쳐다봤다.

아버지와 어머닌 한 달 간격으로 돌아가셨다. 어머니가 죽자 그다지 금슬 좋게 살지도 않았던 아버지가 한 달 만에 세상을 등졌다. 어머닌 생전에 그랬다. 누가 먼저 죽을진 모르겠지만 아버지 죽는 날을 제삿날로 잡으라고. 그것도 벅차면 그냥 절에 맡기라고.

어머니는 자식들에게 기대를 걸지 않았다. 반면 아버지는 달랐다. 자식을 낳아 주고 먹여 주고 길러 줬으니 부모가 병들고 늙으면 당연히 모셔야 한다고 말했다. 술상 차려 놓고 자식들에게 그렇게 훈계를 했다. 그러면 어머닌 그때마다 아버지에게 핀잔을 줬다. 아이들은 날마다 멀어지는 존재라고. 자식이 결혼이라도 하면 서로에게 무언의 요구를 하게 되고 눈치 보고 불편해하고 침묵하는 삶을 살게 될 텐데 그런 삶은 싫다고 분명하게 잘라 말했다. 차라리 어쩌다 한 번 만나 서로 반가워하는 게 낫다며 어머닌 늙어서 자식들과 사는 걸 달가워하지 않았다.

나는 신호등이 다섯 번쯤 초록색으로 바뀌었을 때 횡단보도를 건넜다.

도서관에서 사무실까진 걸어서 30분가량 걸렸다. 먹구름이 하늘을 차곡차곡 채우며 몰려들었다. 도로를 가득 메운 차들을 보며 걸었다. 문득문득 작은형의 얼굴이 떠오르고 도서관에서 읽은 책들도 떠올랐다. 먹고살아 가는 데 별 도움을 주지 못할 소설책과 시집들. 어쩐 일인지 방랑의 시간이 길어지면서 먹고살 만한 기술들을 가르쳐 주는 책이나 인터넷 강의들은 아예 쳐다보지도 않게 되었다. 삶의 의욕을 잃어 가고 있는 걸까? 나도 모르겠다.

사무실이 있는 블록으로 가기 위해 횡단보도 앞에 섰을 때 반대편에서 한 무리의 샐러리맨들이 신호가 바뀌기를 기다리고 있었다. 하얀 와이셔츠에 날 선 바지. 깔끔한 헤어스타일에 새파란 턱, 얼굴에 서린 피로와 미소, 자신감 같은 것들이 보였다.

불과 1년 전만 해도 나도 그들 사이에 묻혀 있었다. 그런데 그때 무슨 일을 했는지 도무지 기억나지 않았다. 나는 나름 잘나가는 컨설턴트였다. 혁신을 하겠다는 회사가 주로 컨설팅 회사를 찾았다. 그러면 회사의 원가 혁신, 현장 혁신, 프로세스 혁신 같은 걸 지도하고 사보도 만들고 보고서 같은 것도 만들어 주었다. 하지만 구체적으로 뭘 교육하고 어떤 보고서를 썼었는지 하나도 떠오르지 않았다. 1년 전의 일임에도 까마득했다. 회사엘 다니면서 내가 기억하는 일이라곤 진주를 사랑했고, 그녀에게 나로서는 내용을 알지 못하는 정보를 주었고, 여자에게 배신당하고 해고당했다는 것뿐.

어쩌면 1년이라는 세월은 긴 세월인지도 몰랐다. 1년 동안 많은 게 변하지 않았나. 한순간에 모든 걸 잃어버리고 노숙자로 전락했고, 미향과 삼손을 만났다. 가짜 세상에서 여러 인간이 되어 떠도는 동안 인생이 가짜여도 사실 살아가는 데에는 별 지장이 없을지도 모른다는 생각도 들었다. 한 소년의 아버지가 되었던 일과 한 여자의 오빠가 되었던 일에 대한 기억은 가끔 나를 혼란스럽게 만들었다. 내게 자식과 여동생이 있었다는 착각에 빠지기도 했다. 그들이 진짜 내 인생에 있었다는 착각. 하지만 나는 개를 산책시키는 인간일 뿐이었다. 학습기의 이어폰을 귀에 꽂았다.

"Are you really here or am I dreaming. I can't tell dreams from truth(정말 당신인가요? 꿈은 아니겠죠? 꿈인지 현실인지 모르겠어요)……."

나는 입으로만 영어 문장을 중얼거렸다. 귀를 파고 들어온 다음 문장은 그대로 흘려보냈다. 신호등 색깔이 바뀌었다. 반대편에서 수십 명의 샐러리맨들이 우르르 길을 건너왔다. 좋은 향수 냄새가 스쳐 지났다. 나는 횡단보도를 건넌 후 상가 쇼윈도에 비친 내 모습을 보았다. 다크서클이 내려앉은 눈가, 낡은 점퍼에 주머니가 잔뜩 달린 바지와 때에 전 단화. 거기에 낯선 내가 있었다. 뿌리를 잃어버린 타인이 서 있었다. 그리고 뭔가로부터 점점 멀어지고 있었다. 여자를 사랑했다는 이유 때문이라기엔 너무 가혹한 인생이었다. 그런데 사랑 때문에 인생의 곡선이 바뀔 수도 있는 것일까? 내겐 개를 산책시키는 일이나 내가 아닌 누군가로 변신해 주어야 할 거짓의 삶만이 남아 있었다. 되돌릴 수 없는 걸까? 나는 귀에서 이어폰을 떼어 내고 멍청히 서 있는 나를 봤다.


158

사무실 앞에 섰다. 짙게 선팅을 해놓은 터라 안이 들여다보이지 않았다. 대신 맞은편 단독주택 담장을 넘어온 감나무가 유리에 비쳤다. 나뭇잎은 모두 떨어지고 아슬아슬하게 매달린 언 감도 보였다. 사무실 문을 열자 감나무가 사라졌다. 삼손이 있었다. 그는 소파에 몸을 묻고 책을 보고 있었다. 그의 앞에 과학 잡지며 인문학 잡지들이 잔뜩 쌓여 있었다. 그는 일이 없는 날이면 그렇게 소파에 앉아 하루 종일 책을 읽었다. 그의 달변의 일부는 그가 읽는 책에서 나왔다. 삼손과 같이 살게 된 후에 알게 된 사실이었다.

나는 맞은편에 앉았다. 삼손이 알은체를 하지 않아 두 대의 전화기가 놓여 있는 책상 위에 눈길을 주었다. 나는 테이블 위에 있는 책 한 권을 들었다. '철의 예술'이라는 부재가 붙은 과학 잡지였다. 표지엔 에밀레종이 박혀 있었다. 삼손이 책 너머로 나를 힐끔 쳐다봤다.

"무슨 고민 있어?"

"고민은 무슨……."

나는 건성으로 책장을 넘겼다. 특집 기사로 실린 에밀레종이 탄생하기까지의 과정과 종에 들어간 철의 분석표 등을 보았다. 몇 개의 다른 종의 분석표도 함께 있었다.

"고민 있는 얼굴이야."

"고민은 아니고, 저 7시에 내가 일하던 식당에서 나랑 같이 쫓겨난 여자애가 올 거예요. 그렇게 아세요. 저녁을 먹게 될지도 모르는데 같이 가요."

나는 얼결에 그와 나와 미향의 저녁 자리를 제안했다. 그제야 삼손은 책을 테이블 위에 내려놓고 나를 마주했다. 나는 그가 읽던 책을 슬쩍 봤다. 천문학 잡지였다. 나도 책을 덮었다.

"애인이야?"

"같이 일하다 쫓겨난 여자라니까요. 애인은 무슨 애인."

"왜 애인 있으면 안 돼? 젊은 남자가 여자 만나는 거 당연한 거야. 발끈할 이유가 없어."

나는 뭐라 변명하려다 말았다. 형의 말이 머릿속을 뱅뱅 돌아 다른 말들을 막았다. 그는 다시 책을 들었다. 나는 그의 눈치를 봤다. 이 책 저 책 뒤지고 사무실 밖에서 담배도 피우고 주변을 빙글빙글 돌았다. 어둠이 주택가와 공원 그리고 거리와 나무들을 덮기 시작했다. 제사 따위 지내지 않아도 그만이라는 결론을 내렸다. 나는 소파에 앉아 도서관에서 빌려 온 존 르 카레의 《추운나라에서 온 스파이》를 읽었다. 냉전 시대의 스파이들 이야기였다. 책꽂이에 꽂혀 있는 걸 보고는 나도 모르게 무의식적으로 빌렸다. 작가가 베를린에 파견된 영국 스파이였다는 문장을 보고 꺼내 읽기 시작한 책이었다. 주인공이 급박한 마지막 상황에서 좌로 갈 것인지 우로 갈 것인지 갈등하는 장면을 읽고 있었다.

"무슨 고민이야, 말해 봐."

나는 깜짝 놀라 책을 바닥에 떨어트렸다. 그 순간 내가 왜 《추운 나라에서 온 스파이》를 빌렸는지 그리고 흥미진진하게 읽었는지를 깨달았다. 나는 책을 주워 얼른 덮었다. 삼손이 책을 힐끔거렸다.

"뭘 그렇게 놀라?"

　나는 얼결에 작은형과 제사에 대한 이야기를 꺼냈다. 책은 슬그머니 가방에 밀어 넣었다.

　"…인도에서 제사 지내기는 좀 그렇지. 그래, 납골당에도 안 모신 거야?"

　"그럼 누군가 끝없이 기억하고 있어야 하니까요."

　"그동안 제사는?"

　"작은형이 했었는데… 지금 인도에 있어서……."

　"난 말이야. 논리적인 거, 합리적인 거, 과학적인 거 좋아하지만… 영혼은 믿어. 윤회도. 안 그러면 인간이 불쌍할 거 같아. 그렇다고 해서 종교에서 말하는 영혼이나 윤회의 개념은 아냐. 난 말이야, 인간의 질량은 변하지 않는다고 봐. 죽어도 마찬가지야. 우린 우주의 존재거든. 우리가 죽어 재로 변하지만 우리의 질량은 우주 어딘가에서 다른 뭔가로 다시 나타난다고 생각해. 화장을 해도 마찬가지야. 습기나 다른 원소들로 우리가 생전에 가지고 있던 질량이 그대로 다른 곳에서, 아님 다른 우주에서 태어난다고 생각하거든. 그렇게 다시 태어나는 과정 중에 영혼도 있다고 생각하는 거지. 우리가 평소 살면서 가졌던 우리의 생각이나 정신, 각오, 희망, 꿈, 슬픔, 절망 그런 걸 질량으로 잴 수는 없잖아. 하지만 그 개념들도 난 질량이 있다고 봐. 그 개념들이 영혼으로 환치가 된다고 생각하는 거지. 내 생각이 그렇다는 거야. 영혼은 몸과 달라서, 그래서 더 슬프고 한 많고 차갑고 때론 뜨겁다고 생각하거든. 몸이 완전히 분해되어 다른 뭔가로 태어날 때까지 살아 있다가 그 몸의 질량이 다른 질량으로 태어날 때 영혼도 그 다른 질량의 정신이 되고 각오, 희망, 꿈, 슬픔이나 절망 같은 게 된다고 생각한다 이거야.

그러니까 영혼을 포함한 인간의 질량은 영원히 보존된다는 거지.”

그의 궤변은 피타고라스에 가 닿아 있었다. 결국 또 친족성의 이야기였다. 나는 삼손을 쳐다보며 웃었다. 다른 사람들은 생각조차 해보지 않았을 말들을 그는 천연덕스럽게 늘어놓았다. 이쯤 되면 궤변이라고 보기 힘들었다. 얼마 전에는 그의 아내가 호주로 도망간 게 그의 끝없는 궤변 때문일지도 모른다고 생각했던 적도 있었다. 무엇을 추구하고 있는지 모르겠지만 그의 궤변은 철학의 수준이었다.

삼손은 소파에서 일어나 캐비닛 앞으로 다가갔다. 캐비닛을 열고 한참 안을 뒤지더니 상자를 하나 꺼냈다. 상자를 열자 안에서 초와 지방을 쓰는 한지가 나왔다.

“오해하진 마. 나도 1년에 한두 번은 혼자 제사 지내거든. 그냥 여기서 지내. 옆집 식당에 부탁하면 나물 좀 해줄 거야.”

그가 뚜껑을 열어 놓은 상자를 내려다보면서 나는 입을 다물지 못했다. 작은형에게 알았다고는 말했지만 딱히 제사 따위를 지낼 마음은 없었다. 절차도 모르고 뭘 준비해야 하는지도 몰랐다. 그냥 삼손의 궤변에 끌려가고 있다는 기분이 들었다. 그래도 딱히 나쁜 일은 아니기에 마다할 필요가 없다는 정도의 생각이 들었다. 입가로 짧게 침이 흘렀다. 나는 황급히 손바닥으로 입을 훔쳤다.

삼손이 상자의 뚜껑을 닫을 때 사무실 문 두드리는 소리가 들렸다. 나는 벌떡 일어났다. 벽시계를 보니 7시였다. 허둥대며 사무실 문을 열었다. 문 밖에 미향이 서 있었다. 나는 갑자기 머릿속이 멍했다. 아주 잘 짜인 대본을 바탕으로 우리 셋이 연기를 하고 있다는 비현실적인 기분이 들었다. 아귀가 착착 들어맞는 인생이라는 제목의 연극을. 미

162

향이 나를 빤히 올려다보았다.

*

집사는 황토 빛 도는 보르살리노 장갑을 내밀었다. 내가 다녔던 컨설팅 회사의 홍보부장 이화성이 아끼던 바로 그 장갑이었다. 두 달 전쯤 삼손이 혼쭐냈던 이화성의 아들 녀석 얼굴도 떠올랐다. 이화성은 겨울이면 그 장갑을 지휘봉처럼 부렸다. 부하 직원들의 머리도 후려치고, 방향을 가리키거나 일을 지시할 때도 장갑을 휘둘렀다. 회사에서는 자신과 사장만 단둘이 가진 명품 장갑이라며 애지중지하던 바로 그 장갑이었다.

"이걸 왜 제게……."

라마는 집사와 나의 대화에는 일절 관심이 없는 듯 전방을 주시한 채 다소곳이 앉아 있었다. 백지처럼 하얀 얼굴을 가진 집사의 눈이 내 손등으로 내려와 멈추었다. 나는 구멍가게에서 쉽게 살 수 있는 목장갑을 끼고 있었다.

"라마를 산책시키려면 이 정도는 껴야 하는 거 아닌가요? 아가씨가 지적하신 일이에요. 앞으로는 다니실 때 면도 좀 깨끗이 하고 다니셨으면 합니다. 그리고 귀가 시간보다 일찍 오는 거 원하지 않아요. 우리가 정한 그 시간에 들어와야 해요. 아시겠죠?"

그녀의 손이 재촉을 하는 바람에 나는 장갑을 받고 말았다. 그녀는 다시 손을 내밀었다. 나는 그녀가 손을 내민 뜻을 몰라 멀거니 그녀의 흰 낯을 쳐다봤다.

"그 장갑 벗으란 말입니다. 그 장갑 아낄 생각하지 말고."

그녀의 차가운 목소리가 내 목을 휘어 감았다. 나는 서둘러 목장갑을 벗어 그녀에게 내밀었다. 그녀는 장갑을 돌돌 만 후 뒷짐을 졌다. 그런 후 말없이 내가 하는 행동을 지켜봤다. 나는 보르살리노를 끼고 목줄을 한 번 잡아당겼다. 라마가 자리에서 일어나 앞으로 걸어 나갔다. 아주 잠깐 창가에 서 있던 여자를 보았다. 보라색의 원피스를 입고 서 있었다.

집사가 문을 닫았고 나는 산책 코스로 들어갔다.

장갑은 부드럽고 따뜻했다. 오랫동안 무두질된 듯 장갑은 손에 착 감겼다. 냄새도 좋았다. 하지만 기분은 묘했다. 내가 지금까지 경험했던 것과는 질이 전혀 다른 뭔가가 내게 다가오고 있다는 기분이 들었다.

오늘도 라마는 제 길을 찾아 걸었다. 한 번도 뒤돌아보지 않았고 목줄로 전해지는 내 명령을 충실히 따랐다. 텅 빈 공원을 한 바퀴 돌고 개울가를 걸었다. 산책을 나오거나 운동을 나온 사람들은 드물었다. 간간이 사람들이 지나가기는 했지만 라마를 보면 두 발쯤 비껴서 지나갔다. 라마는 그런 인간들에게조차 반응을 보이지 않았다. 하늘에는 차가운 공기를 담은 구름이 몰려다녔다. 개울가에는 얼음이 얼고, 찬바람이 옷을 헤집고 들어왔지만 전처럼 추위가 느껴지지 않았다. 장갑 때문일까? 나는 피식 웃고 말았다.

라마에게 비스킷을 하나 꺼내 먹이고 가방을 챙기는데 느닷없이 라마가 으르렁거렸다. 지금까지 라마를 산책시키며 짖는 걸 한 번도 들은 적이 없었던 터라 나도 모르게 바짝 긴장이 됐다. 나는 목줄을 단단히 잡고 라마가 주시하는 쪽에 눈길을 주었다.

머리를 양 갈래로 땋은 여섯 살가량의 여자아이와 아이의 아빠인 듯한 어른이 우리 쪽으로 걸어오고 있었다. 남자는 아이의 손을 꼭 잡고 있었고, 아이는 걸으면서 남자를 올려다보곤 했다. 땅바닥에 엉덩이를 붙이고 앉아 있던 라마가 엉덩이를 들었다. 녀석은 이빨을 드러내고 본격적으로 으르렁거렸다. 나는 목줄을 팔에 두 번 감아서 말아 쥐었다.

남자와 아이가 가까이 왔다. 라마가 몸을 앞으로 내밀었다. 나는 필사적으로 줄을 잡아당겼다. 남자와 아이가 겁을 먹었다. 인간의 덩치만 한 개가 으르렁거리며 자신들에게 달려들 태세니 그럴 법도 했다. 남자는 여자아이를 안았다. 라마는 크게 짖지도 않으면서 둘을 노려보았다. 남자는 발걸음을 서둘렀다. 그와 아이는 우리를 지나친 후에도 연신 뒤를 돌아다보았다. 라마는 금방이라도 그들에게 달려들 태세로 어깨를 앞으로 내밀었다.

사람은 물론 다른 개를 보고도 무관심하던 라마였다. 그런데 느닷없이 적의를 드러냈다. 문득 다섯 마리의 개를 산책시킬 때 녀석들이 물어 죽였던 요크셔테리어가 떠올랐다. 요크셔테리어는 갈가리 찢어졌다. 팔에 괜히 소름이 돋았다. 저만치 떨어진 후에야 남자는 아이를 길에 내려놓았다. 그래도 라마는 적의를 감추지 않았다. 그들이 시야에서 완전히 사라진 후에야 뒷다리를 접고 엉덩이를 땅에 붙였다. 나는 아이패드를 꺼내 오늘의 일을 기록했다.

은행나무 집으로 돌아오는 길에는 목줄을 더 짧게 잡았다. 하지만 라마는 다시 예전처럼 지나가는 개나 사람에게 관심을 보이지 않았다. 간간이 개들이 라마를 보고 짖어 댔지만 라마는 무관심했다.

"…아무래도 말씀을 드려야 할 거 같아서요."

나는 산책길에 라마가 보였던 행동에 대해서 집사에게 설명했다. 집사는 목줄을 건네받기 위해 차가운 손을 내밀며 나를 힐끔 쳐다봤다.

"혹시 여자아이였나요?"

"네."

"머리를 양 갈래로 땋았고?"

"그걸 어떻게……?"

이 사람들이 나를 감시라도 해왔단 말인가. 라마와 산책하는 코스는 알 수도 있는 일이었다. 그 정도 기술은 이미 존재하니까. 나의 움직임을 볼 수 있는 기술? 가능할 수도 있었다. 사방에 CCTV가 있으니 그걸 볼 수 있다면 불가능한 일은 아닐 것이다. 하지만 그건 일반인들이 볼 수 있는 시스템이 아니다. CCTV를 관리하는 회사를 찾아가야 하고 특별한 절차를 거쳐야만 그나마 볼 수 있다.

집사는 라마를 개집에 넣기 전에 내게 기다리라는 말을 남겼다. 그리고 내게 다시 돌아오기 전, 잠깐 창가에 서 있던 여자에게 눈길을 주었다가 거두었다.

"여자아이는 별일 없었죠?"

그녀는 뻔한 질문을 했다.

"앞으로도 각별하게 유념해 주세요. 대여섯 살 먹은 여자아이, 특히 머리를 양 갈래로 땋은 여자아이가 나타나면 피하도록 하세요. 불가능하다면 최대한 목줄을 잡아서 사고 일어나지 않게 유념해 주세요. 아시겠죠?"

"라마가 그럴 만한 특별한 이유라도……?"

집사의 눈가가 미세하게 떨리는 걸 보았다. 늘 냉담한 표정을 보였던 그녀라 그 떨림은 어색해 보였다.

"알아야 제대로 대처를 할 수 있지 않겠습니까?"

"그런 거 알 필요가 있나요? 주의할 점일 뿐이에요. 코스도 바꾸세요. 아무래도 그게 좋겠어요. 사람이나 개들이나 자기들이 익숙한 거리만 다니니까. 내일 중으로 새로운 코스 짜서 가져오세요."

집사는 제 할 말만 하고 문을 닫았다. 나는 굳게 닫힌 문 앞에 한동안 서 있었다. 기분이 불쾌했지만 초인종을 누르진 못했다. 문틈으로 라마가 보였다. 라마는 제 집 앞에 앉아 내 쪽을 측은한 시선으로 쳐다보고 있었다.

*

눈이 내렸다. 나는 사무실 문을 열어 놓고 거리에 쌓이는 눈을 구경했다. 생명이라곤 없는 무기체처럼 숨소리도 내지 않고 눈을 구경했다. 살면서 눈 오는 걸 보며 슬퍼하기는 처음이었다. 땅에 닿자마자 형체도 없이 사라져 버리는 눈을 보자 쓸쓸하기도 했다. 누구라도 만나 낮술이라도 한잔 걸치고 밤이 오도록 수다를 떨어 보고 싶은 심정이었다. 나는 삼손이 늘 앉는 자리를 둘러보았다. 그가 앉은 자리만 운석이 파 놓은 것처럼 푹 꺼져 있었다. 문득 그가 그 자리에 얼마나 오랫동안 앉아 있었을까 궁금했다. 그는 그 자리에 앉아서 무슨 고민을 하고 무슨 생각들을 했을까. 호주로 떠난 부인과 딸? 죽은 아들? 하지만 그가 생각에 골몰해 있는 모습을 본 적이 없었다. 그는 늘 뭔가를 읽고 있었고 읽지 않으면 떠들었다.

눈 몇 발이 사무실 안으로 들어왔다.

삼손은 역할을 의뢰한 의뢰인을 만나러 나갔다. 요즘 들어 역할 대행업체들이 우후죽순처럼 늘어나기 시작하면서 삼손에겐 문의도 뜸했다. 한 달에 열흘 정도 일하는 게 전부였다. 그러자 역할대행자들도 다른 대행 센터로 자리를 옮겼다. 삼손이 밀어냈고 역할대행자들은 마지못해 떠났다. 여자들을 받아 애인 대행 같은 것도 좀 하라고 부추겼지만 삼손은 욕만 했다. 사무실 운영비, 생활비 등은 더 늘어난 눈치지만 삼손은 내게 그런 내색을 하지 않았다. 그래서 더 불편했다. 하지만 갈 곳이 마땅치 않았다. 숙식이 제공되는 창고지기라도 마다하지 않겠다는 심정으로 이력서를 넣어 봐도 소식이 없었다. 친구들에게도 일자리를 부탁해 놓았지만 마땅한 자리가 없다는 답변만 돌아왔다. 점점 자신감을 잃어 가면서 미향의 방문이 부담스러웠다. 그녀는 사무실에 올 때마다 담배를 사왔고 먹을 걸 가져왔다. 어느 날엔 요리도 했고 어느 날엔 소파에서 잠을 자고 가기도 했다. 그 시간들이 길어지면서 난 그녀에게 무슨 일을 하느냐고 물을 때를 놓치고 말았다.

내일이면 라마를 산책시킨 지 보름이 된다. 집사는 보름씩 비용을 지불하겠다고 말했다. 내가 얼마를 받게 될지 몰랐다. 몽몽 원장도 그저 괜찮게 나올 거라고만 말했을 뿐이다. 어쨌든 사무실에서 벗어나는 게 급선무였다. 매일 밤 모여 포커를 하거나 술판을 벌이는 역할대행자들과 어울릴 수는 없었다. 그들이 싫어서가 아니라 그들과 어울릴 수가 없었다.

결혼식에 참석할 인원이 필요하다는 문의 전화를 한 차례 받았다. 나는 메모를 한 후, 냄비에 물을 담고 가스레인지 위에 올렸다. 라면을 끓여먹고 사무실을 나섰다. 내가 갈 곳이라곤 도서관밖에 없었다. 요즘은 영어 회화 듣는 일에도 시큰둥해졌다. 나는 그냥 걸었다. 도서관에 다다랐을 즈음 휴대폰이 울렸다. 한동안 뜸했던 몽몽 원장이었다.

"어디야?"

그는 친한 친구에게 오랜만에 전화를 걸기라도 한 듯 다정하게 물었다. 도무지 이해할 수 없는 사람이었다. 라마 일을 소개시켜 준 건 고마운 일이지만 그렇다고 해서 내 사생활까지 그에게 일일이 보고할 필요는 없었다.

"그건 왜 묻는데요?"

잠깐 침묵이 흘렀다.

"까칠하긴. 라마네 집에서 전화가 와서 물어보는 거야."

그는 내 말투 따위는 전혀 신경 쓰지 않는 눈치였다. 라마가 사는 집의 집사나 창가에 서서 나의 행동을 훔쳐보기만 하는 창가의 여자나 라마나 몽몽 원장. 나의 기준으로는 모두 이해가 불가능한 존재들이었다.

"라마네 집이요?"

나는 얼른 그 이름을 알아차리지 못했다. '라마'라는 이름에 '네' 자를 붙여 놓으니까 생소했다.

"자기가 산책시켜 주는 개 말이야. 아무튼 자기 어디야?"

약간 허밍기가 들어 있는 그의 목소리와 '자기'라는 단어가 묘하게 잘 어울렸다. 하지만 나는 소름이 돋았다. 아무래도 그는 게이인 듯했다. 그런 목적으로 내게 꾸준히 전화를 해오고 일자리도 구해 줬을 가능성이 높았다.

"도서관이요."

"우리 동네? 잘됐네. 라마네에서 자기가 좀 와줬으면 하던데."

나는 가슴이 철렁 내려앉았다. 오늘 라마와 산책 갔던 일을 떠올렸다. 별다른 일은 일어나지 않았다. 새로운 코스였지만 코스대로 정확하게 움직였다. 사람을 보고 짖지도 않았고 다른 개를 물지도 않았다. 얌전한 고양이처럼 조용히 움직였다.

"무슨 일이 생긴 건가요?"

"라마를 데리고 우리 병원에 좀 와야 하거든. 그런데 이놈이 움직이지를 않나 봐."

이건 또 무슨 뚱딴지같은 소린가?

"아무튼 빨리 가봐. 그 집은 해가 지면 사람이건 개건 드나드는 거 별로 안 좋아하는 집이니까."

가방을 둘러메고 도서관을 나왔다. 가는 눈발이 여전히 바람을 타면서 내리고 있었다. 한 가지 다행이라면 몽몽 원장이 나를 만날 목적으로 찾은 게 아니라는 사실이었다.

*

집사는 나를 라마의 집 앞까지 안내했다. 지금까지 그런 일은 한 번도 없었다. 대문 앞에서 인수인계를 해왔던 터였다. 현관문 앞에 앞치마를 두른 여자와 양복을 입은 젊은 남자의 모습이 보였다.

"…전에는 아가씨가 데리고 다녔어요. 아가씨가 외출을 안 하시니까 데리고 나갈 사람이 없네요."

다행히 별일 아닌 듯했다. 하지만 산책을 나가 달라는 말도 아닌 듯했다.

"지난번에 라마가 몸이 안 좋아서 예방 접종을 빼먹은 게 있어요. 그 것 좀 맞히게 병원에 데려갔다 오시라고요. 별일 없으시죠?"

거절해야 할까? 할 일 없으니까 개나 데리고 병원엘 다녀오라는 말이었다. 괜히 자존심이 상했다.

"집에 다른 사람이 없나 보죠?"

나는 비굴하지만 약간의 미소를 지으며 말했다.

"움직이질 않는다고 원장한테 전달받지 않았나요?"

따뜻하게 말해도 충분히 알아들을 수 있을 텐데. 그녀는 부탁하는 자세가 아니라 명령을 내리는 자세로 팔짱을 끼고 서서 나를 바라보았다. 그녀의 말이 사실인지 아닌지 알 수는 없었다. 기가 막힌 건 내가 개 줄을 잡자 라마가 벌떡 일어났다는 사실이다. 현관문 앞에 서서 구경하던 여자가 낮게 감탄사를 내뱉자 집사가 빠르게 고개를 돌려 그녀를 쳐다봤다. 내 눈길도 집사의 눈길을 따라갔다. 여자와 남자가 현관문을 열고 재빨리 안으로 들어갔다. 문득 병원 원장을 불러서 예방 주사를 맞힐 수도 있겠다는 생각이 들었다. 충분히 그런 권력과 여력을 갖춘 집안이지 않은가.

"…그럴 수 있으면 진즉 사람을 불렀지, 뭐 하러 댁을 불렀겠어요."

그녀의 말투는 여전히 차가웠다. 더 이상 물을 말이 없었다.

"밖에 나가면 닷지가 대기하고 있을 거예요. 뒷좌석에 같이 타시면 됩니다."

집사는 이미 대문 쪽으로 향했다. 내가 움직이자 라마도 따라 움직였다.

대문을 나서자 빨간색 4인승 닷지 트럭이 대기하고 있었다. 운전석에 머리카락이 희끗한 남자가 앉아 있었다. 은행나무 집에 사는 또 다른 사람을 보는 순간이었다. 라마는 능숙하게 닷지에 올라탔다. 나는 빈자리에 쪼그려 앉았다. 라마와 이토록 가까이 붙어 앉기는 처음이었다. 노린내가 풍겼다. 목욕을 하지 않은 지 오래된 듯했다.

집사는 걱정스러운 눈으로 나와 라마를 들여다보았다. 닷지가 출발했다. 이렇게 끌려다니면 기분이 나빠야 하는데 그렇지가 않았다. 궤도에서 이탈되었던 내 인생이 조금씩 제 궤도를 찾아가고 있다는 생각이 들었기 때문이었다. 집사는 그런 내 심경까지 간파하고 있는 듯했다.

"저 임도랑이라고 합니다."

차 안에 맴도는 어색한 침묵을 몰아내려고 먼저 입을 열었다.

"압니다."

기사가 룸미러로 뒤를 보았다.

"아무튼 특이한 능력을 가지고 계시네요. 라마를 우리 식구들이 모두 달라붙어서 데리고 가려고 해도 꼼짝을 안 하는 겁니다. 아무튼 주사 맞을 때만 되면 귀신같이 알아 가지고 움직이질 않아요."

기사의 목소리는 중저음이었다. 듣기 좋았다.

"이런 집이라면 병원에서 사람을 불러올 수도 있지 않나요?"

룸미러에 담긴 기사는 희미하게 웃었다.

"주사 맞는 광경을 싫어하는 사람들도 있습니다. 장비도 있어야 하고……"

장비? 여러 가지가 더 궁금했지만 그는 말해 줄 태세가 아니었다. 그것 말고도 은행나무 집에 대해 많은 게 궁금했다. 하지만 선뜻 입이 열리지 않았다. 무엇보다 라마가 왜 소녀에게 으르렁거렸는지 그리고 창가에서 늘 아래를 내려다보는 여자는 누구인지 묻고 싶었다.

"…라마가 그랬던 건 시간이 지나면 자연스럽게 알게 될 겁니다. 일부러 알려고 하지 마세요. 오래 지내시다 보면 저절로 알 날이 올 겁니다."

기사는 나의 궁금증을 풀어 주지 못했다. 창가의 여자에 대해서는 묻지 못했다. 왠지 물어서는 안 될 것 같은 분위기였다.

"그 녀석이 늠름하고 품위 있어 보이지만 주사 맞는 걸 그렇게 싫어합니다. 인간이나 개나 주사 맞는 건 질색인 모양입니다. 주사 맞으러 가면 고생 좀 할 겁니다."

기사의 밋밋한 뒤통수는 더 이상 뭘 물어도 대답해 줄 수 없다는 듯 단호해 보였다. 어쨌든 라마는 얌전히 앉아서 동물병원에 도착했다. 병원 안에서 몽몽 원장이 차를 보고 뛰어나왔다. 오랜만에 보는 얼굴이었다. 문득 올해 초 창문에 붙어 있던 광고전단지가 떠올랐다. 개를 산책시키는 아르바이트를 할 사람을 구한다는 광고전단지였다. 몽몽 원장의 말대로라면 수십 명의 지원자가 있었다고 했다. 그중에 내가 선택되었던 것이다. 어떤 기준으로 그렇게 선택된 것인지는 나도 모른다. 사실 개 산책시키는 일에 수십 명이 몰려왔다는 말도 믿을 수는 없는 일이었다.

"왔어? 가끔 놀러 오라니까 왜 안 와?"

몽몽 원장은 매우 친한 사이처럼 말했다. 기사는 나와 몽몽 원장을 번갈아 보았다. 괜히 얼굴이 달아올랐다. 몽몽 원장은 기사에게 미소만 지어 보였다.

라마는 순순히 병원으로 따라 들어갔다. 강아지 그림의 앞치마를 두른 여자가 인사를 했다. 전에도 봤던 얼굴인지는 기억나지 않았다. 나는 몽몽 원장의 지시에 따라 라마를 진료실로 데리고 갔다. 기사도 함께 들어왔다. 진료실에도 소라 색 가운을 입은 여자가 한 명 있었다. 어머니는 개들이 축 늘어져 있으면 북어 대가리를 솥에 넣고 삶았다. 그 국물에다가 우리가 먹다 남은 밥을 주면 탈탈 털고 일어났다. 북어 대가리 국물은 개들의 만병통치약이었다. 수십 년을 개들과 살았지만 어머니가 주사 맞히는 광경을 본 적이 없었다. 좀 이상한 기미가 보인다 싶으면 바로 잡아 버렸기 때문이었다.

"여긴 장 간호사. 여긴 도랑 씨랑 구씨 아저씨. 내가 전에 말했었지? 개들이 진짜 좋아하는 사람이 있다고. 이 사람이 그 사람이야."

간호사가 고개를 주억거렸다. 차를 몰았던 남자의 성이 구씨라는 사실을 알게 되었다.

"누군지 무척 궁금했어요."

나는 건성으로 대꾸한 후 뒤로 물러났다. 라마가 나를 돌아다보았다.

"뭐 해? 다리 묶어 줘야지."

나는 어리둥절한 얼굴로 서 있었다. 몽몽 원장이 진료베드를 한쪽으로 밀치자 바닥에서 네 개의 고리가 나타났다. 간호사는 능숙하게 고리에다 줄을 걸었다. 줄 끝에 혁대 같은 형태의 고리가 달려 있었다. 그제야 그게 개들의 다리를 묶는 고리라는 걸 알았다.

그때까지만 해도 라마는 얌전하게 굴었다.

"자고로 개든 사람이든 주사 싫어하는 건 다 똑같아. 특히 이놈은 의젓한 거 같지만 결국엔 발광을 하거든. 이제 나이 좀 먹어서 어쩔는지 몰라."

간호사가 주사기를 준비했고 몽몽 원장이 주사기를 들었다. 주사기는 모두 네 개가 준비되어 있었다. 몽몽 원장이 첫 번째 주사기를 라마의 엉덩이에 꼽자 라마가 다리를 부들부들 떨기 시작했다. 그러더니 다리에 묶인 줄을 풀려는 듯 다리를 털어 댔다.

"얼른 잡아! 긴장하면 근육 때문에 바늘이 잘 안 들어가거든."

나와 구씨는 얼결에 라마를 끌어안았다. 개 특유의 노린내가 풍겼다. 라마는 몹시 떨었다.

"하나는 종합백신이고, 두 번째는 코로나장염, 세 번째는 켄넬코프 백신이고, 마지막으로 광견병 백신이야."

몽몽 원장은 일일이 설명해 가며 주사를 라마에게 맞혔다. 주사 바늘이 더해질 때마다 라마의 몸부림은 심해졌다. 게다가 늑대처럼 고개를 들고 울기까지 했다. 처음 보는 풍경이었다. 그토록 품위 있고 늠름하던 녀석이 주사 바늘 몇 개에 벌벌 떨다니. 우스웠다. 라마의 눈에는 눈물까지 맺혔다. 라마가 예방 접종을 다 한 후에야 구씨와 나는 녀석의 몸에서 떨어져 나왔다. 다리에 힘이 풀리는지 라마는 맥없이 주저앉고 말았다. 나는 웃음이 나와 참기 힘들었다.

"뭐가 그렇게 웃겨?"

구씨도 따라 웃었다.

"그나마 도랑 씨가 와서 이 정도지. 다른 사람들이 억지로 끌고 왔으면 우리 병원 난리가 났을 거야."

"진짭니까?"

"원장님 말 사실이에요. 라마는 여기서만 예방 접종을 했는데 할 때마다 난리가 났지요. 오늘처럼 얌전하게 군 건 처음입니다."

라마는 10분쯤 후에야 제 품위를 찾았다. 녀석이 정신을 차린 후에야 다리에 묶은 줄을 풀어 주었다. 기사와 나는 라마를 데리고 나와 차에 태웠다.

"아무튼 도랑 씨는 특이한 유전자를 가지고 있는 게 분명해. 우리 인간들한테는 없는 뭔가 다른 유전자를 가지고 있을 거야. 우리 그 유전자에 대해서 언제 한번 소주 한잔 빨면서 이야기해 보자고. 언제 놀러 올래?"

몽몽 원장은 내가 차에 올라타기 전 빠르게 말했다. 나는 대꾸하지 않았다. 그래도 몽몽 원장은 미소를 지으며 손을 흔들었다.

"라마가 오늘처럼 조용하게 군 건 처음입니다."

구씨는 룸미러로 나를 힐끔 쳐다봤다. 별일도 아닌데 주목을 받으려니 쑥스러웠다. 한편으로 개들이 나를 따르는 이유에 대해서도 궁금했다. 굳이 이유라면 어려서부터 개들과 어울려 살았다는 게 전부였다. 라마는 나를 한번 물끄러미 쳐다본 후 혓바닥으로 내 얼굴을 핥았다. 기사가 있는 터라 싫은 내색을 할 수 없었다.

나는 계단을 내려가며 주위를 살폈다. 오늘은 사물함의 물건을 배달해 주는 역할을 맡았다. 나는 괜히 기분이 찜찜했지만 삼손은 대수롭지 않게 말했다.

"가끔 그런 웃긴 놈들이 있어. 사실 사물함 열어 보면 별거 아닌 물건들이 들어 있거든."

사무실 직원들도 한두 차례씩 그런 심부름을 맡은 일이 있었다고 말했다. 사물함을 열어 보면 가방, 꽃, 전공서적, 점퍼, 신발……. 때로는 애완동물이 들어 있기도 했다며 떠들었다. 사실 그런 물건들은 택배로도 보낼 수 있는 물건들이었다. 아니면 퀵서비스를 이용해도 된다. 굳이 역할대행 사무실에서 사람을 찾아 비싼 값을 치를 필요가 없었다. 아니면 간단하게 근방에 사는 친구들에게 부탁을 하면 손쉬울 일이었다. 내가 찜찜한 건 그래서였다. 역할대행자들이 말한 것들은 비록 흔한 물건이지만 본인이 배달할 수는 없는 특별한 이유나 사연이 담겨 있을 수 있기 때문이었다. 괜한 봉변을 당할 수도 있겠다는 생각이 들었다. 그런데 뿌리치기에는 역할비가 괜찮았다. 물건만 찾아서 전달해 주는 데 5만 원. 수수료로 5천 원을 떼어도 4만 5천 원이 남는 일이었다.

나는 계단을 올라오던 한 무리의 여자들과 마주쳤다. 여자들은 하나같이 미니스커트를 입고 있었고 헤어스타일은 단발머리였다. 서로 팔짱을 끼고 지나가며 깔깔거리며 웃었다. 한 여자가 나를 유심히 쳐다봤다. 왠지 낯이 익었다. 언젠가 사무실 복도 복사기 앞에서 마주쳤다는 기억도 났다. 나는 얼른 고개를 돌리고 계단을 내려갔다.

전철역 안은 훈훈했다. 방금 지나쳐 온 계단을 올려다보았다. 한 무리의 전경들이 충정봉과 방패를 들고 우르르 어디론가 지나갔다. 나는 서둘러 사물함이 있는 곳으로 걸어갔다. 사물함은 전자버튼 식이었다. 주머니를 뒤졌는데 비밀번호와 배달지를 적어 놓은 종이가 보이지 않았다.

사물함 앞 벤치엔 노인들 몇몇이 앉아 잡담을 나누거나 졸고 있었다. 나는 빈 벤치에 앉았다. 점퍼 주머니와 바지 주머니를 다시 뒤졌다. 하지만 비밀번호가 적힌 종이는 나오지 않았다. 주머니에 손을 넣다 뺐다 하면서 흘린 듯했다. 나는 삼손에게 전화를 걸었다.

"…구공공일사칠이야. 배달지는 알지? 문자 넣어 줄게. 그리고 들어올 때 두부 좀 사와. 오늘 두부김치나 좀 해 먹게."

전에 없이 기억력이 나빴다. 회사를 다닐 때는 수십 개의 전화번호는 물론 여러 장 있던 카드 번호까지 일일이 모두 외우고 있었다. 통장 번호, 인터넷뱅킹에 필요한 각종 번호 등 웬만한 번호들은 거의 기억하고 있었다. 그랬는데 실직하면서 기억력도 희미해졌다. 전화번호가 기억나지 않는 것은 물론, 자주 드나드는 사이트의 비밀번호도 기억나지 않았다. 기억력이 떨어지고 있다는 걸 알았을 때 세상이 나를 지우려고 한다는 웃긴 생각을 했던 일도 있었다. 내게 숫자는 세상을 연결하는 고리였다. 회사에서 해고당하고 더 이상 나를 받아들이려는 회사가 없다는 걸 알았을 때 고리가 끊어질 걸 깨달았다. 숫자는 더 이상 내게 의미를 부여하지 않았던 것이다.

꾀죄죄한 몰골의 사내가 내 앞으로 다가왔다. 그는 어깨에 커다란 더블백을 메고 있었고 양손에도 손가방을 들고 있었다. 노숙자였다. 그는 노인들 앞을 한 차례 순례한 후 내 앞으로 왔다. 손을 내밀었다. 돈을 달라는 뜻 같았다. 나는 주머니에서 5백 원짜리 동전을 찾아 꺼냈다. 그러자 그는 손을 가로저은 후 담배 피우는 시늉을 했다. 나는 담배를 꺼내 갑째 그의 손에 쥐어 주었다. 남자는 고맙다는 말 한마디 없이 지상 출구 쪽으로 빠져나갔다. 나는 남자가 사라질 때까지 그의 뒤를 쳐다봤다.

사물함에는 묵직한 느낌의 종이 상자가 하나 놓여 있었다. 앞뒤좌우 아무런 표시도 없었다. 나는 삼손이 보낸 문자를 봤다.

— 서울시 강남구 청담동 1256-17번지 알폰테 지배인. 착불이니까 물건 배달한 후에 돈 받는 거 잊지 마.

물건은 책을 두 권쯤 포장한 크기였다. 그런데 책보다는 좀 무겁게 느껴지고 무게가 한쪽으로 쏠려 있었다. 종이 상자 안에 담긴 물건은 한쪽이 무거운 물건이라는 말이었다. 흔들어 보면 상자 안의 물건이 묵직한 느낌이 들면서 움직였다. 꼼꼼하게 포장이 된 듯했다.

나는 더 이상 관심 갖지 않기로 했다. 내가 배달하는 건 상자일 뿐 그 안의 물건이 아니었다.

전철 안은 한산했다. 르 클레지오의 《사막》을 꺼냈다. 접어 두었던 부분을 펼치고 읽기 시작했다. "…사막의 태양에 타버린 그들의 입술과 눈꺼풀을 느꼈다."라는 문장을 읽을 즈음 가뭇하게 졸음이 밀려왔고 청담역을 알리는 안내 방송이 흘러나왔다. 전철의 출입문이 막 닫힐 즈음 허겁지겁 전철에서 내렸다.

나는 새로 장만한 중고 스마트폰으로 위치 찾기를 펼쳐 놓고 주소를 입력했다. 그런 후 스마트폰이 일러주는 대로 걸음을 옮겼다. 몇 개의 건물을 지나 골목으로 들어섰다. 음식점들이 몇 개, 꽃집이 하나 그리고 커피전문점 두 개를 지난 후에 '알폰테'가 나타났다.

식당 앞에 선 후에야 '알폰테'가 이탈리아어이며 '다리'라는 뜻을 가지고 있다는 걸 알았다. 출입문을 밀고 들어갔다. 늦은 오후 시간이라 그런지 식당도 한적했다. 창을 통해 들어온 빛이 가게를 절반쯤 점령하고 있어서 그런지 가게는 더더욱 한가해 보였다.

흰 셔츠에 남색 앞치마를 두른 여자 종업원이 다가왔다.

"어서 오세요."

"손님이 아니라 물건 좀 배달하러 왔습니다."

"물건 배달이요? 누구한테 배달하시는 거죠?"

"지배인입니다."

“두시면 제가 전달해 드리겠습니다.”

“아닙니다. 꼭 지배인에게 전달을 해야 합니다.”

“지배인님 잠깐 나가셨는데……. 그러면 저쪽 자리에 앉아서 좀 기다리세요.”

자리에 앉은 후에야 음악이 귀에 들어왔다. 빌리 홀리데이의 ‘기묘한 과일’이었다. 여기서도 빌리 홀리데이의 음악을 듣게 되다니. 음악은 창을 뚫고 들어온 햇빛 위에서 굴러다녔다. 오랜만에 들어 보는 노래였다. 지난 몇 년 동안 나는 느긋하게 앉아 음악을 들어 본 적이 없었다. 기껏해야 mp3를 귀에 꽂고 걸으며 산만한 상태에서 음악을 듣곤 했다. 음악을 들을 만한 곳을 찾아가지도 못했고, 찾아서 들을 마음의 여유도 없었다는 걸 깨달았다. 어쩌면 이 순간 내 인생이 제 궤도에 진입한 것인지도 모르겠다는 생각까지 들었다. 괜히 눈물이 흘렀다.

출입문 열리는 소리가 들렸다.

“제게 물건 배달 오셨다고요?”

음악에 넋 놓고 있었다. 의자에서 벌떡 일어나는 바람에 의자가 뒤로 넘어지고 말았다. 지배인은 여자였다. 그것도 내가 아는 여자였다. 내게 가끔씩 위로를 받고 싶다던 여자. 삼손이 아빠 노릇을 했고 내가 오빠 노릇을 해주었던 여자 은주였다.

그녀는 놀란 눈치가 아니었지만 나는 놀랐다. 나는 그녀에게 물건을 건넸다. 그런데 어색해서 배달비 달라는 말을 꺼낼 수가 없었다.

“커피 한잔 마시겠어요?”

얼결에 고개를 끄덕였다. 나는 다시 자리에 앉아 물건을 들고 사라지는 그녀의 뒷모습을 바라봤다. 잠시 후 종업원이 커피를 한 잔 들고 왔다. 커피를 마셨다. 몇 가지 일들이 궁금했지만 그녀는 나타나지 않았고 시간은 흘러갔다. 음악은 더 이상 귀에 들어오지 않았다. 잠깐 동안 야릇한 감상에 휩싸였던 시간들이 기억났다. 그녀가 전화번호를 바꾸었다는 사실도 생각해 냈다. 가만히 앉아 그녀를 기다린다는 게 우스웠다.

자리에서 일어났다. 커피 값도 내고 싶었지만 배달비를 포기한 터라 그렇게 만용을 부리고 싶지는 않았다. 여자 종업원이 멀뚱하니 서서 나를 쳐다보았고, 나는 출입문을 열고 '알폰테'를 나섰다.

"저기요."

종업원이 나를 불러 세웠다.

"지배인님이 붙잡아 두라고 하셨는데요."

"그냥 갔다고 전해 주세요."

나는 전철 역사 쪽으로 걸음을 옮겼다. 골목을 다 벗어날 즈음 은주가 뛰어와 내 팔을 잡았다. 골목의 바람은 날카로웠다. 그녀는 나를 커피전문점으로 끌고 들어갔다. 묘한 느낌이 들었다. 떠나려는 남자를 못내 아쉬워하는 미련한 여자? 그런 느낌. 그런데 그녀와 나 사이에서 그런 감정이 생길 리 만무했다.

"그냥 가면 어떡해요?"

"뭐, 우리 사이에 할 말이 남았나요?"

전에는 그녀에게 말을 놓았었다는 게 기억났다.

"내가 전화를 안 했던 건……"

"은주 씨, 나한테 변명할 이유 없어요. 나는 그저 역할 대행을 했던 사람일 뿐이니까요. 한 가지 궁금한 건 있어요. 많고 많은 사무실 중에 왜 우리 사무실에 전화를 했느냐는 겁니다."

"그냥요, 그냥."

그녀도 더 이상 할 말이 없는 듯했다.

"그 남자랑 잘되고 있습니까? 잘되고 있다는 말 들었으면 좋겠네요."

"그냥 그래요."

나를 붙잡은 그녀치고는 너무 시니컬했다. 딱히 할 말은 없지만 개운하지 않은 기분을 떨쳐 내기 위해 일부러 나를 찾은 듯했다. 아마 삼손도 공모를 했을 가능성이 높았다.

"할 말 있어요?"

"미안했어요. 다른 사람에게는 모르겠는데 당신한테는 미안하다는 생각이 들었어요. 그래서 보고 싶었어요. 그 말을 해주고 싶었어요."

그녀가 자리에서 일어났다. 그녀는 봉투를 내밀었다.

"배달비예요. 안 받아 가면 어떡해요."

그녀의 얼굴은 평온해 보였다. 아마도 남자와 잘된 듯했다. 묻고 싶지 않았다. 내가 왈가왈부할 일도 아니었다.

"잘 지내고 있는 거 보니까 보기 좋네요. 잘 살아요."

"네."

커피전문점에서 나온 그녀와 나는 서로 뒤돌아보지 않고 각자의 길을 갔다. 골목이 꺾어질 때 어쩔 수 없이 그녀의 뒷모습을 봤다. 그녀의 걸음이 그리 가볍지만은 않다는 생각이 들었다. 그리고 궁금했다. 그 종이 상자 안에 들어 있는 물건이 무엇인지.

'물어볼걸.'

*

꿈을 꿨다. 지프차를 몰고 사막을 달리는 꿈이었다. 사막의 바닥은 단단했다. 혼자였다. 먼 지평선 위에 누군가 서 있었다. 나는 그를 향해 차를 몰고 있었다. 그에게 가까이 다가갔다 싶으면 그만큼 멀어졌다. 가까이 다가갔을 때 보니 그는 작은형이었다. 그는 안전모를 쓰고 서서 내게 뭐라고 말했다. 그의 말을 듣기 위해 가까이 다가가면 멀어졌다. 사방이 지평선인 모래언덕조차 없는 광활한 사막이었다.

눈을 떠보니 도서관 휴게실 구석에 앉아 있었다. 해바라기를 하며 잠깐 앉아 있었는데 깜빡 잠이 들었던 것이다. 무릎 위에 책도 그대로였고 옆구리에 세워진 가방도 그대로 놓여 있었다. 시간은 불과 10분 남짓 흘렀다. 그 짧은 시간에 긴 꿈을 꾸었다. 르 클레지오의 책 때문에 그런 꿈을 꿨는지도 몰랐다.

그래도 꿈속에서 작은형을 보기는 처음이었다. 사막의 풍경을 보는 일도 그랬다. 왜 그런지 입안이 서걱거리는 느낌이었다. 침을 모아 휴지통에 뱉었다.

휴게실에서 나와 도서관 건물 밖으로 걸었다. 일찍 내려앉은 노을이 저녁을 알리고 있었다. 거리의 가게들은 크리스마스트리와 깨알 같은 전구 불빛들로 반짝거렸다. 거리 곳곳에서 캐롤송이 굴러다녔다. 나는 그것들을 듣고 구경하며 사무실로 걸어가고 있었다.

삼손에게 은주 만난 이야기를 했다. 삼손은 은주가 부탁해서 처음에 알리지 않았다고 고백했다. 나는 왜 그렇게 복잡한 방법으로 나를 보려고 했는지 모르겠다고 가볍게 대꾸했다. 삼손은 여자라는 존재가 가장 해석하기 힘든 암호라고 말했다. 나도 동의했다. 그래도 은주의 행동은 납득되지 않는 게 몇 가지 있었다. 왜 굳이 나를 보려고 했던 것인지, 그리고 종이 상자에는 뭐가 들어 있었던 것인지. 어차피 내가 가서 닿을 수 있는 여자가 아니었다. 애초 그녀는 내가 아니라 모든 걸 갖춘 남자를 원했다. 나는 그저 그런 그녀의 허영을 달래 줄 액세서리였을 것이다.

은주에 대한 이런저런 정의를 내리며 걷다 보니 어느새 사무실 앞에 다다랐다. 삼손이 대로변 편의점에서 나오고 있었다. 그의 손에 막걸리가 들려 있었다.

"도서관 다녀오는 모양이지?"

"네." 하고 대답하는 순간 편의점 유리창에 내 쪽으로 질주해 오는 흰색 자동차가 비쳤다. 도로를 벗어나 인도로 뛰어오른 자동차는 나와 삼손을 향해 그대로 돌진해 왔다. 삼손이 재빠르게 나를 밀쳐 냈지만 다리가 들리는 순간 자동차의 헤드라이트가 발목을 강타했다. 찌릿한 통증이 왔다. 자동차는 그대로 편의점으로 돌진해 유리창을 박살 낸 후에 멈췄다. 삼손은 멀쩡했다.

"다친 데 없어?"

"발목이……."

복사뼈가 깨졌는지 강렬한 통증이 몰려왔다. 양말 위로 피가 배어 나오고 있었다. 사람들이 몰려들었다.

"이거 미친놈 아냐?"

"급발진 같아요."

복사뼈만 일그러진 듯한데 통증이 서서히 전신으로 퍼졌다. 삼손이 편의점 유리창에 꽂혀 있는 자동차의 운전석 문을 잡아당겼다. 사고가 나면서 찌그러지는 바람에 문짝이 열리지 않았다. 삼손은 양손을 틈에 밀어 넣고 문짝을 아예 떼어 냈다. 나는 드러누운 채 자동차 쪽을 쳐다봤다. 조수석에도 사람이 있었다. 에어백이 터져 운전자와 조수석 남자는 다치지 않은 듯했다. 운전석과 조수석에 앉아 있던 그들이 삼손의 도움을 받아 비틀거리며 차에서 내려왔다.

"네 놈은……."

삼손이 운전자의 얼굴을 확인하고 놀라는 사이 그는 삼손을 뿌리치고 비틀거리며 달아났다. 조수석에 앉아 있던 남자는 반대편으로 달아났다. 운전을 했던 남자가 달아나면서 뒤를 돌아다보았다. 그는 삼손에게 흠씬 두들겨 맞았던 이 부장의 큰아들 놈이었다. 그러니까 급발진 사고가 아니라 자동차로 공격을 해왔던 것이었다. 나는 맥이 풀려 길바닥에 머리를 대고 눕고 말았다. 이 부장도 불쌍하고 그의 아들놈도 불쌍했다. 복사뼈만 다쳤는데 까무룩 잠이 왔다.

*

이 부장이 침대 아래에서 무릎을 꿇고 앉아 있다가 돌아갔다. 나를 해고하는 데 최종 결정을 내린 사람이었다. 이 부장의 아들이 삼손과 나를 공격한 건 맞지만, 이 부장의 아들도 삼손에게 두들겨 맞은 일을 고소하는 바람에 피장파장이 되고 말았다. 상처로 피멍 든 얼굴을 휴대폰으로 사진을 찍어 두었고 그걸 경찰관에게 증거로 내밀었다고 했다. 내 발목을 치료해 주고 약간의 보상을 해주는 조건으로 이 사건은 마무리를 하기로 했다. 조건을 달긴 달았다. 이 부장의 아들이 정신과 치료를 받는 조건이었다. 구타와 살인미수는 죄질이 다르니까. 이 부장이 수락했다. 그는 병실을 빠져나가기 전 미안했다는 말을 남겼다. 나는 대꾸하지 않았다.

다행히 금만 조금 갔을 뿐, 부서지진 않았다고 했다. 깁스를 풀면 정상적으로 걸어 다닐 수 있을 것 같았다. 의사는 웃는 얼굴로 다음 주면 퇴원이 가능하다고 말했다. 문제는 라마였다. 몽몽 원장에게 말은 해놓았지만 이 사건으로 그나마 고정적인 일을 잃게 될 터였다.

나는 침대에 앉아 눈 덮인 병원 마당을 구경했다. 눈 위에 가로등 불빛이 이불처럼 덮여 있었다. 두툼한 점퍼를 입은 환자들과 보호자들이 눈길을 오갔다. 휠체어를 탄 아이들이 눈을 구경하고 있는 모습도 보였다. 간간이 앰뷸런스가 요란을 떨며 드나들었다. 나는 한 발로 바닥에 내려서서 냉장고 문을 열었다. 미향과 재혁이 사다 놓은 음료수가 가득 차 있었다. 삼손은 뼈 잘 붙게 해준다며 간 홍화씨를 가져왔다. 국에도 넣어 먹고 물 마실 때도 타 먹으라고 말했다. 나는 냉장고를 뒤지다 문을 닫고 말았다. 내가 정작 마시고 싶은 건 좀 독한 술이었다. 창가로 다가갔다. 밤이 깊어지면서 산책을 하던 사람들도 병실로 들어갔고 아이들의 모습도 보이지 않았다. 응급실 불빛만 병원 마당에 길게 누워 있었다. 외제 SUV 차량 한 대가 병원 입구로 올라오는 게 보였다.

나는 점퍼 주머니에서 담배를 꺼내 들고 병실을 나왔다. 옥상에 흡연구역이 있었다. 목발에 의지해 몸을 옮겼다. 엘리베이터 문 앞에 서서 엘리베이터가 올라오기를 기다렸다. 엘리베이터가 올라오고 문이 열렸다. 문병 온 듯한 사람들 몇몇이 손에 음료수 박스를 들고 내렸다.

"어디 가?"

나는 눈을 동그랗게 뜨고 날 부른 사람을 쳐다봤다. 그는 몽몽 원장이었다. 그는 노란색 점퍼에 자주색 바지를 입고 있어서 희극 배우 같은 느낌이 들었다.

나는 그와 함께 옥상으로 올라갔다. 옥상이라 그런지 병원 마당 쪽보다 더 쌀쌀했다. 나는 점퍼의 지퍼를 목까지 채워 올린 후 힐끔 몽몽 원장을 쳐다봤다. 그가 병문안 오리라곤 상상해 본 적이 없었다. 그는 담배를 다 피운 후에야 입을 열었다.

"고딩 놈들한테 무슨 원한을 샀기에 그런 일을 당해?"

빈정거리는 폼이 꼭 와이프 같은 느낌이었다.

"앞으로 살면서 고딩 애들은 건들지 마. 놈들은 어쩌지 못해. 막무가내니까. 철이 들어야 깨닫지, 철들기 전엔 자기가 잘못한 거 몰라. 친구를 죽인 후 새벽에 한강에다 내다 버리고도 뭘 잘못했는지 모르는 놈들이니까. 조서 받을 땐 저희들끼리 낄낄거리기도 해서 수사관이 난감해한다고 하잖아. 우리나라가 어떻게 되려고 그러는지. 성폭행범 천지에 애들 범죄는 자꾸만 늘어가고 다 자기들 주장만 옳다고 목소리 높이면서 정작 윤리나 도덕, 애국심은 뒷전이니. 개들도 그래. 두 살이나 세 살 먹은 개들이 혈기가 왕성하지. 그놈들은 앞뒤 안 보고 달려들거든. 개나 사람이나 똑같아."

그는 의외다 싶을 정도로 긴 한숨을 내쉬었다. 말을 끝낸 후 그가 내 발목에 눈길을 주었다.

"별로 심각하진 않답니다."

"라마네 집에 말은 해놨어. 어떻게 하겠다는 답변은 못 들었고."

"어쩔 수 없는 일이죠."

"어쩔 수 없긴. 모르긴 몰라도 아마 자기 나을 때까지 다른 임자 안 찾을 거야. 찾을 수도 없을 테고."

그가 바바리 오른쪽 주머니에서 손바닥만 한 크기의 양주병 하나를 꺼냈다. 왼쪽 주머니에선 육포가 나왔다. 몽몽 원장은 먼저 한 모금 한 뒤 내게 병을 건넸다.

"가족 없는 사람한텐 아플 때 이게 최고지."

그는 육포 포장을 뜯은 후 육포 한 덩어리도 건네줬다. 독한 술기운이 퍼지자 깁스 안에서 발목을 괴롭히던 가려움이 잦아들었다. 그가 양주병을 빨았다. 나도 한 모금 했다. 오늘 그는 진짜 가족처럼 굴었다. 게이일지도 모른다는 생각을 했던 적이 있었다. 아직도 진실을 알지는 못하지만 적어도 나를 자신의 애인으로 만들 사람 같지는 않았다. 우린 눈으로 뒤덮여 황폐함이 사라진 옥상 정원을 동시에 바라보았다.

"그런데 라마네 집은 도대체 어떤 집이에요?"

나는 늘 궁금했던 질문을 했다.

"라마……."

몽몽 원장은 시선을 먼 곳으로 보내고 뜸을 들였다.

"우리 동네에서 제일 갑부라고 보면 되지. 그리고 라마 주인인 그 집 여자는 한동안 그 집에 없었어. 3년쯤 전에 그 집에 들어온 거야. 왜 돌아온 건지는……. 아무튼 그 집이 그 여자의 친정이야."

몽몽 원장은 그 집에 대해 잘 알고 있으면서도 뭔가를 감추고 있는 듯한 냄새를 풍겼다. 그를 다그치면 내게 필요한 정보가 나올 것도 같았다. 정보란 곧 돈이고 경쟁력이었다. 진주가 나를 배신한 것도 정보 때문이었고 내가 망한 것도 정보 때문이었다. 정보가 곧 힘인 세상이었다.

"친정이요? 그럼 결혼했다는 말이네요?"

"지금은 혼잘걸. 정확한 내막이야 나도 잘 모르지만. 왜 그 여자가 궁금해?"

몽몽 원장이 야릇하게 미소를 지었다. 그는 더 이상 내게 정보를 줄 의사가 없어 보였다.

"그건 아니고……. 사실 당신이 병문안 올 거라고는 생각 안 했어요."

"내가 병문안 오면 안 되나?"

"우리가 그렇게 친한 사이는 아니잖아요."

나는 그의 진심이 궁금했다. 잊을 만하면 연락해 왔던 그였다. 라마만 아니었다면 다시는 그를 볼 일이 없었을지도 몰랐다. 빈속에 들이킨 양주라 그런지 취기가 금방 올라왔다.

"물론 그렇지. 하지만 난 내 마음에 드는 사람은 끝까지 만나는 습성이 있어. 도랑 씨도 그런 사람 중 하나일 뿐이야."

그런 말로 설명할 수는 없었다. 나는 피식 웃었다.

"사람이 사람 좋아하는 거 이유 같은 거 없어. 처음 도랑 씨가 개를 산책시켜 보겠다고 왔을 때 딱 적격이라는 생각이 들었지. 자기는 믿지 못하겠지만 난 사람의 냄새도 잘 맡거든. 그런데 자기는 개들이 좋아할 냄새를 풍겼어. 뭐랄까? 기분 좋은 암내 같은 거라고 해야 할까?"

담배 연기가 숨구멍으로 들어가 사레가 걸렸다. 연신 기침을 해대자 목울대가 다 아렸다.

"그렇다는 거지, 자기를 암컷으로 생각했다는 건 아냐."

그는 양주를 한 모금 하고 담배도 꺼내 물었다. 그의 입에서 흘러 나
온 연기가 법당 향 연기처럼 한 줄기로 외롭게 피어올랐다.

"그래도 사실 댁이 나한테 잘해 주는 거 이해가 안 돼요."

"내가 잘해 준다고?"

몽몽 원장이 깔깔거리며 배를 잡고 웃었다.

"잘해 주는 건 아냐. 자기가 산책시켰던 개들 모두 내 병원 손님들이
야. 그중에 라마가 가장 큰 손님이기는 하지만 말이야. 대개 사람들은
개 산책시키는 일을 아주 우습게 생각하거든. 그런데 자기는 아냐. 자
기는 모르겠지만 개랑 하는 산책을 즐기는 거 같았어. 그런 사람이라
면 동물병원 원장을 하는 사람으로서 욕심이 날 만도 하지 않겠어? 잘
난 놈 스카우트해 가는 심정으로 말이지."

그는 말을 끝내고 나를 빤히 쳐다봤다. 그의 설명을 들어도 선뜻 이
해가 가질 않았다. 내가 알지 못하는 다른 뜻이 숨겨져 있는 듯했다. 그
는 양주를 한 모금 하고 육포를 와작와작 씹어 먹었다. 수염 한 톨 없는
그의 매끈한 턱이 반들거렸다.

"그리고 자기는 내 취향 아니야."

내가 염려했던 대로 그는 게이인지도 몰랐다.

"오해하지 마. 나 게이는 아니니까. 난 다만 남자든 여자든 사람을
좋아할 뿐이야. 성을 안 따진다는 게 다를 뿐이지만. 자기는 개한테 특
별할 뿐이야."

양성애자? 모르겠다.

"살다 보면 그냥 이유 없이 잘해 주고 싶은 사람들이 있어. 자기는
안 그래? 그런 거야. 특별하게 나한테 잘해 주는 것도 없는데 그냥 좋

은 사람들이 있지."

그는 내가 뭘 경계하는지 충분히 알고 있는 듯했다. 그렇다면 더 이상 그를 경계할 필요가 없을 듯했다.

"그 여자 말이에요. 매일 집에만 있던데……"

"누구? 라마 주인?"

몽몽 원장이 눈을 가늘게 뜨고 나를 노려보았다.

"그 여자한테 관심이 가는 모양이구나."

나는 아니라고 말했다.

"나도 잘 몰라."

그는 짧고 단호한 목소리로 대답했다. 그래서 거짓말일지도 모른다는 생각이 들었다. 나는 더 이상 그 집에 대해 묻지 못했고, 몽몽 원장도 더 이상 입을 열지 않았다. 그는 반쯤 남은 양주병과 육포를 두고 갔다.

몽몽 원장의 방문도 놀랄 일이었지만 다음 날 은행나무 집 집사가 방문한 일은 나를 더 놀라게 만들었다.

이른 새벽 잠에서 깨어 머리를 감고 수건으로 머리를 털고 있을 때 그녀가 병실 앞에 나타났다. 미명이 걷히기 전이라 그녀의 등장은 꿈 속의 일처럼 비현실적이었다. 그런데 그녀는 혼자가 아니었다. 구씨와 함께였다. 그는 홍삼 음료를 들고 있었다.

"발은 어떤가요?"

그녀는 병실을 둘러본 후 말했다. 3인실이었지만 병실에 있는 환자는 나 혼자라 썰렁했다.

"다음 주면 일상생활에 지장이 없다고 합니다."

그녀가 구씨를 돌아다보았다. 그러자 그는 홍삼 음료를 머리맡 탁자

위에 올려놓고 점퍼 속주머니에서 봉투를 하나 꺼냈다. 구씨가 봉투를 내밀었다.

"필요 없는데……."

"빨리 완쾌나 하세요. 라마가 기다리고 있으니까. 몸조리 잘하세요. 가죠."

그녀는 내 얼굴을 일별한 후 돌아섰다. 나는 두 사람을 따라 엘리베이터 앞까지 쫓아갔다.

"감사합니다. 안 찾아오셔도 되는데."

"참, 지난번에 라마 데리고 병원에 다녀와 주신 일 수고하셨어요."

그녀는 제 할 말만 깔끔하게 했다. 내 말이 들어갈 빈틈을 주지 않았다. 구씨는 나를 보고 히죽 웃었다. 엘리베이터가 도착했다. 그녀와 구씨가 엘리베이터에 냉큼 올라탔다. 나도 모르게 허리가 저절로 굽혀졌다.

"다음 주에는 나오는 걸로 알고 있겠어요."

엘리베이터 문이 닫혔다. 나는 병실로 돌아와 창가에 섰다. 구씨가 운전하는 빨간색 닷지가 병원을 빠져나가는 모습을 지켜보았다. 닷지가 시야에서 완전히 사라진 후 환자복 주머니에 넣어 두었던 봉투를 꺼냈다. 먼저 파란색의 급여명세서 쪽지가 보였다. 보름마다 지급하기로 한 급여의 내용이 적혀 있었다. 나는 라마 트레이너로 기록되어 있었다. 트레이너 비용을 보고 나는 그만 입이 벌어지고 말았다. 하루에 세 시간씩 보름 동안 라마를 산책시키고 받은 돈이 대기업을 다니는 직장인 수준이었다. 봉투 속에는 화선지에 돌돌 말린 또 하나의 뭉치가 들어 있었다. 화선지를 풀자 5만 원권 40장이 들어 있었다. 나는 닷지가 사라진 길을 오랫동안 바라보았다.

## 7. 은행나무 집

월세로 허름한 오피스텔을 하나 얻었다. 역할 사무실 사람들이 축하해 주었다. 미향은 커튼과 화분을 선물로 가져왔다. 그녀는 오피스텔에서 나와 함께 라면을 먹은 후 해가 지기 전에 돌아갔다. 삼손은 쓰다 달다 말하지 않았다. 나의 변화에 사실 다른 사람들이나 미향 그리고 삼손의 의견은 중요하지 않았다. 나는 직감하고 있었다. 내 삶이 이제야 비로소 정상의 모습을 찾아가고 있다는 사실을 말이다. 오피스텔에서 살 만한 충분한 자격이 있고 누릴 자격도 있었다. 고생 끝에 온 낙이라고 생각했다. 어쩌면 몽몽 원장이나 은행나무 집사의 말대로 내게는 개들이 좋아하는 유전자가 숨겨져 있는지도 몰랐다.

개만 전문적으로 산책시키는 회사를 차려도 괜찮겠다는 생각이 들었다. 여러 회사를 컨설팅 다니며 나는 단점과 장점을 볼 줄 아는 눈을 길렀다. 나의 단점은 정에 얽매이고 결정적인 순간 우유부단하다는 점이었다. 장점은 기회를 읽을 줄 안다는 것이다. 단점을 보완하고 장점을 확대하면 내가 꿈꾸었던 그 이상의 세상으로 올라설 수도 있을 것이라는 생각이 들었다. 그러려면 먼저 몇 가지가 선행되어야만 했다. 자본과 개에 관한 공부였다.

돈은 쓰지 않고 모을 수 있었다. 개에 관한 공부는 도서관에서 해결할 수 있다.

"부자들이라는 게 그렇게 호락호락하지 않아."

삼손은 내 생활의 변화를 탐탁해하지 않는 듯했다. 삼손은 좌우를 살핀 후 신호등 없는 교차로 안으로 차를 몰고 들어갔다.

"나는 그렇게 생각하지 않아요. 사실 진짜 부자들이 더 진보적이라고 보거든요. 가능성을 볼 줄 알고 그 가능성을 밀어 줄 줄도 알고 말이죠."

컨설턴트 시절의 자신만만하던 패기가 살아나는 기분이었다.

"만약 라마를 산책시키는 일이 끝나면 어쩔 텐가?"

"그렇게 부정적으로 말하지 마세요. 들으셨잖아요. 라마는 내가 아니면 꼼짝도 안 한다는 거 말이에요. 라마가 죽을 때까지는 제가 산책을 시킬 겁니다. 지금 라마 나이가 다섯 살쯤 되었으니까 앞으로 최소한 10년은 더 살 겁니다. 그러면 제 사업할 수 있는 기반은 충분히 마련할 수 있을 겁니다."

"그렇게 된다면 좋겠지. 나도 그렇게 되기를 바라네. 뭐든 하긴 해봐야지. 하지만 그 집과 정식으로 계약을 한 것도 아니잖아. 그렇다고 해서 동물병원 원장하고 계약한 것도 아니고."

"참, 사람을 그렇게 못 믿어서 어떡합니까. 동물병원 원장도 나를 전적으로 신뢰하고 있어요. 나만 실수 안 하고 조심하면 큰 변화는 없을 거예요.”

“그래도 개를 산책시키는 일로는 아무래도…….”

나는 삼손의 말에 빙긋이 웃었다.

“나쁘지 않게 받고 있다는 것만 알고 계세요. 제가 괜히 오피스텔 구했겠어요. 다 구할 만하니까 구한 거지.”

나는 전처럼 말 한마디 내뱉기 위해 주저하지 않았다. 나는 서서히 패기만만했던 컨설턴트 시절로 돌아가고 있었다. 내 말투 때문이었는지 삼손의 얼굴은 밝지 않았다.

“그래, 아무튼 잘되면 좋지. 그래도 긴장 늦추지 말고 살아. 부자라는 사람들은 언제 변할지 모르니까.”

나는 더 이상 시기 어린 조언에 대꾸하지 않기로 했다. 내가 보기에 삼손은 질투하고 있었다. 건강한 질투니 듣기 나쁘지는 않았다.

“그놈들 선처해 달라고 이 부장이 전화를 했습니다.”

며칠 전 이 부장 아들 녀석의 친구들이 스프레이로 사무실 벽에 낙서를 하고 사라졌다.


존나, 재수 없어. 니미, 꼰대 밤길 조심해.


마치 감방에 있는 보스가 똘마니들에게 명령한 일처럼 보였다. 나도 삼손도 처음엔 섬뜩했다. 고등학생들의 짓이라기엔 집요하고 극악했다. 해가 떨어지고 골목에 어둠이 깔리기 시작할 무렵 돌멩이 하나가 날아와 새로 낀 유리창을 박살 내기도 했다. 삼손과 내가 동시에 뛰어나갔지만 돌멩이를 던진 녀석을 잡진 못했다.

그 일이 있고 하루 뒤, 이 부장의 아들이 사무실로 다시 찾아왔다. 혼자가 아니었다. 이번에도 이 부장의 아들까지 포함해 세 명이었다. 녀석들은 쇠파이프를 들고 와 사무실을 박살 내고 삼손을 공격했다. 다행히 삼손은 다치지 않았다.

"그놈들 어떻게 되는 거죠?"

내가 물었다.

"아마 소년원에 가게 될 거야. 삐딱하게 자라지만 않았어도 뭐든 끈질기게 할 놈이라 안타까워. 그래서 인간에겐 유년이 가장 중요한 거 같아."

오늘 삼손은 잡설은 늘어놓지 않았다. 말을 아껴 기를 모으고 있다고나 할까. 아무튼 그런 모습이었다. 괜히 긴장이 됐다.

삼손의 차가 한강을 건너고 있었다.


삼손은 대낮처럼 밝은 광화문 앞을 지나 평창동 쪽으로 차를 몰고 갔다. 삼손이 입을 꾹 다문 채 운전에만 열중하고 있자 내 궁금증은 더 증폭했다. 차는 효자동을 지나 자하문 터널로 들어갔다. 터널을 빠져나오자 밤은 더 깊어졌다. 그는 평창동 쪽으로 차를 몰았다.

삼손과의 동행은 그의 제안 때문이었다. 별일 없으면 특별한 모임이 있는데 같이 갔으면 좋겠다고 말했다. 나를 친동생처럼 생각해서 제안하는 것이라는 말도 덧붙였다. 그와 지속적인 친분을 맺는다는 거 나쁘지 않겠다는 생각이 들었다. 또한 그의 정체에 대한 궁금증도 나를 부추겼다.

삼손의 차는 신영동 삼거리를 지나 북악산 쪽으로 길을 잡아 나갔

다. 그동안 삼손은 별다른 말이 없었다. 차는 서울예술고등학교 앞 삼
거리에서 북한산 쪽으로 올라갔다. 약간 경사진 길이었다. 길 양편으
로 평범하지 않은 디자인의 주택들이 바위처럼 자리 잡고 있었다. 고
급 주택가였다. 수백 년은 됨직한 미루나무 곁을 지나고, 담이 너무 높
아 음흉해 보이는 주택들을 지나갔다. 위로 올라갈수록 불빛의 수가
줄어들고 별빛과 달빛이 선명해졌다. 그의 트럭이 도착한 곳은 주변의
주택들과는 언밸런스한 허름한 한옥 앞이었다.

"잠깐만 기다려."

삼손은 혼자 집 안으로 들어갔다. 주위가 고즈넉해서 사람들의 말소
리가 선명하게 들렸다. 동지 오랜만이야, 살이 많이 탔네, 잘들 지냈는
가, 정말 반가우이……. 그런데 같이 온 친구가 있어. 누구?

사람들의 목소리가 이구동성으로 물었다. 나설 때의 나들이 나오던
심정은 온데간데없었다. 아직은 낯선 사람들을 만나는 데 여유롭지 못
하다는 걸 느꼈다. 예전의 나라면 삼손을 따라 들어가 직접 부딪쳤을
것이다. 모든 게 하루아침에 회복될 수는 없는 노릇이었다. 게다가 삼
손이 청한 자리는 사사로운 자리인 듯했다. 내심 궁금했던 삼손에 대
해 알 수 있는 자리이기도 했다.

갑자기 그들의 목소리가 멀어졌다. 나는 차에서 내렸다. 차가운 밤
이 얼굴에 닿았다. 한옥 위엔 지붕 전체를 덮을 정도로 거대한 가죽나
무가 잎을 잃은 채 빈 가지로 고요하게 춤을 추고 있었다. 담배를 꺼내
고 불을 붙였다. 불빛이 잠깐 어둠과 추위를 밀어냈다.

한옥의 대문이 조금 열려 있었다. 살짝 안을 들여다보았다. 어둠뿐,
빛 한 점 보이지 않았다. 문턱을 넘는 순간 어쩌면 영원히 헤어 나올 수

없는 수렁으로 빠져들지도 모른다는 두려움이 들 정도로 마당의 어둠
은 깊었다. 이제 겨우 정상의 궤도로 진입하려는 내 인생이 다시 뒤틀
릴지도 모른다는 생각에 겁도 났다. 하지만 두려움만큼 호기심도 강렬
해졌다.

"들어가지."

삼손이 어둠 속에서 불쑥 얼굴을 내밀었다. 나는 깜짝 놀랐다.

"뭘 그렇게 놀라."

"그게 아니라 난 아무래도 그냥 밖에 있을게요."

삼손은 더 이상 말하지 않고 내 손을 잡아끌었다. 대문턱을 넘자 작
은 연못이 있는 마당이 나왔다. 마당 안쪽 멀리 있는 마루 아래에 세 명
의 남자와 한 명의 여자가 서 있었다. 남자들은 삼손과 비슷한 또래로
보였고, 여자는 나와 비슷해 보였다.

그들이 나와 일일이 악수를 했다. 하나같이 악력이 좋았다. 그들은
자신의 이름을 소개했지만 그 순간에는 누구의 이름도 머리에 남지 않
았다. 나는 그들과 함께 사랑채인 듯한 방으로 들어갔다. 방 안은 따뜻
했다. 방엔 술상이 차려져 있었다. 나는 삼손의 곁에 앉았다. 술이 돌고
몇 점의 안주를 집어 먹는 사이 긴장해 있던 마음이 풀렸다. 그들은 또
래의 인간들이 나눌 법한 흔한 이야기들을 나누었다. 신형 스마트폰이
어떻고, 경제가 어떻고, 정치인이 어떻고, 누가 부정을 저질렀고, 어디
선가 큰 사고가 터졌고, 아파트 값이 떨어졌고……. 여자는 추임새를
넣는 정도였다. 그들은 술잔을 기울이며 간간히 나와 눈을 마주쳤다.
그동안 나는 사람들의 이름을 외웠다. 형주, 국중, 찬홍, 동미.

"…장호가 왜 그랬는질 모르겠군."

그들의 이야기 속에 새로운 이름이 등장했다. 잠깐 여자가 내 눈치를 봤다.

"동생 이름이 장수였지, 장수는 봤어? 뭐라고 그래?"

"우리들 보고 모두 미쳤다고 그랬지. 생명체는 어떤 경우라도 이 현실의 굴레에서 벗어날 수 없다며 고래고래 고함도 질렀어. 그래도 나중에 상 다 치르고 올 때 보니까 평온해 보이더군. 어쨌든 장호로서는 현실이 괴로웠을 거야. 검증되지 않은 이론은 있고, 그 이론을 따르자니 담보로 죽음을 맡겨야 했으니까……. 사실 나조차도 두렵네. 죽음이 두려운 게 아니라 과연 장호가 차원을 건너간 것인지 알 방법이 없다는 게 두렵다는 거지. 요즘은 장호 녀석이 자기 와이프랑 나타나서 우리들의 이론대로 모든 차원이 연결되어 있다고 말해 주는 꿈을 꾸곤 해."

삼손이 말했다. 돌아가는 분위기로만 파악했을 때 이들 무리의 우두머리는 삼손인 듯했다.

"바보 같은 놈. 죽음으로는 아무것도 증명할 수 없다고 그렇게 말했거늘……."

형주가 말했다. 나는 알아듣지 못했다. 미쳤다? 현실의 굴레에서 벗어날 수 없다? 죽음으로는 아무것도 증명할 수 없다? 차원이 연결되어 있다? 지금껏 살면서 접해 보기야 했지만 그저 문자로만 존재했던 이야기들이 사람들의 입에서 아무렇지도 않게 흘러나왔다. 그중 차원에 관한 이야기는 삼손에게서 비슷한 이야기를 듣기도 했다. 우주에 존재하는 모든 것은 연결되어 있다는 말. 친족성이 있다고도 말했다. 나는 못 들은 척 술 마시는 일에만 열중했다.

"하지만 누군가 끝없이 의문을 가져야 답을 구할 수 있을 테고, 또 누군가는 위험한 줄 알지만 뛰어들어야 하는 거잖아요. 그렇지 않으면 어떤 발전도 기대할 수는 없는 일 아니겠어요?"

동미가 말했다. 홍일점. 남자들은 술잔을 놓고 고개를 끄덕였다. 삼손의 정체에 대해 알게 되기는커녕 점점 더 모호해지고 있었다. 이들은 삶을 다소 과장되게 그리고 형이상학적으로 생각하는 샤머니즘적인 성향을 가지고 있는 듯했다. 나는 열심히 마시고 걸신들린 사람처럼 안주를 먹어 댔다. 그들의 이야기엔 관심을 기울이지 않았다. 하지만 그들의 이야긴 단 술처럼 내 귀로 술술 넘어왔다. 희생, 망각, 소멸 같은 특별한 의미가 담긴 단어들을 들었지만 내 머릿속에서 조합이 되지는 못했다. 그날 나는 의도적으로 술에 취했다. 그들에게 휘말리고 싶지 않았다. 나는 현재를 사랑하고 현재에 치열하며 현재에 열심이고 싶었다. 나는 그런 인간이고 싶었다. 현재의 욕망을 결코 초월하고 싶지 않았다.

*

거리에 눈이 쌓였다. 라마의 발에 신발을 신겼다. 작은 애완견이 신은 건 더러 본 일이 있었지만 덩치가 인간만 한 개에게 신발이라니. 라마는 거부하지 않았다. 나는 보르살리노를 끼고 목줄을 단단히 잡았다. 집사에게 깍듯하게 허리를 굽혀 인사를 하고 산책을 나섰다. 창가의 여자는 갈색 숄을 걸치고 서서 밖을 내다보고 있었다. 그녀의 시선이 어디로 향해 있는지 가늠이 되질 않았다. 어쩌면 그녀는 나의 성실함을, 동물과 무한히 교류할 수 있는 나의 몸을 그리고 품위 있는 나의 걸음걸이를 보고 있는지도 몰랐다.

눈 위에 둥근 모양의 발자국이 찍혔다. 라마는 앞만 보고 걸었다. 너무 익숙해서 지루할 법도 하련만 라마는 지루한 기색이 없었다. 개니까. 그래도 라마는 경이로웠다. 쉬어야 할 곳에서 반드시 쉬었고 걸어야 할 곳에서는 걸었다. 꺾어지는 곳에서는 반드시 꺾었으며 멈춰야 할 지점에서는 어김없이 멈췄다. 차라리 내가 지루했다. 하지만 나는 라마를 산책시키는 사람으로서 품위를 잃지 않으려고 노력했다.

병원에서 퇴원한 후부터 나는 라마를 산책시킬 때 수제 양복을 입고 모직 코트를 걸쳤다. 언제나 구두를 반들거리게 닦아 신고 다녔으며 바지에 주름이 무너지지 않도록 세심하게 신경 썼다. 한때는 잘나가는 컨설턴트였지만 어떤 직업이든 숭고하게 생각한다는 내 뜻을 보여 주고 싶었다.

사람이 많이 다닌 눈길 위는 질척거렸다. 걸을 때마다 눈 녹은 물이 구두 위는 물론 바지에도 튀어 올랐다. 하지만 경박하게 굴지 않았다. 오랜 시간이 지난 후에야 은행나무 집 사람들이 나를 꽤 유심히 관찰했다는 사실을 깨달았다. 내가 다섯 마리의 개들을 산책시킬 때 개들은 늘 은행나무 집을 마지막 코스로 생각하고 산책했다. 그때 개들은 라마에게 안부 인사를 다녔던 모양이었다. 그때 창가의 여자가 나를 유심히 봤을지도 모른다. 하지만 그것만으로 나를 선택하기에는 정보가 약했다. 여기저기 수소문했을 것이고, 어쩌면 내 뒷조사까지 철저하게 끝냈을지도 몰랐다. 라마 한 마리면 강남에서 중형급 아파트를 한 채 살 수 있을 정도니 그런 조사를 과하다고 볼 수는 없었다. 그리고 그들이라면 내 일거수일투족을 밀착해서 감시할 수 있는 사람들이었다. 어쩌면 지금도 사람이 붙어서 나를 감시하고 있는지도 몰랐다.

라마가 걸음을 멈추었다. 첫 번째 쉬는 장소였다. 모든 개가 그렇지만 라마 역시 물을 싫어했다. 바닥이 말라 있었다면 엉덩이를 깔고 쉬었을 텐데 라마는 선 채로 쉬었다. 영민한 개임에는 분명했다. 나도 그 자리에 서서 숄더백을 열고 비스킷과 아이패드를 꺼냈다. 라마에게 비스킷을 주고 꼼꼼하게 기록을 했다.

물기 있는 바닥에 앉지 않았다. 비스킷 두 개를 먹었고, 2킬로미터를 걷는 동안 조금도 한눈을 팔지 않았다. 오늘도 변이나 오줌을 누려는 자세는 취하지 않았다.

라마는 과거 유럽 귀족의 부인들이 결코 밖에서는 볼일을 보지 않았던 것처럼 밖에서는 볼일을 보지 않았다. 기록을 남기고 고개를 들었다. 멀리서 세 명의 여자아이들이 눈싸움을 하면서 우리 쪽으로 달려오고 있었다. 하필이면 그중에 양 갈래로 머리를 땋은 여자아이가 보였다. 라마도 소녀를 발견한 모양이었다. 갑자기 라마의 목에 힘이 들어갔다. 나는 목줄을 두 번 더 손아귀로 감았다. 라마가 달려 나가기라도 하면 눈길이라 제지할 방법이 없었다. 나는 다리를 벤치 다리 뒤로 밀어 넣었다. 라마의 입꼬리가 올라가며 송곳니를 드러냈다. 하지만 전처럼 소리를 내며 위협을 하지는 않았다. 가까이 다가온 소녀들이 라마의 덩치를 보고는 멀리 도망갔다. 라마는 왜 양 갈래로 머리를 땋은 소녀를 보면 변하는 것일까? 궁금했다. 하지만 이 기록은 남기지 않았다. 머리를 땋은 소녀들은 공원에서 흔하게 만날 수 있는 일이었다.

다만 근래 들어 운 좋게 그런 소녀를 만나지 않았을 뿐. 그리고 어느 정도 자신감도 생겼다. 라마와 나 사이에 신뢰가 생긴 듯했다. 목줄을 더 단단히 잡아 주면 결코 앞으로 나가지 않았다.

라마는 정확하게 휴식을 취한 뒤 코스를 따라 걸었다. 라마의 발과 구두가 금방 더러워졌다. 사람들이 다니지 않은 눈밭 위로 걸어 보려고 했지만 라마는 다닌 길로만 걸었다. 주택가를 돌고 공원을 돌고 개울을 따라 조성된 산책로를 돈 후 은행나무 집으로 돌아왔다. 라마는 역시 아무런 말썽도 부리지 않았고 품위를 지켰다.

마침 구씨와 집사가 마중 나와 있었다. 나는 라마 앞에 앉아 녀석의 목을 끌어안았다. 라마는 축축하고 습기 많은 혀로 내 턱을 핥았다. 이제는 참을 만했다.

"어지간히 정이 든 모양입니다. 나도 이 녀석 태어나서부터 지금까지 봐왔지만 나한테는 이렇게 살갑게 안 굴거든요."

구씨의 말이 든든하게 들렸다.

"턱이나 닦으세요."

집사의 말투는 변함없었다. 나는 반듯하게 접어놓은 손수건을 꺼내 턱을 닦았다. 구씨는 라마가 집으로 들어가기 전에 신발을 벗겼다.

"이거 받으세요."

집사가 금색 봉투를 내밀었다.

"됐습니다. 받는 급여만으로도 충분합니다."

사실이 그랬다. 개를 산책시키고 받는 돈치고는 너무 과했다.

"받으세요. 아가씨께서 연초에도 인사 제대로 못 드렸다면서 드리는 거니까. 양복 티켓이에요. 보시면 알 겁니다."

나는 깔끔하게 봉투를 받아 외투 주머니에 넣었다. 주저하는 게 더 비굴해 보일 것만 같았다.

"오늘도 별일 없었죠?"

"네, 저녁 전에 오늘 일지를 메일로 보내드리겠습니다."

"좋아요."

처음으로 집사의 음성에서 부드러움을 느꼈다. 괜히 기분이 좋았다. 라마는 진즉 나를 신뢰했지만 집사는 나를 신뢰하기까지 많은 시간이 필요했던 모양이었다. 나는 비로소 은행나무 집에 뿌리를 내리고 있다는 생각이 들었다. 10년 아니 5년이면 내 사업체를 꾸릴 수 있을 만큼 벌 수 있으리라. 아니 어쩌면 나는 성으로 들어갈 수 있을지도 모른다.

나는 여유 있게 발걸음을 옮겼다. 대문 닫히는 소리가 들리고 창가의 여자가 느껴졌다.

*

내가 찾아간 곳은 수제양복점이었다. 들어가는 입구에서부터 여직원이 나를 먼저 반겼다. 여직원의 안내를 받아 대리석 깔린 복도를 지났다. 복도 양쪽 벽에는 유명인들의 사진이 빽빽하게 붙어 있었다. 여직원은 나를 대기실로 안내했다. 대기실은 각 개인에게 주어진 공간이었다. 차를 마실 수도 있고 가볍게 술을 마실 수도 있는 홈 바 분위기의 대기실이었다. 나는 이미 충분히 주눅이 들었다. 대기실에 앉아 뭘 해야 할지 몰라 앉아 있기만 했다.

여직원은 내게 마실 것을 권했다. 나는 커피를 주문했다. 여직원은 원두를 직접 갈기 시작했다. 원두 가는 소리와 피아노곡이 묘하게 조화를 이루어 대기실을 채웠다. 커피가 나왔다.

"조금만 기다리시면 매니저가 올 겁니다."

여자는 목례를 하고 뒷걸음질로 대기실을 빠져나갔다. 여자가 사라지자 가슴 한복판에서 두려움과 호기심이 불길처럼 끓어올랐다. 나는 지금 다른 세상에 존재했다. 은행나무 집의 위력은 황홀했다. 그래서 두렵고 불안했다. 검정색 재킷에 미니스커트를 입은 여자가 대기실로 들어왔다. 그녀 뒤에 말끔하게 생긴 남자가 따라왔다. 나도 모르게 자리에서 일어났다. 여자가 잠깐 멈칫거렸다. 그녀는 날렵한 수첩을 손에 들고 있었다.

"불편하신 점은 없으신가요? 커피는 입에 맞으시고요?"

나는 가볍게 고개를 끄덕였다.

"특별하게 원하시는 색상이나 스타일이 있으신가요?

그런 걸 생각해 본 적이 없었다. 나는 마땅히 대꾸할 말이 떠오르지 않아 그저 어깨를 으쓱거렸다. 지배인은 시종일관 미소를 지었다. 미인이었다.

"양복 두 벌과 셔츠 두 장 그리고 코트 한 벌이시죠?"

"그런가요?"

지배인이 수첩을 펼쳐 보았다.

"티켓에 양복 두 벌과 셔츠 두 장 그리고 코트 한 벌로 기록되어 있습니다."

"그렇군요."

양복점에서 내가 한 말은 그렇게 한 번의 질문과 한 번의 대답뿐이었다. 그녀를 따라 들어온 남자가 내 몸의 치수를 쟀고, 지배인은 꼼꼼하게 치수를 수첩에 적었다. 그런 후 색상지를 펼쳐 보이며 내 의중을 물었다.

"무난한 색상을 원하신다면… 요즘 젊은 분들이 많이 하시는데, 이 색이 좋을 것 같습니다. 손님과도 잘 어울릴 것 같습니다."

지배인은 검은빛이 감도는 쥐색의 색상지를 가리켰다. 나는 또 한 번 고개를 끄덕였다. 그걸로 양복 재단 절차는 끝났다.

"손님도 말씀이 참 없으시네요. 그 댁 분들이 대부분 그렇지만."

지배인이 말했다. 그녀는 입구까지 나를 배웅하며 옷감의 질과 단추 그리고 마감 등에 대해서 설명했다. 나는 그저 고개를 끄덕이며 적당히 호응만 했다. 입을 열었다가 궁티를 들킬까 봐 두려웠다. 지배인과 처음 나를 안내했던 여직원이 건물 입구에서 내게 깍듯하게 인사했다. 내가 시야에서 사라질 때까지 두 여자는 건물 앞에서 계속 나를 주시했다. 나는 그를 통해 은행나무 집의 계급을 가늠할 수 있었다. 나 같은 존재는 감히 근접할 수도 없는 계급의 사람들이었다. 그런데 그 기회가 내게 오고 있다는 생각이 들었다. 어쩌면 나는 한 번의 몰락을 기점으로 전혀 새로운 삶을 살게 될지도 모른다는 생각이 들었다. 불가능한 일도 아니라는 생각이 들었다. 그들의 계급에 맞게 나를 컨설팅하면 되는 일이다. 나도 충분히 왕국에 들어갈 자격이 있다고 믿었다.

오피스텔로 돌아오는 길에 낡은 스마트폰을 최신 스마트폰으로 바꾸었다. 페라가모에서 백만 원이 넘는 돈을 주고 구두 두 켤레를 샀다. 이건 합리적인 투자였다. 그리고 내 격에 맞는 투자였다. 나는 내 인생을 진주에게 너무도 헐값에 팔아넘겼다는 생각이 들었다. 내 인생은 그늘에 있지 않고 양지에 있었다. 잠시 길을 잘못 들어섰을 뿐이었다. 그래, 내 인생은 양지에 어울렸다. 그러면서도 한편으로 불안한 기분이 들었다. 내가 경험해 보지 못한 세상일 뿐이다. 낯설다는 건 언제나 좋은 것이다. 내 발걸음은 경쾌하고 가벼웠다.

*

몽몽 원장으로부터 만나자는 연락이 왔다. 내 삶의 새로운 기반이 그로부터 시작된 것이라 그와의 만남을 거절하기 힘들었다. 만나서 안 될 일도 없었다. 오전에 라마를 산책시키고 스파게티 전문점에서 점심을 때운 후 삼손의 사무실을 찾아갔다. 삼손은 여전히 책을 읽고 있었다. 근래에 들어 삼손의 사무실에는 일거리가 별로 없었다. 역할대행자들도 거의 대부분 떨어져 나갔다.

"광고도 좀 하고 그래야 하지 않아요?"

"봄 되면 좀 하려고."

삼손은 읽던 책을 덮고 나를 쳐다봤다. 내가 입은 양복과 코트를 유심히 살폈다.

"날이 갈수록 달라지네. 도랑 씨, 인생이 행복해야 한다는 데는 나 반대하지 않아. 하지만 한쪽으로 치우치는 건 경계해야 할 거야."

"한쪽으로 치우치다뇨? 난 어느 쪽으로도 치우치지 않습니다. 만약 치우쳤다면 여기 나오지도 않았을 겁니다."

"알아. 하지만 내 사무실에 일 부탁하는 사람들은 그냥 보통 서민들이야. 만약 도랑 씨가 그 양복을 입고 나가면 언밸런스라는 거지. 우리

일 나올 때는 옛날 옷으로 갈아입고 나오겠지?"

"저도 눈치는 있습니다. 그 정도는 알죠."

내가 아는 사람에게 처음 선보인 양복이었다. 칭찬은커녕 염려의 말만 들었다. 기분이 썩 좋진 않았다.

"일 없죠?"

"모레 한 건 있어. 시골에 내려가서 가짜 신랑감 후보 역할을 좀 해야 하는데 시간 되겠어?"

"라마 산책시키는 시간만 피하면 됩니다. 대기하는 사람 있으면 그 사람 주시고요."

예전에는 내 생활비의 태반을 감당했던 역할대행자 일이 이제는 허드렛일이 되고 말았다.

"깔끔한 사람을 원하니까 시간을 한번 맞춰 보지 뭐."

나는 삼손에게 가볍게 인사하고 몽몽 원장과의 약속 장소로 향했다. 몽몽 원장과의 약속 장소는 삼손과 몇 차례 술을 마셨던 밀롱가였다. 인근에서는 제법 인기가 좋은 실내 포장마차 술집이었다.

'와인 정도는 마셔 줘야 하는데.'

밀롱가의 문을 열며 문득 그런 생각을 했다.

몽몽 원장이 손을 들어 보였다. 나를 살피는 그의 입가가 귀 밑에 걸려 있었다. 술집 주인 남자는 내게 인사를 한 후 텔레비전에 시선을 주었다. 텔레비전에서는 경찰들이 음주 단속을 하는 장면이 흘러나오고 있었다.

"무섭게 변하는데. 도랑 씨 보고 옛날에 갈빗집에서 불판 닦았다고 하면 누가 믿겠어? 옷이 날개는 날개야."

나는 은행나무 집에서 양복 티켓을 선물 받았다는 말을 꺼내지 않을 수 없었다. 나보다는 그가 그 집과 인연이 더 깊었다. 그러면 내가 입은 옷만 보고도 옷을 어떤 방법으로 마련했는지 추론할 수 있을 것 같았다.

"실은 나도 받았어. '류'라는 양복점이지?"

불편했던 사이에서 갑자기 동지로 탈바꿈하는 순간이었다. 나는 내심 안심이 되면서도 섭섭했다. 나만 특별하게 대접을 받았던 게 아니었다는 사실 때문이었다.

"나는 한 벌밖에 못 받았는데 자기는 두 벌에다가 코트까지……. 자기가 그 집에 중요한 인사는 인사인 모양이야."

나도 모르게 어깨에 힘이 들어갔다. 술병을 높이 들었다. 몽몽 원장의 술잔이 따라 올라왔다. 술을 따르고 그가 받았다. 묘한 일이지만 몽몽 원장과의 술자리가 점점 더 편해지고 있었다.

"실은 한 사람 더 올 사람이 있는데 괜찮지? 자기도 알지 모르겠다. 몇 달 전에 수의사 동창들하고 2차 갔다가 만났어. 예뻐진 데다 화장까지 해놔서 처음에는 몰라볼 뻔했다니까."

"누군데요?"

"보면 알 거야."

몽몽 원장은 연신 담배를 피웠다.

"저를 보자고 하신 이유라도?"

"별거 아냐. 혼자 술 마시려니까 청승맞은 거 같아서 불렀지."

"혼자 술도 마시고 그래요? 의외네요."

몽몽 원장은 한동안 술만 축냈다. 그는 나를 쳐다보며 몇 차례 입맛을 다셨다.

“진짜 나를 보자고 한 이유 말해 봐요.”

술기운이 서서히 테이블을 점령하고 있었다. 그가 말한 사람은 아직 오지 않았다.

“혹시 말이야. 그 집에서 젊은 여자 보지 못했어?”

“젊은 여자요?”

“집사가 아가씨라고 부르는 여자 말이야.”

몽몽 원장의 말에 괜히 가슴이 철렁 내려앉았다. 가슴 한복판에서 늘어지려던 술기운이 달아났다.

“봤죠.”

“잘 있던가?”

몽몽 원장은 출입문 쪽에 시선을 둔 채 물었다.

“잘 아세요?”

“조금. 좋아 보이던가?”

술이 깨면서 왜 그런지 조금씩 기분이 나빠졌다.

“멀리서만 봐서…….”

몽몽 원장은 테이블 위에 남은 술병의 술을 모두 마셨다. 그는 숨을 몰아쉬더니 의자 뒤로 몸을 젖혔다.

“그 여자가 궁금해서 보자고 했나요?”

“아냐, 술 한잔 하자고 부른 거라니까.”

몽몽 원장은 능청을 떨었다.

“좋아했어요?”

“아니라니까.”

한 가지 다행스러운 점은 적어도 그가 여자도 좋아한다는 걸 알았다는 점이다. 갑자기 이야기의 주도권이 내게로 넘어왔다. 이 순간이 아니면 그녀에 대한 질문을 할 수 없겠다는 생각이 들었다. 나는 라마를 산책시킬 때 라마가 쳐다보며 으르렁거렸던 양 갈래 머리의 소녀에 대해 이야기를 꺼냈다.

"개라는 건 말이야. 사실 자기가 개인 줄 몰라. 특히 짱아오 종은 더 그렇지. 주인에게 매우 충실한 갠데 그래서 더더욱 자기가 가족인 줄 착각한다니까. 개가 아무리 똑똑하다고 해도 어린아이 지능 수준이야. 그건 곧 자신의 사랑을 빼앗기면 그 사랑을 되찾으려고 떼를 부린다는 말이기도 해. 예전의 라마는 활발했어. 적어도 그 여자의 딸이 태어나기 전까지는 말이야."

나는 소주를 더 주문했다. 뚜껑을 따고 그와 나의 잔에 따랐다. 나는 단숨에 한 잔을 털어 넣었다. 몽몽 원장 말의 뉘앙스에서 그 딸이 죽었다는 걸 알 수 있었다. 그 딸이 살아 있는 동안 라마는 여자의 사랑에서 멀어졌을 것이다. 그 딸은 항상 머리를 양 갈래로 땋고 다녔을 것이고. 별스러운 이야기도 아니었다. 세상에 흔한 게 사랑이고 죽음이니까.

"그 집에 대해서 말해 줘요."

몽몽 원장의 눈이 커졌다. 그는 내 눈을 빤히 들여다보았다.

"자기도 그 여자 좋아하게 됐구나?"

나는 그의 말에서 하나의 단서를 찾아냈다. 몽몽 원장 역시 한때는 그녀를 좋아했을지도 모른다는 사실이었다. 지금도 좋아하고 있나? 아니, 몽몽 원장과 라마의 여주인은 도대체 어떤 사이일까? 궁금하면서도 불쾌했다.

"아, 아니에요. 그냥 궁금해서 그래요. 아시잖아요. 라마만 해도 가격이 엄청나잖아요. 양복도 그렇고 집도 그렇고. 그냥 단순한 호기심이에요. 도대체 뭘 하는 집안인지."

몽몽 원장이 웃었다.

"여자 좋아하는 거 수컷의 당연한 권리야. 하지만 그 여잔 글쎄……. 여자 마음은 모르는 일이니까 잘 해봐."

"아니라니까요."

"그 여자 마음에 들면 한순간에 황태자가 될 수도 있어. 안 그래? 내가 중요한 정보를 하나 더 주지. 그 집안의 자식이라고는 그 여자 혼자뿐이야. 외동딸이라고. 금상첨화 아냐? 잘 하면 재미있는 로맨스 하나 나오겠는데. 개 산책시키는 남자와 돌아온 부잣집 외동딸과의 절절한 사랑."

"아니라고 했잖아요."

"강한 부정? 하지만 자기 말을 믿어 주지. 뭐 사실 나쁠 것도 없잖아. 외로움에 지칠 때도 됐어. 자기는 조건도 좋잖아. 안 그래? 그쪽이야 데릴사위를 원할 테고 말이야."

나는 주먹으로 테이블을 내리쳤다. 순식간에 고요가 술집을 점령했다.

"…고급 레스토랑의 지배인으로 알려진 이은주 씨가 살해한 피살자 김성찬 씨는 결혼 문제로 다툰 것으로 알려져……, 경찰은 현장에서 수거한 권총에서 이은주 씨의 지문을 확인했다고 발표했습니다. 경찰은 이은주 씨가 권총을 구입한 경로를 파악하기 위해 특별수사반을……, 한편 피해자 김성찬 씨를 살해하고 스스로 목숨을 끊으려고 했던 이은주 씨는 현재 중태로 오늘 밤을 넘기기 힘들 거라는 의료진의 말에……."

저절로 텔레비전 쪽으로 고개가 돌아갔다. 화면 왼편 상단에 은주의 사진과 은주가 결혼하려고 했던 남자의 사진이 나란히 걸려 있었다. 나도 모르게 자리에서 일어났다. 얼마 전 은주를 만난 일들이 새록새록 떠올랐다. 수취인도 발신인도 없는 물건을 배달한 일, 묵직한 느낌, 은주의 뒷모습……. 한순간에 취기가 확 올라왔다. 그때 출입문이 열리며 미향이 들어왔다.

몽몽 원장이 손을 들었다. 미향은 나와 몽몽 원장을 바라보며 걸음을 멈추었다. 몽몽 원장이 만나려고 했던 사람이 미향이었다. 그녀는 어색하게 미소를 지었다.

*

중환자실 앞에는 두 명의 경찰이 근무를 서고 있었다. 중환자실 앞 대기실에는 환자 보호자들이 면회 시간이 되기를 기다리며 잡담을 나누었다. 나도 그들의 틈에 끼었다. 중환자실 입구에는 하루에 두 번 가능한 면회 시간이 적혀 있었다. 아침 11시와 저녁 7시. 입구 왼편 벽에 걸린 벽시계를 봤다. 10분 전 7시였다.

보호자들은 신발을 벗고 중환자실 전용 슬리퍼로 갈아 신고 있었다. 나도 그들을 따라 움직였다. 페라가모를 벗어 신발장 맨 위에 올려놓고 깨끗해 보이는 슬리퍼를 신었다. 중환자실 문이 열렸다. 물감 튜브에서 짜낸 물감처럼 사람들이 중환자실로 밀려들어 갔다. 경찰관 한 명은 밖에, 다른 한 명은 보호자들을 따라 들어와 멀찌감치 서서 어디론가로 시선을 보냈다. 나도 그 시선을 따라갔다. 격리되어 있는 그곳에 은주가 있었다. 나는 조심스럽게 격리실에서 가까운 침상 쪽으로 걸어갔다. 보호자가 찾아오지 않은 침상에 붙어 서서 은주를 훔쳐봤다. 얼굴의 반은 붕대로 감겨 있고 피가 굳어 검붉은 색을 띠고 있었다. 그녀의 몸에 달라붙어 있는 기계들만이 작은 소음을 냈다.

한 걸음 앞으로 다가섰다. 왼편 볼에 제대로 닦이지 않은 피 얼룩이 보였다. 손에도 피가 그대로 묻어 있었고, 머리를 박박 밀었는지 대머리였다. 은주의 왼쪽 눈가에 핏물인지 모를 물기가 고여 있었다. 나는 한 걸음 더 앞으로 다가섰다. 눈가를 타고 흘러내린 핏물 자국도 선명했다.

말려야 했을까? 그날 만약 더 이상 앞으로 나가지 말고 포기하라고 말해 주었다면 그녀의 인생이 달라졌을까? 내 인생과 특별하게 얽힌 여자는 아니었지만 왠지 모르게 죄책감이 들었다. 그날 내가 배달했던 게 총일 수도 있었다. 아니면 총알이거나. 하지만 그게 그토록 쉽게 배달되고 전달되는 물건인가. 배달 상자 속을 보지 않았으니 확신할 일은 아니었다. 다만 그날 나는 그녀의 현재를 어느 정도 읽고 있었다는 것이다.

"이 환자와 아는 사이입니까?"

깜짝 놀라 뒤를 돌아다보았다. 경찰관이었다. 다른 환자들을 면회 온 보호자들이 간간이 나와 경찰관에게 시선을 보내고 있었다.

"아, 아닙니다. 뉴스에서 본 거 같아서 호기심에……."

나는 서둘러 경찰관을 피해 중환자실을 빠져나왔다. 너무 서두르는 바람에 슬리퍼를 신고 엘리베이터 홀까지 갔다가 다시 돌아왔다. 구두는 그 자리에 그대로 있었다. 나는 구두로 갈아 신고 다시 엘리베이터

홀 쪽으로 걸어갔다.

　병원 건물을 빠져나올 때까지 나는 뒤돌아보지 않았다. 괜한 측은지심이었다. 나와는 아무런 상관도 없는 존재였다. 과연 그럴까? 우주의 모든 건 이미 연결되어 있다는데. 셔틀버스 정류장에 이르러서야 걸음을 멈추었다. 어둠을 재촉하는 눈발이 날렸다. 좀처럼 셔틀버스는 오지 않았다. 눈길이라 더디게 운행되는 모양이었다. 바지 주머니에 손을 찔러 넣고 저마다의 생각에 골몰해 있는 사람들을 구경했다. 비상등을 깜빡이며 구급차 한 대가 응급실로 올라갔다. 그사이 스마트폰이 짧게 몸을 떨었다. 문자였다.


—어디 계세요?


미향이었다.


—병원.

—왜요?

—아는 사람이 좀 다쳐서.

—집엘 들렀는데 안 계셔서요. 삼손 아저씨도 모른다고 하고.

—내가 일일이 보고할 이유는 없잖아.

—그야 그렇지만……. 우리 저녁에 만날까요?

—시간 없잖아.

—새벽에는 시간이 돼요.

—난 새벽에 시간 없어. 아침에 일찍 일어나야 하거든.

―그런데… 그날 왜 나를 잘 모른다고 말했어요?

―잘 안다고 말하는 게 옳았을까?

―모르겠어요.

―그냥 그때는 내가 널 잘 안다고 하면 안 될 거 같았어. 그래서 그랬을 뿐이야.

―고마워요.

―뭐가?

―모든 게 다.

―실없긴…….

―얼마 안 있으면 삼손 아저씨 생일이라고 하던데. 그때 봐요. ^^


미향은 문자 끝에 눈웃음을 그려 보냈다.

텔레비전을 보면서 넋 놓고 있던 내게 몽몽 원장은 쉴 새 없이 주절 거렸다. 같은 식당에서 일했는데 모르느냐, 친하지 않았으면 모를 수도 있겠다, 이제 나의 성 정체성에 대해서 파악했느냐, 셋이 노래방에 가자……. 몽몽 원장은 미향일 자신의 곁에 앉힌 후 스스럼없는 스킨십을 보여 주었다. 미향은 싫은 내색이었지만 몽몽 원장을 밀어내지도 않았다. 두 사람은 굳이 설명하지 않아도 알 수 있는 관계였다. 몽몽 원장에게 그런 면이 있다는 사실에 조금 놀랐고, 미향이 나와 몽몽 원장 앞에 나타났다는 사실 때문에 크게 놀랐다. 그날 몽몽 원장은 결국 미향과 노래방엘 갔고 나는 오피스텔로 돌아왔다.

"어디야?"

삼손의 전화였다.

"병원인데요."

"병원? 혹시 그 여자 보러 간 거야? 아무튼 빨리 들어와. 여기 형사들이 와 있어. 아무래도 도랑 씨가 배달해 준 게 총이었던 모양이야. 그래 봐야 문제 될 건 없어. 우리는 아무튼 배달만 했으니까."

싸리 꽃잎처럼 내리던 눈발이 점점 굵어졌다. 차가 달려 지저분한 도로와 인도가 눈 녹은 물로 질척거렸다. 더러워진 눈덩이들이 여기저기 똥처럼 굴러다녔다.

내 생활은 더 풍족해졌다.

설거지할 때면 하수 냄새가 풀풀 올라오는 오피스텔을 나와 역 주변의 근사한 오피스텔로 옮겼다. 양문형 냉장고와 드럼 세탁기 그리고 에어컨이 빌트인 되어 있는 오피스텔이었다. 30인치 LED 텔레비전도 들여놓고, 2백만 원 가까운 마란츠 오디오 플레이어도 샀다. 나는 그동안 잃어버렸던 모든 걸 되돌려 놓을 생각이었다. 커피 머신, 토스터기, 소형 오븐도 들여놓았다. 그동안 모아 놓았던 돈이 거의 바닥을 보였다. 하지만 염려하지 않았다. 은행나무 집에서 보름마다 돈은 어김없이 들어왔다. 더 이상 궁상떨며 살고 싶지 않았다. 갈빗집에서 불판 위에 놓여 있던 갈비를 먹던 생각이 떠올라 진저리를 치기도 했다.

면도를 깨끗이 하고 라마를 만나러 나갔다.

겨울이 서서히 물러가고 있었다. 이제 봄이 올 차례였다. 내 인생에도 봄이 올 차례였다. 어김없이 올 것이다. 오지 않는다면 오도록 만들 수도 있었다. 내가 생각해 봐도 나는 자신감으로 가득 차 있었다. 다소 무모해 보일지 모르지만 컨설턴트 시절의 나는 무모하지만 용기 내서 도전하는 스타일이었다. 그래서 동기 컨설턴트 중에서 가장 많은 연봉을 받았던 것이다.

"안녕하세요!"

오피스텔 1층 상가 건물의 편의점 여자가 알은체를 했다. 나는 미소를 지으며 가볍게 목례로 답을 했다. 공기는 적당히 차가워 상쾌했고 하늘은 맑았다.

길을 건너기 위해 신호를 기다리고 있을 때 스마트폰이 짧게 울렸다.

"오늘 저녁에는 뭐 하세요?"

미향이었다.

"별일 없는데."

"놀러 가도 되죠?"

"오는 건 좋은데 길거리 음식 좀 싸들고 오지 마. 배고프면 나가서 사 먹으면 되니까."

"알았어요."

그녀는 술집에서 일했다. 하지만 묻지 않았고 그녀도 말하지 않았다. 그게 편했다. 서로 얽매이지 않는 삶이 좋았다.

미향은 새로 이사한 오피스텔에 들러 몇 번 자고 갔다. 하지만 그녀와는 깊어질 수 없었다. 나와 그녀는 달랐다. 학벌도, 생각하는 것도, 미래에 대한 꿈도 크기나 색깔이 모두 달랐다. 그녀도 그 점을 잘 알고 있을 터였다. 그래서인지 결코 경계를 넘어서지 않았다. 그녀를 만나는 일, 애인처럼 굴지만 않는다면 나쁠 것도 없겠다고 생각했다.

거리를 지나가는 여자들이 나를 힐끔거렸다. 바닥 끝까지 내려갔던 자존심이 하루가 다르게 죽순처럼 솟아올랐다. 먹지 않아도 배가 불렀던 시절을 조금씩 되찾아가고 있었다. 심각하게 벌어져 있던 틈이 서서히 닫히고 깊은 상처도 조금씩 아물어 가고 있었다. 이대로만 흘러간다면 지난 세월을 회상하며 미소 지을 수도 있겠다는 생각이 들었다.

은행나무 집 앞에 섰다. 초인종을 누르자 집사가 아니라 구씨가 문을 열어 주었다.

"오늘은 들어오시랍니다."

"집에요?"

나는 놀라서 되물었다. 대문 근처에서 라마를 인계받고 산책한 후 돌아와서도 라마를 대문 근처에서 인계한 후 돌아갔었다.

"그럼, 집이지 어디겠습니까?"

대문을 넘는 짧은 순간 불안과 호기심이 교차했다. 라마는 제 집에서 나를 보고 밖으로 나왔다. 약간 꼬리를 흔든 것도 같았다. 라마를 더 이상 산책시키지 않겠다는 건 아니겠지. 회복되던 자존심은 확인되지 않은 한마디에도 바람 속의 갈대처럼 쓰러졌다. 나는 손을 앞으로 모으고 구씨의 뒤를 따라 정원을 가로질러 갔다. 계단을 오르고 현관 앞에 서서 뒤를 돌아다보았다. 라마가 나를 올려다보고 있었다. 라마에게서 시선을 거두어 멀리 보냈다. 현관 앞인데도 시야가 넓었다.

구씨가 문을 열자 가사도우미인 듯한 여자와 또 다른 남자 그리고 집사가 나를 기다리고 있었다.

"들어오세요."

은행나무 집은 천장이 높았다. 처음 보는 가구들이 벽을 따라 늘어서 있고, 몇 점의 그림들이 가구들 옆에 첩처럼 딸려 있었다. 그들은 나를 식당으로 안내했다.

"점심 전이죠?"

"저야 늘 라마 산책시킨 후에 먹습니다."

"오늘은 일찍 하세요."

식당이 내가 사는 오피스텔보다 넓었다. 테이블 위에는 이미 찬이 차려져 있었다. 여전히 불안하고 불길했다.

"음식 내주세요."

여자가 손바닥만 한 대접에 떡국을 퍼왔다. 내 앞에만 한 그릇 놓였다. 나는 내 앞에 앉은 사람들을 둘러보았다.

"우리는 했습니다. 떡국 안 드셨죠?"

집사의 말투가 대문 근처에서 들었을 때보다 부드러웠다.

"설마, 오늘이 구정인 거 모르고 계신 건 아니죠?"

그랬구나. 안도와 함께 코끝이 찡했다.

"우린 일어나겠습니다."

집사가 일어나자 나머지 사람들도 자리를 비웠다.

떡국 한 그릇에 반찬만 열 가지가 넘었다. 그릇에서는 김이 모락모락 피어올랐다. 맹렬하게 허기가 돌았다. 나는 수저를 들고 떡국을 먹기 시작했다. 반찬도 골고루 맛보았다. 어머니가 살아 있을 땐 떡국에도 개고기를 넣었었다. 문득 그때의 떡국이 떠올랐다. 누렇게 기름이 둥둥 뜬 떡국. 인도로 도망간 작은형은 개고기를 혐오했다. 개고기로 육수를 낸 국물은 물론 떡조차 입에 대지 않았다. 그릇 속의 떡국을 모두 비웠다. 빈 그릇을 보자 작은형이 떠올랐다. 남자 새끼가 개고기도 못 먹냐며 어머니는 그릇 속의 떡국을 비우고 빈 그릇만 작은형 앞에 놓아두었다. 그러곤 식구들이 떡국을 다 먹을 때까지 밥상 앞에 앉아 있도록 했다.

물을 마셨다. 거실은 물론 식당도 고요했다. 물 마시는 소리가 유일한 소음이었다. 여자가 들어왔다.

"더 드릴까요?"

"됐습니다."

구씨가 나타나 나를 거실로 안내했다. 거실 중앙 소파에 집사가 앉아 있었다. 그녀는 아이패드를 들여다보고 있었다. 나는 그녀 왼편에 앉았다. 여자가 커피를 내왔다.

"커피 드시죠."

"네."

커피 향이 그윽했다. 언젠가 고양이가 먹고 배설한 원두로 뽑은 커피를 마셔 본 일이 있었다. 한 잔에 몇 만 원인가 했던 기억이 났다. 그때의 그 향이 났다.

"도랑 씨, 지금처럼 계속 잘 해주세요. 라마에 대한 보고도 좋고 상태를 기록해 주는 것도 매우 깔끔하고 좋네요. 처음에 당신이 라마 산책시키는 것을 반대했는데 아가씨 결정이 옳았던 거 같아요. 오랫동안 컨설턴트로 지내셨죠?"

그들은 나의 과거에 대해 물은 적이 없었다. 나 역시 말한 적 없었다. 하지만 그들이 알고 있는 게 당연한 것처럼 여겨졌다.

"그런 경력이 라마를 산책시키는 데에도 도움이 되는군요. 좀 더 효

과적으로 라마를 운동시키기 위해 제안한 내용은 아가씨와 상의해 볼
게요. 라마가 기다리겠네요."

집사는 자리에서 일어나며 내 앞으로 황금색의 봉투를 내밀었다. 돈
이다. 나도 벌떡 일어나 그녀에게 머리를 조아렸다.

"아가씨께 고맙다고 전해 주세요."

"네?"

"그러니까 떡국을 먹게 해주셔서 아가씨께 고맙다는 말씀을 드리고
싶어서요."

"알겠습니다. 나가 보세요."

집사가 돌아섰다. 그녀는 2층으로 이어진 계단으로 올라갔다. 나는
그녀가 사라진 뒤 봉투를 주머니에 넣었다. 현관문 앞에서 구씨가 나
를 기다렸다.

"내 기억으로는 외부 사람 중에 떡국까지 먹은 사람은 댁이 처음일
겁니다."

그런데 왜 불편하지. 내 삶이 제 궤도를 찾아가고 있는 게 분명한 듯
한데, 불안한 기분도 따라왔다.

라마 앞에 섰다. 라마는 처음으로 꼬리를 세게 흔들었다. 구씨는 드
디어 녀석이 완전히 내게 마음을 열었다고 말해 주었다. 그래도 불길
한 기분은 걷히지 않았다.


*


"영 날이 풀릴 기미가 안 보이네. 이게 다 환경오염 탓이지. 머잖아

작은 빙하기가 도래할지도 모른다는데 그땐 소주 한잔 하고 싶어도 못 하지. 오늘 소주 한잔 하지."

삼손이 사무실에 들어서면서 나를 발견하곤 말했다. 전단지를 1만 장쯤 돌리고 왔다고 했다.

"이젠 나도 늙어서 만 장 돌리고 나면 발목이 다 시큰거려. 얼굴도 얼지, 발가락에도 동상이 들었는지 가렵지. 어때? 라마 산책은 끝내고 온 거지?"

내가 왜 라마 산책을 끝내고 삼손의 사무실에 들렀는지 처음에는 나 자신도 알지 못했다. 그의 얼굴을 보자 작은형 생각이 나서 그를 찾아 왔다는 걸 깨달았다.

"한잔 하죠 뭐."

"오늘 시간 되지?"

"얼마나 마시게요?"

"나 같은 하루 품팔이랑은 술 못 마시겠다는 폼인데?"

나는 웃었다. 순간 그라면 사업을 할 때 훌륭한 동반자가 될 것 같다 는 생각이 들었다.

"요즘 미향이는 와요?"

"가끔 오지. 족발도 사들고 오고, 통닭을 사들고 오기도 해. 그런데 전처럼 얼굴이 밝지 않아. 두 사람 사이에 무슨 문제 있어?"

"문제는 무슨. 미향이랑 나랑 문제 생길 일 없습니다."

나는 삼손을 앞질러 나갔다. 오늘 미향이 놀러 오겠다고 말했던 게 생각났다. 늦게 오겠지. 나는 대수롭지 않게 생각했다.

삼손은 오늘따라 멀리 나갔다. 보통은 근처 식당에서 밥과 함께 소주를 마셨다.

"어디 가세요?"

"가보면 알아. 눈에 익은 사람들도 더러 있을 거야."

삼손은 한동안 말없이 걸었다.

"그 여자 소식 봤어?"

삼손이 불쑥 입을 열었다.

"누구요?"

"이은주 말이야."

"어떻게 됐어요?"

"어제 죽었어."

"신문에 났어요?"

"아니, 경찰이 전화를 했더라고. 알려 줘야겠는데 마땅히 알려 줄 사람이 없었다면서 말이야."

"그 경찰 웃기네요."

"자네한테는 말 안 했지만 우리 사무실에 한번 찾아온 적이 있었어."

"네? 그런데 왜 진작 말 안 했어요?"

"말했으면 뭐가 달라졌을까? 자네가 라마 산책시키는 일 한 뒤로는 사무실에 자주 안 나왔잖아. 뭐 일도 없었지만 말이야."

"무슨 말을 하던가요?"

"진짜 웃긴 이야긴데… 혹 자기를 수양딸 삼아 줄 수 없겠느냐고 하더군."

"다른 말은……?"

"없었어. 나랑 소주 두 병쯤 마시고 내내 울다가 갔으니까."

나도 말했다. 배달 갔을 때 그녀에게서 본 불길한 징조들에 대해. 이젠 지난 일이다. 그리고 남의 일이다. 나는 잊히지 않겠지만 잊기로 했다. 현재 내게 중요한 건 라마이기 때문이다. 몽몽 원장은 주인의 정서가 애완동물에게도 전염된다고 말했다. 내가 주인은 아니지만 현재로서는 내가 라마와 가장 많은 시간을 보내는 사람이었다. 나의 미련이나 우울함을 라마에게 전염시키고 싶지 않았다. 그건 결국 내게로 다시 돌아올 수도 있기 때문이다.

삼손은 신사동으로 나를 데려갔다. 삼손이 들어간 곳은 한정식 집이었다. 옛날 한옥을 개조해 식당으로 운영하는 고급 한정식 집이었다. 삼손은 그 집으로 나를 부른 이유에 대해서 아무 말도 하지 않았다. 자주 다닌 집인 듯 종업원들 중에 삼손을 아는 이들이 있었다. 삼손은 그들에게 깍듯하게 목례를 해주었다. 새로운 발견이었다. 어느 방문 앞에 선 후에야 삼손이 입을 열었다.
"실은 오늘이 내 귀빠진 날이야. 친구들이 밥이나 먹자네."
"음력 설이 생일이란 말이에요?"
"그래. 그래서 어렸을 땐 매번 생일상 못 챙겨 먹었지."
방문을 열자 평창동에서 봤던 그 얼굴들이 자리에 있었다. 괜히 긴장을 했다는 생각이 들었다. 이들이 나누는 이야기라고 해봐야 뻔했다. 세상의 모든 인간은 연결되어 있다. 아니 우주의 물질이 모두 긴밀하게 연결되어 있으니 죽음은 끝이 아니라 또 다른 세계의 시작일 수도 있다. 우리가 인식하지 못하는 공간 어딘가에 차원을 넘나드는 문이 존재하며, 그 문을 넘는 순간 삶과 죽음을 초월할 수도 있다. 그래서? 나는 그들과 일일이 악수를 했다.

밥도 먹고 적당히 술도 마셨다. 케이크도 자르고 생일 축하 노래도 합창으로 불러제꼈다. 생일 선물이 등장했고, 삼손은 쑥스러워하며 포장을 뜯은 후 파안대소했다. 나는 무안했다. 나는 이 생일잔치에 초대받을 만한 자격이 없어 보였다.

밥그릇을 물리고 본격적으로 술자리가 시작되자 그들은 오히려 더 말짱해 보였다. 은은하게 흘러나오는 가락에 맞추어 누군가는 젓가락을 두드리고 누군가는 흥얼거렸다. 술자리가 파장에 가까워지고 있었다. 그때 유일한 홍일점이던 동미가 문득 말을 던졌다.

"도랑 씨, 기분 나쁘게 듣지 말아요."

동미가 운을 뗐지만 나머지 사람들은 제 이야기 떠드느라 관심을 보이지 않았다. 삼손은 아예 내게 눈길조차 주지 않았다.

"회사 그만둔 지 꽤 됐다고 들었는데, 요즘처럼 어려운 세상에 왜 회사를 그만둔 거죠?"

회사에서 해고당한 후 내게 직접적으로 회사에서 쫓겨난 이유에 대해 물어본 사람은 아무도 없었다. 회사에서 해고당한 후 만난 사람들에게는 대부분 나의 과거에 대해 말하지 않았다. 그러니 그들에게 해명할 이유도 없었다. 삼손에게는 언젠가 술자리에서 나의 전력을 늘어놓은 적이 있었다. '네모'라는 컨설팅 회사의 컨설턴트였다고. 삼손은 '네모'라는 회사에 대해서도 알고 있었다. 우리나라에서 가장 큰 컨설팅 회사라는 사실까지도. 그의 박식함에는 한계가 보이지 않다는 생각을 했던 일도 있었다.

"그러니까, 그게, 저… 그런데 제가 왜 그 질문에 대답을 해야 하죠?"

“왜 대답을 해야 하느냐?”

동미는 입에 바람을 넣어 이리저리 옮기며 눈을 굴렸다. 동미와 내가 그러거나 말거나 다른 사람들은 제 목소리에 취해 각자의 세상에서 떠들었다.

“건방지잖아요. 남들은 취직 못 해서 안달인데, 잘나가는 회사라고 들었는데, 그런 회사를 덜컥 차버리고 나왔잖아요.”

나는 삼손을 쳐다봤다. 필경 삼손의 입에서 흘러나간 소리일 터였다. 나름 이해도 되었다. 자신과 친하게 지내는 사람들에게 나를 소개하기 위해 내 정보를 주었을 것이다. 하지만 나는 이들과 친해지고 싶은 마음은 별로 없었다. 삼손은 형주라는 남자와 머리를 맞대고 열렬히 토론에 몰두해 있었다. 어쩌면 죽음의 문이 바로 차원의 문일지도 모른다는 이야기가 중심인 듯했다.

“사실대로 말하자면 해고당한 겁니다.”

“왜요?”

동미가 놀라며 과장된 제스처를 취했지만 다른 남자들은 관심을 보이지 않았다.

“그런 것까지 이야기해야 하나요?”

“우리 친구가 된 거 아닌가요? 삼손 아저씨는 좋은 친구가 될 거라며 당신을 우리에게 소개해 준 거거든요.”

동미의 말꼬리가 비틀거렸다.

“그리고 우리들은 언젠가는 만나게 되어 있는 존재들이기도 하고요.”

갑자기 피곤이 밀려왔다. 합리와 비합리가 섞인 궤변을 그녀도 늘어놓기 시작했다. 존재의 본성은 수학적 형상에서 찾을 수 있다느니, 삶은 신비하고 종교적인 운동의 법칙에서 벗어날 수 없다느니…….

"알았습니다."

나는 그녀의 말을 잘랐다.

"아시겠지만 회사에서 해고당했다는 건 회사에 막대한 피해를 입혔다는 말입니다. 사실 나도 나오고 싶지 않았습니다. 연봉도 높고 일도 보람 있었어요. 그런데 그만 내부 스파이에게 넘어가 정보를 빼주는 바람에 회사에 막대한 피해를 입혔습니다. 그래서 해고당했고, 회사 피해에 대한 보상으로 알량한 재산 다 날렸습니다. 됐습니까?"

나는 그녀가 요구하지 않았던 정보까지 말해 주었다. 속은 시원했다. 동미는 빙글빙글 웃으며 나를 바라보았다. 나는 삼손과 다른 사람들을 둘러보았다. 그들은 우리에게 관심이 없어 보였다.

"그랬군요. 그 상대가 여자였죠?"

그녀의 질문에 할 말이 없었다. 그녀가 어디까지 알고 있고 내게 무슨 대답을 원하는지 알 수가 없었다.

"멋진 일이네요. 혹시 사랑하지 않았나요? 사랑했던 여자가 스파이였고, 그 여자에게 회사의 중요한 기밀을 빼내 주었고, 그래서 해고를 당했다? 영화 같은 일 아니에요?"

머릿속이 복잡해졌다. 그녀의 추측은 추측 이상이었다. 내가 삼손에게 어떤 말까지 했는지 알 수가 없으니 뭐라고 항변할 말도 없었다. 나는 잔의 술을 입에 털어 넣었다.

"기분 나빠하지 마세요. 내가 우리 모임의 총문데 기본적으로 회원에 대해서 어느 정도의 정보는 가지고 있어야 하지 않겠어요?"

그녀의 호기심은 집요했다. 어디서 태어났는지, 학교는 어디를 졸업

했는지, 노동 운동은 했는지, 세상을 살아가는 철학은 무엇인지, 개를 산책시키는 일에 만족하는지…….

"다 말할 수 있습니다. 하지만 내가 왜 그런 걸 다 말해야 하나요? 내게 말하지 않을 자유도 있는 겁니다. 그리고 무슨 모임이기에 시시콜콜 회원의 정보에 대해서 알아야 하나요? 난 사실 이 모임이 어떤 모임인지 모른 채 삼손에게 끌려온 겁니다."

사이버 세상에 흔해 빠진 그저 그런 모임일 터였다. 비슷한 생각을 가진 인간들끼리 조직한 수많은 모임 중 하나.

동미의 눈길이 잠깐 삼손에게 머물렀다가 되돌아왔다.

"이 자린 우정이나 다지자고 모인 자리가 아닙니다. 위로하고 위로받고 새로운 세상을 갈구하는 사람들의 모임이지요."

"차원을 넘어서?"

내가 추임새를 넣었다. 추측이었다.

"맞아요, 차원을 넘어서."

"인류를 위해 뭔가를 해야 한다는 대단한 사명감에 사로잡혀서?"

"비아냥거리지 마세욧!"

동미의 목소리가 날카롭게 찢어졌다.

저마다의 세상에서 떠들던 남자들이 일시에 입을 다물었다. 술기운이 한순간에 사라졌다. 나는 옷걸이에 걸린 점퍼를 슬쩍 쳐다봤다.

"우리는 우리 자신을 비웃지 않아요. 왜냐면 여기 있는 분들은 물론 나 역시 가장 소중한 사람을 잃은 경험을 가지고 있으니까요. 우리가 갈망하는 건 우리가 잃어버린 그들이 결코 소멸한 게 아니라 다른 세상에 존재한다고 믿는 거예요. 물론 멍청한 이야기처럼 들릴지도 모르겠지만 우리는 그 다른 세상으로 들어가는 문을 찾을 수 있다고 믿어요. 왜냐면, 왜냐면……."

그녀는 말을 끝내지 못하고 눈물을 흘렸다. 형주라는 남자가 그녀의 어깨를 다독였다.

"도랑 씨, 삼손이 제대로 설명을 안 한 모양이네."

국중이라는 남자가 말했다. 삼손은 들고 있던 술잔을 내려놓고 마른 세수를 했다.

"도랑 씨, 사실 우린 거의 대부분의 것들을 잃은 사람들이에요. 돈이나 재산을 말하는 게 아니에요. 날 예로 들어 볼까요? 3년 사이에 와이프와 두 아들이 모두 병과 사고로 이승을 뜨고 말았어요. 이 세상에 나혼자죠. 여기 있는 사람들 다 그런 사람들입니다."

아, 그래서 삼손이 나를 자신의 모임에 끌어들였구나. 죽은 사람들을 잊지 못해 그리워해서 미련으로 똘똘 뭉친 사람들의 모임. 차원의 문을 넘어서면 죽은 그들을 볼 수도 있으리라는 엉뚱한 희망으로 가득 찬 사람들의 모임. 늘 합리적이었던 삼손이기에 믿어지지 않았다.

그들은 입을 다문 채 식탁에 널브러진 음식들을 구경했다. 나는 죽은 가족들에게 미련이 없었다. 한 번의 실수로 모든 걸 잃었지만 거리에서 고통 받으면서도 죽은 가족들을 애타게 보고 싶어 한 적은 없었다. 나는 그들과 질이 달랐다.

나는 조용히 점퍼를 챙겨 들고 일어났다. 역시 내가 있을 자리가 아니었다. 동미는 그때까지 흐느끼고 있었고 형주는 젓가락으로 마른 반찬을 뒤적였다.

삼손이 따라 나왔다.

"나는 자네가 날 잘 따르기에, 그리고 내가 보기에 영혼이 충분히 맑아 보이기에 말없이 여길 데려온 거야. 미리 말을 했어야 했는데 딱히 뭐라고 설명할 수도 없고, 계기도 없어서 그냥 이곳까지 같이 온 거야. 우리 모임 동미 말 그대로야. 허무맹랑해 보일지 모르겠지만 사실 저들이나 우리는 절박하지. 내가 말하지 않은 게 있는데… 호주로 이민 갔다던 와이프랑 딸, 새로 결혼한 남자에게 살해당했지. 그래 나도 혼자야. 그래서 미칠 것 같았어. 사방을 둘러봐도 내가 나갈 길이 보이지 않았던 거야."

삼손은 식당 입구 처마 밑에 앉아 담배를 꺼내 물었다.

"한때 자살 모임이라고 경찰로부터 해체 명령을 받기도 했지. 대형 자살 사건을 일으킨 친구들이 대부분 우리 모임 사람들이었거든."

담배 연기가 네온 불빛을 뚫고 어두운 하늘로 모락모락 올라갔다.

"우린 그걸 막아야 한다고 생각했어. 정신과 의사나 카운슬러는 아니지만 우린 누구보다 훌륭한 상담자가 될 수 있었거든. 하지만 경찰들은 우릴 그렇게 보지 않아. 심지어 언젠가는 위장하고 우리 모임에 들어온 경찰이 있었을 정도야. 사람이 한꺼번에 몇 명씩 자살해 버리니까 경찰이 조사를 했던 거지. 사람들 면면을 안 후 우리 모임을 와해시켰어. 하지만 아직도 연락이 닿는 사람들끼리 은밀하게 연락을 유지하고 있어. 살리기 위한 모임이라고 해도 경찰은 믿질 않아. 조건이 금방이라도 자살할 사람들 같았거든. 카페를 강제로 폐쇄시키고 카페지기를 구속하고……. 웃기지?"

삼손이 담뱃불을 끄고 한 걸음 앞으로 걸어 나갔다. 그는 말없이 공원 쪽으로 걸어갔다. 싸늘한 날씨 때문인지 공원엔 사람들이 없었다.

노란 가로등 불빛은 텅 빈 공원을 더 을씨년스럽게 만들었다. 벤치에 앉은 그가 다시 담배를 꺼내 물었다. 나도 그의 곁에 앉았다.

삼손의 입에서 흘러나온 담배 연기가 산등성이를 느리게 넘어가는 구름처럼 우리 주변을 맴돌았다. 나는 떨리는 손을 진정시키느라 점퍼 주머니에 손을 넣었다.

"사실 은주도 우리가 주시했던 여자였어."

"은주요?"

"그래, 도랑 씨가 오빠 역할을 해주었던 은주."

피눈물 자국이 남아 있던 그녀의 얼굴이 떠올랐다. 주머니를 뒤졌다. 담뱃갑이 비어 있었다. 삼손에게 담배를 얻었다.

"우린 방향을 바꾸었어."

삼손의 입에서 담배 연기가 길게 흘러나왔다. 멀리서 남자가 빠른 걸음으로 다가오는 게 보였다.

"여기 있었네."

형주라는 남자였다.

"우린 2차 갈 거야. 주인공이 빠지면 안 되니까 자리 옮기면 연락할 게. 빨리 찾아와. 도랑 씨도 같이 와요."

그는 다시 빠른 걸음으로 돌아가 네온 불빛들 속으로 들어갔다.

"방향을 바꾸었다는 게 무슨 말이죠?"

"우리 사이트는 건재해. 아는지 모르겠지만 자살을 도모하는 사이트만 수천 개가 넘어. 우리도 그중의 하나로 되어 있지만 우린 달라. 우리가 방향을 바꾸었다는 건, 죽음을 꿈꾸는 사람들에게 우리가 먼저 접근하자는 거였어. 우리가 노력할 수 있는 데까지 노력해 보자는 거였지. 그래서 많은 사람들이 자살을 포기하기도 했지."

"그게 쉽게 포기할 수 있는 문제인가요?"

"다른 세상이 존재한다는 걸 알려 주거든."

"친족성……."

"그래, 친족성. 윤회라고 말할 수도 있지만 그것과는 좀 차원이 달라. 과학적으로도 하나둘 증명이 되어 가고 있는데……. 우리가 추구하는 건 우리 바로 곁에 다른 차원이 존재한다는 거야. 그 차원과 우리가 긴밀하게 연결되어 있다고 믿고 있지. 전에도 말했지만 우주의 물질은 소멸하지 않아. 소멸된다고 믿는 그만큼의 질량이 어디론가 이동한다고 생각해. 별의 생성과 몰락도 마찬가지야. 우주 안에서의 질량은 결코 사라지지 않거든. 그러면 눈앞에서 사라진 질량은 어디로 가는 걸까? 다른 차원의 존재이유가 그 때문이야."

가로등 불빛에 드러난 삼손의 턱이 반들거렸다. 그 불빛이 그만의 아우라를 만들어 그를 신흥종교의 교주처럼 보이게 만들었다.

"그렇다고 오해하지는 마. 우린 종교 단체는 아니니까."

삼손은 내 생각을 꿰뚫고 있는 듯 말했다.

"그런데 문제는 죽음 이후는 물론 다른 차원 역시 존재하지 않는다고 보는 사람들도 있다는 거지. 그리고 죽음은 영원한 단절이며, 그 단절을 해결하는 방법으로 똑같은 단절밖에 없다고 말하는 인간들도 있다는 거야."

삼손의 정체, 비로소 어렴풋이 느낄 수 있을 것 같았다.

"그러니까 나도 동참해서 벼랑 끝에 선 그들을 구하자는 거 아닙니까?"

"쉽게 말하자면 그렇겠지."

"내게 그런 자격이 있나요? 나는 현재 삶에 만족하고 있거든요."

"부잣집 마나님의 개 산책시키는 일 말인가?"

"그 일이 어때서요?"

삼손이 담배 한 대를 더 건네며 웃었다.

"무슨 일을 하든 상관없어. 자네도 나랑 비슷한 자질을 가지고 있으니까."

"난 아닙니다."

"은주가 죽어 갈 때 병원까지 뭐 하러 다녀온 거야?"

"그건……."

할 말이 없었다. 하지만 내가 삼손과 비슷한 자질을 가지고 있다는 데에는 동의할 수 없었다.

"그럼, 한 가지만 물어볼게요. 혹시 미향이도 주시하고 있는 건가요?"

삼손은 조용히 고개를 끄덕였다.

"미향인 사실 자기가 드나드는 사이트의 카운슬러가 나라는 거 몰라."

내 입에서 저절로 감탄사가 흘러나왔다.

"존경스럽네요."

"자네한테 말했겠지만 미향이도 부모를 모두 잃었어. 교통사고가 났는데 한꺼번에 죽고 말았지. 할머니랑 동생이랑 살고 있는 건 알고 있지? 할머닌 요양원에 계신 것도."

식당 매니저와 싸우던 날 미향이 했던 말들이 새록새록 떠올랐다.

"세상은 부모가 없는 아이들에게 생각보다 냉정하거든. 재산이고 뭐고 다 날아가고 그나마 남은 돈으로 지금 집 얻어서 살고 있는 거야. 동생만은 대학 보내겠다며 자기는 포기했다더군. 부모님 살아 계실 때는 기자가 되는 꿈을 꿨었다는데……"

삼손의 휴대폰이 울렸다.

"…그래, 알았어. 곧 가지."

삼손이 벤치에서 일어났다.

"나는 주시 대상인 데다가 비슷한 자질을 갖췄다? 이건가요? 진짜 내게 그런 자질이 있나요? 난 아닌 거 같은데."

삼손의 두꺼운 손이 내 어깨 위로 올라왔다.

"조급하게 생각하지 마. 우린 그냥 모임일 뿐이야. 내가 자네를 우리 핵심 멤버들에게 적극 추천했던 진짜 이유는 자네가 컨설턴트였다는 사실 때문이야. 새로운 삶을 살려면 컨설턴트의 치밀한 도움이 필요하지 않겠어?"

그의 넉살에 난 웃고 말았다.

"물론 보수는 없는 거겠죠?"

"개 산책시키면서 돈 많이 벌잖아."

"기대하지는 마세요. 난 그냥 편하게 사는 걸 좋아하는 놈이니까요."

"그냥 편하게 사는 거 좋지. 하지만 결국 인간은 모두 절벽 앞에 서게 되어 있거든."

일행이 잡은 2차 술집 앞에 삼손과 함께 섰다. 머리 위의 간판 불빛이 깜박거리더니 그대로 꺼져 버렸다. 거리에 흔한 막걸리 체인점이었다. 삼손이 내 손을 잡고 가게로 들어갔다. 일행들이 일제히 손을 들어 나와 삼손을 맞이했다.

*

오피스텔로 돌아온 건 새벽 1시 무렵이었다. 엘리베이터를 타고 9층으로 올라와 복도를 걸었다. 구두 발자국 소리가 경쾌하게 들렸다. 설이라 그런지 복도는 고요했다. 어제만 해도 이 시각까지 사람들이 꾸준히 드나들었고, 방에서 흘러나온 웃음소리나 텔레비전 소리로 소란스러웠었다. 복도의 불빛도 차분하게 가라앉아 있었다. 복도를 채우던 음식 냄새들도 사라지고 없었다. 낯설었다. 오늘 같은 날은 차라리 소란스러운 게 낫겠다는 생각이 들었다.

오피스텔 문 앞에 섰다. 출입문 곁에 쇼핑백 하나가 입을 벌린 채 덩그러니 놓여 있었다. 나는 쇼핑백 안을 들여다보았다. 위에 메모지 같은 게 놓여 있었다.

세 시간 기다리다가 가요. 오겠지 생각하고 전화 안 했는데 늦으시는 모양이네요. 떡하고 떡국 끓여 먹을 재료들이에요. 육수를 우려 놓고 가려고 했는데. 동생이 심하게 감기에 걸려서 가봐야 해요. 꼭 떡국 끓여 드세요. 새해 복 많이 받으세요.

미향이 남긴 메모였다. 그제야 미향이 찾아오기로 했었다는 사실을 기억해 냈다. 쇼핑백을 챙겨 들고 안으로 들어갔다.

양지머리, 파, 마늘, 소금, 후주 그리고 얇게 썬 가래떡. 나는 그것들을 테이블 위에 펼쳐 놓고 앉아 맥주를 마시기 시작했다. 가래떡을 안주 삼아 집어 먹었다. 미향에게 문자를 보내려다 말았다. 삼손이 미향을 주시하고 있다는 말이 떠올랐기 때문이었다. 돌이켜 보면 내가 실직당한 후 가깝게 지낸 사람들은 큰 상처를 가진 사람들인 듯했다. 상처는 말하지 않아도 상처를 알아보는 법일까? 어쩌면 라마의 주인도 내 상처를 보고 나를 받아들였던 것일까? 아니 내게 상처라는 게 있나?

맥주 캔 하나를 모두 비웠다. 스마트폰을 꺼냈다. 통화 목록을 열고 몇 달 전 작은형이 내게 걸었던 전화번호를 뒤졌다. 작은형이 있다는 인도 문드라가 지금 몇 시인지 상관없었다. 통화 버튼을 눌렀다. 신호는 갔지만 받지 않았다. 다섯 차례 통화를 시도했지만 통화는 이루어지지 않았다.

"젠장, 형 오늘이 설인 거 알고 있는 거야? 새해 복 많이 받으라고 전화했어."

빈말을 전하는데 문자가 들어왔다.

—아직 안 들어가셨죠? 걱정이 돼서요. 출입문 옆에 쇼핑백 하나 있을 거예요. 잊지 말고 가지고 들어가세요. 잘 자요.

미향이었다. 그녀는 자꾸 나를 슬프게 만들었다.

—앞으로는 찾아오지도 말고 연락하지도 마.

문자를 찍어 놓고 결국 보내지는 못했다. 갑자기 취기가 올라왔다. 나는 옷을 입은 채로 침대 위로 쓰러졌다. 내 손 안에 잡힌 스마트폰이 보였다. 미향한테 문자를 보냈나? 모르겠다.

# 9. 블라인드 코너

봄을 알리는 비가 제법 굵직하게 내렸다. 비가 와도 라마는 산책을 했다. 특수 제작된 비옷을 입히고 신발도 신겼다. 라마는 그런 일에 익숙한 듯 구씨와 내가 옷을 입히고 신발을 신기는 데 잘 따랐다. 나도 검정색 레인코트를 입고 우산을 들었다.

라마는 산책하는 동안 간간히 머리털에 묻은 비를 털어 냈다. 그때마다 물이 튀어 올랐다. 라마는 비를 맞으면서도 코스와 시간을 지키며 산책을 했다. 개라기보다 도를 닦는 수도승 같았다.

라마의 집으로 돌아왔을 때 한 가지 일이 더 기다리고 있었다. 빗물에 젖은 라마를 목욕시키는 일이었다.

"구씨 혼자서는 벅차니까 도와주실 수 있으시죠?"

라마의 일이라면 마다할 이유가 없었다. 더군다나 은행나무 집 사람들은 사람을 함부로 부리지 않았다. 그 점이 좋았다.

구씨는 내가 갈아입을 작업복까지 가져왔다.

나는 구씨와 함께 라마를 데리고 건물 외부 욕실로 향했다. 건물 뒤편을 보는 일도 처음이었다. 욕실은 라마 전용이었다. 성인 세 명이 들어가 누워도 족할 정도 크기의 욕조가 있고, 벽면에는 커다란 샤워 꼭지가 매달려 있었다. 선반에는 각종 개 샴푸와 린스 등이 가지런히 정리되어 있었다.

라마의 몸에 먼저 샤워기로 물을 뿌려 주었다. 라마는 얌전하게 앉은 채 물세례를 받았다. 개 샴푸로 거품을 일으키고 헹군 후 린스도 발랐다. 린스는 오랫동안 헹궈 냈다. 목욕이 끝난 걸 아는지 라마는 몸을 흔들어 물기를 털어 냈다. 물이 사방으로 튀었다. 그런 후 드라이기로 라마의 몸을 말리기 시작했다. 족히 30분은 걸린 듯했다. 라마의 몸이 다 마를 즈음 내 이마에는 땀이 맺혔다.

"가끔 도움을 받아야겠어요. 나랑 공 과장이 라마 목욕을 시키는데 정말 힘들게 시키거든요. 라마가 가만히 있지도 않고요. 그런데 도랑 씨가 도와주니까 얌전하게 있잖아요. 정말로 개들이 좋아하는 사람은 따로 있는 모양이에요."

젊은 남자가 공 과장이구나. 구씨는 라마를 제 집으로 들여보냈다. 나는 구씨의 방에서 다시 옷을 갈아입었다. 그의 방도 내가 사는 오피스텔보다 훌륭했다. 옷을 다 갈아입고 방문을 열고 나오는데 공 과장이 문 앞에 서 있었다.

"차 한잔 하시고 가시죠. 아가씨가 한번 뵈었으면 하신답니다."

그 소리에 심장이 뛰기 시작했다. 라마를 산책시킨 지 반년 가까이 되어 가지만 그녀를 직접 본 적이 없었던 것이다. 열심히 거울을 들여다보고 옷매무새도 바로잡았다.

나는 공 과장을 따라 거실로 들어갔다. 그녀가 나를 기다리고 있었다. 라마의 주인. 연한 자줏빛 원피스에 노란 파스텔 톤의 카디건을 걸치고 서 있었다. 나는 얼른 눈길을 돌렸다. 창백하다 못해 투명한 피부를 가진 여자였다.

"오세요."

목소리도 방울소리처럼 청량했다.

"라마를 산책시켜 주시는 데 대해 인사가 늦었습니다. 저 윤미라라고 합니다."

나도 모르게 침을 꿀꺽 삼켰다. 은행나무 집 사람 중에 내게 이름을 말한 사람은 그녀가 유일했다. 집사와 공 과장은 주방 벽에 기대진 의자에 앉아 그녀와 나를 주시하고 있었다.

"감국찹니다. 보기엔 이래도 의외로 맛이 있습니다."

찻잔 안에 작고 앙증맞은 국화꽃이 피어 있었다.

"그동안 제대로 인사 못 드린 점 이해해 주세요. 제가 낯선 사람과 이야기를 잘 못해서 그러니까요."

"그러실 수 있습니다. 사람들 모두가 다 똑같다는 생각은 오류라고 생각합니다."

"고맙네요."

차 한 모금을 마시고 고개를 들었다. 그녀는 손을 허벅지 위에 모은 채 나를 쳐다보고 있었다. 낯선 사람과 이야기하는 걸 어려워한다는 건 거짓말인 듯했다. 그녀는 눈을 지그시 뜨고 나를 살폈다. 나는 차마 그녀의 얼굴을 쳐다볼 수 없었다. 다른 곳으로 시선을 돌리며 그녀를 훔쳐봤다. 서른 초반의 나이, 더 이상 완벽할 수 없는 화초, 화장하지 않아도 아우라를 충분히 뿜어내는 여자였다. 나는 잔을 들고 냉수 마시듯 마셔 버렸다. 숨이 막혔다.

"천천히 드셔도 되는데."

"아닙니다. 오후에 일이 좀 있어서……."

"혹시 지내시다가 어려운 일 있으시면 행숙 씨한테 언제든지 말씀하세요."

드디어 집사의 이름도 알게 되었다. 행숙이라. 그녀의 차가운 성격과 이름은 어울리지 않았다. 나는 빈 잔을 10초쯤 들여다보다가 소파에서 일어났다.

"일어나겠습니다."

"네, 우리 라마 잘 좀 부탁합니다. 너무 늦게 인사를 드려서 죄송하고요."

그녀가 미소를 지었다. 보통의 인간들이 가질 수 없는 미소를 그녀는 가지고 있었다. 어려서부터 길들여진 달관의 미소. 세상은 거칠 게 없는 놀이판이라는 걸 당연하게 받아들이고 있는 미소. 세상의 모든 남자를 주눅 들게 만들 미소.

"그리고 저희 집에 오고 가시기 불편하시면 차를 내드릴 수도 있습니다. 집에 노는 차들이 몇 대 있는데 필요하시면 언제든 말씀하세요. 차 한 대 내드리겠습니다. 가끔 라마를 데리고 드라이브를 다닐 수도 있고요."

그녀는 여전히 미소를 짓고 있었다. 미소를 보고 있자니 머릿속이 어지러웠다. 내 곁에 잠시 머문 배 위로 훌쩍 올라타도 되는 건지 판단이 서질 않았다. 내가 살아갈 문이 닫혀 버린 후 새롭게 열린 문은 너무 넓었다.

"꽃이 만발해지면 그때나 생각해 보겠습니다."

나는 서둘러 현관문으로 발걸음을 옮겼다. 구씨와 집사에게 어떻게 인사를 하고 나왔는지 모를 정도로 황급히 도망 나왔다. 대문 밖으로 나온 후에야 집사가 내 손에 봉투 하나를 들려 주었다는 걸 알았다.

나는 한동안 골목에 서서 숨을 골랐다. 주머니를 뒤져 담배를 꺼냈다. 담배 한 개비를 물다가 대문에 설치된 두 개의 CCTV를 보게 되었다. CCTV는 나를 노려보고 있었다. 나는 CCTV를 등지고 걸으며 담배에 불을 붙였다. 담배 연기를 한 모금 깊게 빨아들이고 내뱉었다. 이제 어디로 가지? 나는 습관적으로 스마트폰을 꺼내 시간을 확인했다. 열 통이 넘는 부재중 전화가 찍혀 있었다. 모두 삼손에게서 온 전화였다.

"무슨 일 있으세요?"

"왜 이렇게 전화가 안 돼? 오늘 5시까지 용산 경찰서에 가봐야 해."

"내가요?"

"자네랑 나랑."

"무슨 일이죠?"

"은주가 사용한 권총이 우리가 배달한 물건이었나 봐."

삶은 빛과 어둠의 연속이라는 걸 새삼 깨달았다. 하나의 문이 열리면 또 다른 하나의 문이 닫히고, 다른 문이 열리면 또 다른 문은 닫힌다. 그렇게 삶은 균형을 이룬다는 게 어머니의 생각이었다. 하지만 어머니나 아버지 그리고 형들에게 문이 열린 적이 있었던가 싶다.

*

　삼손과 나는 각자 다른 방으로 불려 갔다. 음침하고 누추한 취조실을 연상했는데 깔끔했다. 특히 민트소라 색의 책상 때문에 산뜻한 분위기까지 풍겼다. 그래도 오래 앉아 있으려니 지루했다. 내 앞에 앉은 형사는 똑같은 질문을 수십 차례나 했다.

　"…그러니까 임도랑 씨는 배달만 했다는 거죠?"

　"몇 번을 말씀드려야 합니까."

　"임도랑 씨, 총이라는 건 말입니다. 그렇게 쉽게 배달되거나 할 수 있는 게 아닙니다. 다시 시작해 봅시다. 그러니까 역사에 들어선 게 며칠 몇 시죠?"

　"말씀드렸잖습니까. 13일 2시쯤이었다고요."

　"잠깐만요. 좀 전에는 13일 12시쯤이었다고 진술을 했잖아요. 왜 두 시간이 차이가 납니까?"

　기억에 저장된 시간을 믿을 수 있을까. 하지만 그 시간은 중요하지 않다는 걸 알고 있었다. 형사는 나를 지치게 만들어 뭔가를 얻어 내려고 애를 쓰고 있었다.

　"그 시간은 중요한 게 아니잖습니까."

　"왜 시간이 다른지 말이나 하세요."

　"그건, 벌써 한 달도 훨씬 전의 일이라 정확하게는 기억할 수 없어 그런 거죠."

　"12시쯤인지 2시쯤인지 확실하지 않다?"

　그는 자판기를 두드리며 혼잣말처럼 중얼거렸다.

"전철 역사에는 보통 CCTV가 있지 않나요? 그날 화면을 찾아보면 금방 답이 나올 거 아닙니까?"

"우리도 바보 아니거든요. 그 사물함 위치만 교묘하게 CCTV에 잡히지 않는 자리였더군요. 그러니까 처음부터 그런 사실을 알고 그 사물함을 사용했던 거겠죠?"

"그 질문을 왜 제게 하시는 겁니까?"

"임도랑 씨 정말 중요한 건 우리나라에 권총이 그렇게 아무렇지도 않게 유통이 된다는 겁니다. 머잖아 우리나라도 권총을 살 수 있는 나라가 될 수도 있습니다. 후세를 위해 그런 나라가 되기를 원하세요? 미국 보세요. 걸핏하면 권총 난사 사고가 나서 수십 명씩 떼죽음 당하잖습니까."

형사는 혼자 흥분해서 목청을 높였다. 그는 내게서 그가 원하는 정보가 나오지 않을 거라는 걸 알고 있었다. 그런데도 붙잡아 두고 있었다. 형사의 휴대폰이 울렸다. 형사는 취조실 밖으로 나가 전화를 받았다. 외부로부터 완벽할 정도로 차단된 방이었다. 그 사실 때문이었을까? 취조실이지만 아늑하다는 생각이 들었다.

형사가 들어왔다.

"다시 시작할까요?"

취조를 하는 형사들의 습관일까? 형사는 지금까지 했던 질문을 다시 반복했다.

"…좋습니다. 그런데 아주 재미있는 기록이 있더군요. 회사 기밀을 유출시킨 일로 해고당하신 일이 있으시네요. 황진주라고 아시죠? 유명한 산업스파이더군요. 멋진 말로는 그렇지만 사실 산업간첩이죠, 간

첩! 안 그렇습니까?"

"그게 이 일과 무슨 상관이 있죠?"

"그렇다는 겁니다. 안에서 새는 바가지 밖에서도 분명히 샌다, 그런 거죠."

형사는 나를 빤히 들여다보았다. 그의 논리는 그랬다. 스파이 짓을 하는 인간이니 총을 판매하는 판매상과도 충분히 알고 지내지 않겠느냐는 것이었고, 그 판매상과의 접선 방법이나 연락 방법을 실토하라는 것이었다. 말도 안 되는 논리였지만 그의 상상력에 나는 할 말을 잃었다.

"쉬었다 할까요?"

그는 다시 자리를 비웠다. 취조실에는 시계가 없었다. 스마트폰은 취조실로 들어올 때 압수당했다. 얼마나 시간이 흘렀는지 알 수 없었다.

다시 형사가 들어왔고 지루한 질문과 답변이 이어졌다. 또 쉬고 다시 이어지는 질문과 답변. 한 차례 국밥을 먹었다. 형사는 커피를 뽑아 주기도 했다.

다른 형사가 들어왔다. 그도 처음부터 다시 취조를 하고 쉬기를 반복했다. 시간이 흐르면서 처음에는 아늑했던 공간이 서서히 내 목을 조여 왔다. 답답했다. 눈에 피로가 몰려오고 허리도 뻐근해지기 시작하고 다리도 저렸다.

"지금 몇 시죠?"

"시간은 중요하지 않습니다. 진실을 말하는 게 중요한 거지."

"일 때문에 그럽니다. 일을 가야 하는데 얼마나 시간이 흘렀는지 알 수가 없네요."

"잠시만 기다리세요."

형사는 자리를 비웠다가 금방 돌아왔다. 그의 손에 내 스마트폰이 들려 있었다.

"스마트폰까지 압수할 필요가 있나요?"

"절찹니다."

대충 짐작이 갔다. 통화 기록이나 저장되어 있는 주소록을 확인했을 것이다. 날짜와 시간을 확인했다. 시간이 더디게 흐른 것 같았는데 이미 하루가 지나 있었다.

"여기서 전화하세요."

달리 방법이 없었다. 나는 은행나무 집 집사에게 전화를 걸었다. 오늘은 라마를 산책시킬 수 없다고 말했다. 집사는 이유에 대해 물었다. 형사가 나를 빤히 바라보고 있었다. 둘러댈 마땅한 말이 떠오르지 않아 있는 그대로 설명했다.

"잘 알겠습니다."

집사는 금방 수긍했다. 설마 이 일로 열렸던 문이 다시 닫히는 건 아닌지 불안감이 밀려들었다. 형사의 휴대폰이 울렸다. 그는 또 자리를 비웠다. 형사가 다시 들어온 것은 한 시간이나 지난 후였다.

"일어나세요."

"끝났습니까?"

"끝난 건 아닙니다. 일단 보내 드릴게요. 멀리 가지 마세요. 언제 다시 부를지 모르니까."

형사는 갑자기 고분고분하게 굴었다.

"나랑 같이 온 사람은 어디 있죠?"

"같이 나올 겁니다."

취조실에서 나와 복도를 걸을 때 삼손을 만났다. 그의 얼굴은 수염이 덮고 있었다. 형사들은 협조해 줘서 고맙다는 인사말을 남기고 돌아갔다.

밖은 환했다. 현기증이 났다. 삼손과 나는 해바라기를 하며 장승처럼 서 있었다. 그때 택시 한 대가 와서 우리 앞에 섰다. 택시에서 미향이 내렸다.

"어떻게 된 거예요?"

미향은 하루 사이에 수염이 잔뜩 자란 삼손과 나를 번갈아 보며 물었다.

"어떻게 알았어?"

"사무실로 전화했더니 김씨 아저씨가 전화를 받더라고요. 아저씨랑 도랑 씨가 용산 경찰서에 갔는데 돌아오질 않는다고 해서 부리나케 와 본 거예요."

"별일 아냐."

삼손이 나를 쳐다봤다.

"경찰이 뭘 잘못 알고 우릴 부른 거였어."

"나는 무슨 큰일 난 줄 알고 깜짝 놀랐잖아요."

미향의 눈가에 눈물이 맺혔다. 손을 잡아 주고 싶었지만 손이 선뜻 나가질 않았다. 그 손을 잡는 순간 내 인생이 엉뚱한 방향으로 흘러가 버릴 것만 같은 두려움 때문이었다.

나는 애써 미향의 얼굴을 외면하고 시간을 확인했다. 라마를 산책시킬 시간은 충분했다. 미향이 주차장 쪽으로 먼저 걸어 나갔고, 나와 삼손이 뒤를 따랐다.

"나 취조했던 형사가 묻더군. 자네 정체가 뭐냐고 말이야."

"무슨 말이에요?"

"우리 어디선가 걸려온 전화 한 방에 풀려나고 있는 거거든."

집사의 얼굴이 떠올랐다.

"사실 우리 조사해 봐야 나올 게 없었잖아요."

"그건 그렇지만 자네나 나나 털기 시작하면 꼬투리 잡힐 거 많잖아."

"그건 그래요."

회사 보안실에 불려 갔을 때의 치욕이 떠올랐다. 지금처럼 휴대폰도 압수당했다. 회사 보안실의 취조관은 두 명이었다. 두 명이 정신없이 물어 댔고 나를 다그쳤다. 그들은 나의 가족사도 거침없이 꺼내 나를 궁지로 몰았다. 폐차장에서 도둑질만 하고 살았던 아버지, 개백정이었던 어머니, 자살해 버린 큰형. 공기업에 근무하는 작은형에게 피해가 가지 않게 하려면 모든 걸 불라는 협박. 형사들은 적어도 협박을 하지는 않았다. 그리고 인신공격도 하지 않았다.

계단을 내려와 바닥을 딛고 섰을 때 비로소 내 인생이 완성된 궤도 위를 돌고 있다는 생각이 들었다. 주저하지 않고 앞으로 나가면 나는 무엇이든 해낼 수 있을 것 같았다.

"밥 먹었어요?"

미향이 나와 삼손 사이로 들어오며 불쑥 물었다. 삼손이 나를 쳐다보았다.

"시간이 안 될 거 같아."

"라마?"

삼손이 물었다.

"네."

"그 집에서 전화 넣어 준 거지?"

"아마 그럴 거예요. 내가 그 집 집사랑 통화를 했거든요."

"그랬군. 자네 정체가 대단한 게 아니라 그 집이 대단한 집이었군. 도대체 그 집안이 어떤 집안이야?"

"나도 잘 몰라요."

삼손은 나를 청담동에 데려다준 후 미향과 함께 사당동으로 향했다. 백미러를 통해 나를 훔쳐보는 미향의 얼굴이 오랫동안 지워지지 않았다.

*

거울 앞에 섰다. 말끔한 턱과 기미가 사라진 얼굴에는 윤기가 흘렀다. 흡족했다. 토스터가 빵을 뱉어 내며 경쾌한 소리를 냈다.

빵 속에 얇게 썬 토마토 두 조각과 햄 한 장, 양상추 여러 장과 양파를 넣었다. 뜨거운 커피와 차가운 우유도 준비했다. 회사를 다니던 시절 내가 평소에 먹던 아침 식사였다. 먼저 우유를 반 컵 마신 후 샌드위치를 먹었다. 샌드위치를 먹으며 남은 우유를 남김없이 먹은 뒤 커피를 마셨다. 나는 커피를 들고 창가로 걸어갔다.

새로 얻은 오피스텔은 전망이 좋았다. 과천으로 넘어가는 차량과 서울로 진입하는 차량들이 물처럼 흘러가는 모습이 보였다. 도로 너머에 관악산이 펼쳐져 있었다. 산기슭은 이미 철쭉으로 붉게 물들어 있었고 때 이른 상춘객들이 산을 오르고 있는 모습도 보였다.

어느새 봄이 성큼 다가와 있었다.

설거지를 한 후 그릇의 물기를 닦아 찬장에 가지런히 진열해 놓았다. 모든 식기는 코렐이었다. 접시는 꽃무늬가 나란히 보이도록 접시 받침 위에 꽂아 두었다. 오피스텔을 나서기 전 방 안을 둘러보았다. 모든 게 제자리에 정확하게 놓여 있었다.

오늘도 어김없이 편의점 여자가 미소를 지으며 인사를 했다. 이제는 경비원과도 친해졌다. 나는 아침이면 늘 경비원에게 따뜻한 캔 커피를 선물했다. 그는 언제나 나를 깍듯하게 대했다. 한 가지 불편한 게 있다면 자동차가 없다는 사실이었다. 당장 중고차라도 한 대 끌고 다니고 싶었지만 참았다. 그렇다고 차까지 라마에게 신세지고 싶지 않았다. 아직은 그럴 때가 아니었다. 1년만 돈을 모으면 중형차를 장만할 수 있을 것 같았다. 그런 성실한 모습을 보여야 신뢰가 굳건해지는 법이다. 그러려면 라마가 건강해야 한다. 다행히 라마는 아직 젊다. 나도 젊고. 나는 전철 역사로 발걸음을 옮겼다.

나는 늘 다니던 길로 해서 라마의 집 앞에 이르렀다. 은행나무가 연둣빛 싹을 틔우고 있었다. 정원의 나무들도 꽃 피울 채비로 싱그러운 기운을 뿜어내고 있었다. 바뀌지 않은 건 사람들뿐이었다.

집사는 뒤로 질끈 묶은 머리 스타일 그대로, 갈색 카디건에 베이지색 치마를 입고 서서 나를 기다리고 있었다. 변함없는 모습이었다. 마당에서 가지치기를 하고 있는 구씨 역시 짙은 녹색 셔츠에 갈색 바지를 입고서 정원을 돌아다녔다.

"…특히 여자아이들 조심하시는 거 잊지 마세요."

집사는 어제도 읊조렸던 말을 녹음기처럼 한 글자도 틀리지 않고 내뱉었다. 라마는 내 다리 곁에 붙어 서서 집사를 올려다보았다. 지금껏 라마가 집사를 보고 꼬리 흔드는 모습을 본 적이 없었다. 짐승도 차가운 인간과 따뜻한 인간을 구분할 줄 안다고 했다. 몽몽 원장은 그 점 역시 개들이 자신을 개라고 인식하지 못하기 때문에 가능해진 능력이라고 말하곤 했다.

"다녀오겠습니다."

"코스에서 벗어나지 마세요."

집사는 그 말이 지겹지도 않을까. 나는 대답 대신 목례를 하고 돌아섰다.

이제 라마는 나를 앞서 걷지 않았다. 내 곁에 서서 나와 보조를 맞춰 걸었다. 신기했다. 라마는 시간이 흐르면서 나에 대한 신뢰를 그렇게 거리로 표시했다. 직감이지만 라마는 이제 나를 완전히 신뢰하는 듯했다.

천변을 걷고 운동장을 돌았다. 나는 쉴 때마다 라마에게 비스킷을 주고 목을 쓰다듬었다. 그때마다 라마는 눈을 감고 내 손길을 음미했다.

마지막 코스인 공원에 이르렀다. 공원에는 봄을 즐기려는 사람들로 붐볐다. 겨울을 몰아낸 햇살은 따스했고 공기는 적당히 선선했다. 나는 라마의 목줄을 벤치 다리에 묶은 후 오늘의 일을 기록했다. 라마가 걸은 거리, 행동, 봄에 대한 반응, 사람들과 다른 애완견에 대한 반응까지.

"엄마, 나 저 개 만져 볼래."

남자아이의 말소리가 가깝게 들려 고개를 들었다. 라마는 목을 꼿꼿하게 세운 채 아이를 바라보았다.

"안 돼!"

"왜?"

"너무 크잖아."

"개잖아. 선생님이 개는 사람들의 친구라고 그랬어."

나는 남자아이와 여자의 승강이를 구경했다.

"그래도 저 개는 너무 커."

"멋있기만 한데. 나도 나중에 저렇게 큰 개 키울 거야."

"아파트에서는 저렇게 큰 개 못 키워요."

"아파트에 안 살면 되잖아."

남자아이는 제자리에 붙어 서서 떠날 줄 몰랐다.

"한번 쓰다듬어 주고 싶니?"

남자아이에게 말을 붙였다. 아이의 엄마 얼굴이 창백해졌다. 나는 라마 곁에 바짝 붙어 앉아 라마의 목을 감쌌다.

"어서 와서 쓰다듬어 봐. 이 개는 세상에서 가장 순한 개라고 보면 돼. 이 개 이름은 라마라고 하는데 사람을 아주 좋아한단다."

남자아이가 엄마의 눈치를 살폈다. 여자는 마지못해 고개를 끄덕였다. 아이가 라마에게 다가왔다. 라마는 눈을 감고 아이의 손길을 기다렸다. 그런 라마의 모습을 보는 것도 처음이었다. 아이는 부드럽게 라마의 머리를 쓰다듬었다. 모든 게 순조로웠다.

"순하다면서 왜 묶어 놔요?"

남자아이가 물었다.

"가끔은 개들이 잘못을 저지를 수도 있거든."

"무슨 잘못이요?"

"음, 다른 개를 물거나 사람을 물 수도 있단다."

"그러면 개가 사람하고 친한 게 아니잖아요."

나는 남자아이의 머리를 쓰다듬어 주었다. 아이의 엄마는 가자고 재촉했다.

"이 개는 얼마면 살 수 있어요?"

나는 아이 엄마를 올려다보았다.

"이 개는 짱아오라는 종이야. 아주아주 비싸단다."

"파란 돈 한 장이면 살 수 있어요?"

"아니, 엄청나게 많아야 살 수 있어."

여자가 남자아이의 팔을 잡았다. 그때까지 라마는 눈을 감은 채 아이의 손길을 느끼고 있었다. 여자는 더 있으려는 아이를 끌다시피 해서 데리고 갔다.

"내일도 나와요?"

"그럼, 아저씨는 매일매일 라마를 데리고 산책 나오지."

여자가 내게 목례를 했다.

"불쌍해. 목줄이 얼마나 답답할까? 엄마 안 그래?"

아이의 말이 봄바람을 타고 흘러왔다. 라마는 소년을 물끄러미 바라보았다. 소년의 말을 알아들었을까.

그동안의 시간이면 이제 나와 신뢰가 충분히 쌓이지 않았을까. 나는 라마 목의 고리를 잡았다. 그리고 목줄의 고리를 풀었다. 라마는 잠간 나를 바라보았다. 내가 일어나자 라마도 따라 일어났다. 그러곤 목줄도 없이 내 곁을 따라 걸었다. 라마와 나 사이에 이제는 누구도 부술 수 없는 신뢰가 쌓였다는 생각이 들었다. 흥분이 전신을 훑고 지나갔다. 라마를 움직이게 할 수 있는 유일한 사람은 나뿐이라는 사실도 나를 흥분시켰다.

*

봄은 어김없이 왔다. 봄이 대지에 자리를 잡은 것처럼 내 생활도 자리를 잡았다. 아침에 라마를 산책시키고, 오후에는 삼손의 사무실에 들렀다가 도서관으로 향했다. 경제학과 경영학에 관계된 책들과 소설책 그리고 개에 관한 책들을 골라 읽으며 오후를 보냈다. 주말이면 간간이 삼손과 어울려 가짜 일가친지 노릇을 하기 위해 결혼식장에 나가기도 했다. 가끔 미향을 만나기는 했지만 섹스는 하지는 않았다. 그녀는 술집에서 나와 대형마트의 캐셔로 자리를 옮겼다. 잘한 일이라고 말해 주었다. 그녀와 거리를 두는 게 그녀나 나를 위해서 현명하다고 판단했다. 생활이 안정되었다지만 내 인생은 아직 아슬아슬한 줄타기를 하고 있는 것과 다를 바 없었다. 은행나무 집과 정식으로 계약이 되어 있는 것도 아니며 그들이 나를 완벽하게 받아들였다고 볼 수도 없었다. 내가 믿는 것은 오로지 라마뿐이었다.

라마의 산책을 끝내고 도서관에서 존 스튜어트 밀의 《진보적 자유주의》라는 책을 읽고 있을 때 몽몽 원장으로부터 전화가 왔다.

"저녁에 별일 없으면 밀롱가에서 보지. 라마와 관계된 일로 긴하게 할 말도 있고 말이야."

늦은 저녁 나는 '밀롱가'로 향했다. 미닫이문 안쪽에 김이 서려 가게 안이 보이지 않았다. 봄이라지만 아직 저녁에는 쌀쌀했다. 문을 열자 따뜻한 습기와 온기가 얼굴에 닿았다. 손님이 많을 줄 알았는데 몽몽 원장 혼자 앉아 있었다. 술집 주인은 요리를 하고 있었다. 몽몽 원장 앞엔 빈 소주병 하나와 반쯤 빈 소주병 그리고 식은 어묵탕이 놓여 있었다. 이미 술을 많이 마신 듯 그의 눈가가 불그죽죽했다. 그는 뭔가를 생각하고 있는 듯 벽에 걸린 남녀를 뚫어지게 쳐다보고 있었다. 내가 의자에 앉았지만 쳐다보지 않았다. 나는 담배를 꺼내 물었다. 술집 주인이 소주 한 병과 오징어 볶음을 가져왔다.

"일찍 좀 오지, 나 혼자 술 마시게 만들어서 쓰겠어."

"책을 보다 보니까 시간이 가는 줄도 몰랐네요."

"그래, 뭐든 열심히 하는 건 좋은 일이지. 도랑 씨는 그런 게 매력이야. 개를 산책시키는 일도 도랑 씨는 열심히 하잖아. 그러니까 길도 생기는 거고."

그가 빈 잔에 맥주를 따른 후 그 속에 소주를 부었다.

"오늘 내가 왜 불렀을까?"

"혼자 술 마시기 심심해서 부른 거 아니에요?"

"도랑 씨가 은인은 제대로 파악하고 있군, 안 그래?"

오늘 그는 '자기'라는 말을 쓰지 않고 있었다. 왜 그런지 뭔가로 뒤틀려 있다는 기분이 들었다. 그는 거칠게 잔을 들고 건배를 청했다.

"오늘은 도랑 씨나 나나 기쁜 날이야. 원샷!"

오늘 그는 달랐다. 술 때문인지도 모르겠지만 그의 볼은 상기되어 있었고 전에 없이 입술도 붉었다.

"도랑 씨, 요즘 애들은 비판적인 시각을 가진 애들이 없어. 그렇지 않아? 자기 자신을 잘 모른다고나 할까. 우리 때는 지금 애들하고 달랐잖아. 한마디로 분수를 알았지. 안 그래?"

무슨 말을 하려는 걸까. 처음부터 그는 이해하기 힘든 인간이었다.

"인간이란 말이야. 끝없이 불평만 해대는 동물이지. 아무리 잘해 줘도 불평만 늘어놓지. 도랑 씨 어떻게 생각해?"

그가 내 얼굴 만지려는 듯 손을 뻗었다. 그의 손길을 피하는 순간 빈 소주병이 바닥으로 떨어져 박살이 났다. 반쯤 남아 있던 소주병이 쓰러지며 술이 흘렀다. 소주잔도 하나 바닥에 떨어져 깨졌다. 주인 남자가 달려왔다.

"왜 그래, 내가 잡아먹기라도 할 것 같다는 얼굴이네."

주인 남자는 쓰러진 술병을 세우고 유리 조각을 치웠다. 그는 잽싸게 소주잔을 다시 가져온 뒤 주방으로 조용히 들어가 의자에 앉았다. 그런 후 텔레비전을 켜고 다시 미국 드라마를 보기 시작했다.

"도랑 씨, 생각나? 처음 도랑 씨가 우리 병원 문 열고 들어왔을 때 말이야. 그땐 그야말로 노숙자 수준이었어. 그런데 지금 봐. 명품 코트에 명품 구두에 오피스텔까지. 사람이 완전히 달라졌잖아."

나는 침을 삼켰다. 그냥 한 번쯤 해보는 넋두리가 아니었다.

"내가 라마네 집에 당신을 천거했을 때 말이야. 집사 그년은 이것저것 알아보더니 안 되겠다고 하더라고. 실은 나도 그때 도랑 씨가 과거에 뭘 했는지, 왜 해고당했는지 알았지. 그래도 난 도랑 씨만 한 인물이 없다고 말했지. 집사 그년은 끝까지 반대했어. 미라가 결국 오케이를 해서 도랑 씨가 라마를 맡은 거야. 알고 있지?"

그의 입에서 술 냄새가 풀풀 풍겼다. 쓴 소주를 넘겼다. 자신의 공을 알아달라고 늘어놓는 말도 아니었다. 그의 말 속에 핵심이 있는데 그 핵심을 알아차릴 수가 없었다. 핵심을 두고 말을 빙빙 돌리는 인간.

"그 아가씨 예뻤어?"

몽몽 원장이 정색을 하고 느닷없이 물었다.

"누구요?"

"집사 그년이 아주 속속들이 알려 주더군. 언제 입사했고, 근무 성적이 어땠고, 연봉이 얼마고, 주로 어디로 파견 다녔고, 누구랑 친했고……. 심지어는 부모에 대해서도 나한테 들이대며 이런 인간을 어떻게 쓰느냐고 나를 힐난했지. 그건 그거고… 그 아가씨 말이야, 홍보실에서 근무했다고 그랬던 거 같은데, 맞지? 도랑 씨를 수렁에 빠트린 그 여자 말이야."

떠올리지 않는다고 해서 잊히는 건 아니었다. 하지만 내가 그에게 고해성사하듯 진주와의 관계를 고백할 이유는 없었다. 지금 내 마음을 차지하고 있는 여자는 라마의 여주인이었다. 나는 현재의 내 마음에 집중하고 싶었다.

"말 돌리지 마세요. 원장님이 진짜 하고 싶은 이야기가 뭐죠?"

"인간은 자신이 비열한 짓을 하고도 사실은 잘 몰라. 자기중심적이기 때문이지. 나도 그렇고 도랑 씨도 그래."

그의 말은 옳았다. 나는 한동안 비열한 나 자신을 견딜 수 없었다. 어쩌면 회사에서 해고를 당한 건 다른 사원들과 달리 내가 비열했기 때문인지도 몰랐다. 진주를 혼자만 차지하려는 흑심에 내가 주도해서 정보를 빼낸 일이라고 자처했다. 나는 그때 진주를 위해 희생하면 그녀를 독차지할 수 있을 거라는 망상에 빠져 있었다. 그녀 주변에 달라붙어 있던 수많은 남자들을 떨쳐 내기 위한 비열한 짓에 지나지 않았다. 작은 꼼수를 희생인 양 위장했다. 하지만 내 예상과 달리 진주는 사라졌고, 나는 노숙자나 별반 다르지 않은 신세가 되었다. 얄팍한 계산도 깔려 있었다. 진주가 나를 구해 줄지도 모른다는. 그런데 지금 그의 말을 듣는 순간 또다시 비열해지고 있다는 기분이 들었다.

"비열한 건 인간다운 거야. 그걸 나무랄 수는 없지. 하지만 믿음은 말이야……."

몽몽 원장의 눈이 붉게 빛났다.

"도랑 씨한테 라마를 맡기기 전에 미라한테서 전화가 왔어. 내가 미라와 어떤 사이인지 궁금하지? 나 이 동네 토박이거든. 어려서부터 같이 자라고 같이 놀고 같이 공부도 하고 그랬지. 대학도 같이 들어갔고. 아무튼 미라한테서 전화가 왔는데, 나보고 도랑 씨를 믿을 수 있냐고 묻더군. 그래서 내가 그런 말을 했지. 믿음은 쌓이는 거지 한순간에 생기는 게 아니라고. 그런데 때로는 그 믿음이 순식간에도 완성될 수도 있다는 걸 알았지. 그리고 그 믿음이 때로는 허약하다는 사실도 말이지."

비로소 몽몽 원장과 라마 주인의 관계를 알게 되었다. 어려서부터 친구로 지냈다는 사실이 내겐 불쾌하게 들렸다.

"미라는 생각이 깊은 여자야."

스마트폰이 울렸다. 라마의 여주인을 넘보지 말라는 뜻인가? 그건 내 마음에 달려 있지 않았다. 나는 이미 선택을 할 수 있는 경계를 넘어섰다. 그가 비열하다고 비난할지 모르겠지만 인생이 펼쳐진 대로 따라갈 뿐이었다. 그리고 그건 그의 말대로 인간다운 일이었다.

다시 스마트폰이 울렸다.

"전화 안 받아?"

몽몽 원장은 의자 등받이 쪽으로 물러났다. 점퍼 속주머니에서 스마트폰을 꺼냈다. 길고 긴 숫자가 화면에 나타났다.

"여보세요?"

몽몽 원장은 새끼손가락의 손톱을 물어뜯으며 흥미로운 광경을 구경하듯 나를 노려봤다.

"임도랑 씨? 인도 문드라의 발전소 건설소장입니다. 임도성 씨가 형 되시죠?"

"누구요?"

"임도랑 씨 전화 아닙니까?"

"맞는데요."

"임도성 씨라고 모르십니까? 기록부에 유일한 연락처로 되어 있던데……."

임도성, 그게 작은형의 이름이라는 걸 잊고 있었다. 그런데 이 시각에 낯선 남자가 왜 형의 이름을 들먹거리는 걸까.

"맞습니다. 임도성이 저의 형 됩니다."

"맞군요. 이거 뭐라고 말씀을 드려야 할지……. 임도성 씨가 사하라 트레킹 중 사고가 났습니다."

아버지 제사가 있던 날 어렴풋하게 형에게서 트레킹 이야기를 들었던 듯했다.

"많이 다쳤나요?"

나는 담담하게 물었다.

"그게 저… 실은 트레킹 도중 계곡으로 추락했다고 합니다."

내 얼굴이 창백해졌을까? 나를 노려보는 몽몽 원장의 눈이 부드러워졌다.

"그러니까 저희 형이 계곡에 추락을 했다는 겁니까?"

"같이 트레킹을 한 사람은 없었다고 하네요. 혼자 사막 트레킹을 하는 경우는 없다던데…… 사막 같은 델 혼자 가는 게 대단한 거죠."

"그래서 어떻게 됐다는 거죠?"

"그러니까 형님께서 그만……."

죽었구나. 갑자기 수화기 저편의 목소리가 멀게 느껴졌다.

"…시신은 사하라 랠리에 참석했던 알롱이라는 프랑스 사람이 발견했답니다. 비교적 빨리 발견한 편입니다. 형님 배낭에서 여권을 발견해서 빨리 확인할 수 있었답니다. 시신도 그렇지만 사진도 일정 부분 훼손됐는데 그나마 기본적인 기록들이 남아 있어서 다행히 연락이 닿았던 모양입니다. 그리고 정황상 타살의 흔적은 발견하지 못했다는 보고서가 올라온 걸 보면 그쪽 경찰도 사고사로 결론을 내린 모양입니다. 그래도 아주 운이 좋은 경우라고 합니다. 사막에서 실종되면 모래에 묻혀 시신도 못 찾는 경우가 허다하거든요. 그 프랑스 사람 아니었으면 아마 시신을 찾지도 못했을 겁니다. 발전소 책임자로서 뭐라 드릴 말씀이 없군요. 듣고 계십니까?"

갑자기 어디선가 나타난 사이렌 소리가 귀 속을 점령했다. 그때 밀롱가의 출입문이 열리며 누군가 들어왔다.

"늦게 끝난 모양이네."

몽몽 원장이 나와 출입문을 열고 들어오는 여자를 번갈아 보았다. 나도 그녀를 보았다. 그런데 그녀는 미향이었다. 미향은 걸음을 멈춘 채 내게 시선을 주었다. 순간 그녀가 날 찾으러 온 것일까 하는 엉뚱한 생각이 들었다. 하지만 그녀는 몽몽 원장의 손님이었다.

"모레쯤 한국으로 가게 될 겁니다. 같이 일하는 직원으로서 정말 면목이 없습니다. 그리고 미리 말씀을 드릴 게 있어서……."

미향이 테이블 앞에 앉았다. 내 머릿속은 인도에서 전화를 건 남자의 목소리가 점령하기 시작했다. 미향에게 뭐라 말을 하고 싶은데 아무런 단어도 떠오르지 않았다. 그녀는 조용히 자신 앞으로 잔을 가져다놓고 술을 따랐다.

"오늘 왜 이렇게 풀이 죽으셨나? 또 매장 매니저 놈들이 닦달하고 그런 모양이네."

"아니에요."

미향이 말했다. 나는 두 사람을 동시에 보았다.

"그러니까 우리 병원에 와서 일하면 좋잖아."

몽몽 원장과 미향의 말이 토막 나 인도에서 걸려온 전화 내용과 섞였다. …그러니까 사고 당하면서 형님 얼굴이 말이 아니게 훼손됐습니다, 하지만 이제 견딜 만해요, 아니 몸 전체가 많이 훼손됐습니다, 그렇게 일하고 언제 공부하겠어, 처음부터 말렸어야 했는데……, 사람을 사랑하려면 받을 줄도 알아야지, 형님만큼 일 잘하는 직원 없었습니다, 몸에 부치는 노동은 생명력을 고갈시킬 뿐이야, 부하 직원들도 잘 따랐는데, 희생은 지금으로도 충분해…….

몽몽 원장이 점퍼 안주머니에서 반지 케이스를 꺼냈다. 그는 내 눈길 따위는 안중에도 없었다. 미향이 내게 잠깐 눈길을 주었다.

"내가 증인이 되어 달라고 불렀지. 그리고 도랑 씨도 마음의 매듭을 지으라고 말이야."

무슨 말이지? 몽몽 원장의 입에서 나온 말들이 허공을 맴돌았다.

"…얼굴이 너무 많이 훼손되어서 드문드문 굵게 바느질이 되어 있을 겁니다. 보시고 놀라지 마시라고 미리 말씀드리는 겁니다. 코도 좀 문드러졌고……. 현장 책임자로서 도성일 말리지 못한 죄가 큽니다. 거듭 죄송할 따름입니다."

남자의 말이 물 위에 뜬 기름처럼 귓속을 파고들지 못하고 귓바퀴에서 둥둥 떠돌았다. 미향은 몽몽 원장이 내민 반지 케이스를 그 앞으로 밀어 놓았다.

"원장님, 힘들어도 전 이대로가 좋아요. 저는 좋아하는 남자 따로 있다고 말씀드렸잖아요."

"인생은 선택하는 것만 있는 건 아냐. 때론 선택당할 수도 있어. 그리고 그게 때론 삶을 구차함에서 구해 줄 수도 있는 거야."

"원장님, 전 아니에요. 제가 좋아하는 남자가……."

"너를 술집에서 구해 준 건 나야. 네가 좋아한다는 그 남자가 아니고."

"원장님께 저를 구해 달라고 말한 적 없잖아요."

몽몽 원장은 테이블 위에 널린 술잔의 술을 모두 입에 털어 넣었다.

"나를 무시해서는 안 돼. 내 입으로 더러운 돈 이야기까지 꺼내게 만들지 마."

"그건 어떡하든 제가 갚는다고 말씀드렸잖아요. 제가 원했던 일도 아니었잖아요."

미향은 창백한 얼굴로 나를 힐끔 쳐다봤다.

"여자들은 항상 그래, 더러운 것들! 필요할 땐 어깨를 빌려 달라고 해놓고 정작 마음은 다른 놈에게 주지. 너 역시 다른 년들과 다르지 않아. 더러운 년!"

몽몽 원장은 반지 케이스를 집어던졌다. 반지 케이스는 창문으로 날아가 유리에 금을 냈다. 나는 저편의 말을 들으며 손을 뻗었다.

"네 년이 좋아한다는 그놈보다 내가 더 너를 사랑하고 있다는 걸 모른단 말이야! 네 년이 어떤 과거가 있든 상관하지 않는다고 했잖아!"

"제발 그만하세요, 제발!"

몽몽 원장의 손이 느닷없이 미향의 뺨을 갈겼다. 나도 놀라고 미향도 놀랐다. 그의 욕설이나 돌발행동은 꿈에서도 상상해 본 적이 없었다. 미향은 뺨을 손으로 가렸다. 그녀의 손등 위로 눈물이 흘러내렸다.

"…염은 여기서 했습니다. 마침 여기 교포 분 중에 염할 줄 아는 분이 계셔서요. 지금도 이해할 수 없는 일입니다. 도성이 그 친구가 왜 혼자 사막 트레킹을 나섰는지 말입니다. 정말 염치가 없군요. 회사 차원에서 조문이 있을 겁니다. 아마 회사 경조사 담당하는 직원이 연락을……."

남자의 말이 꿈속의 말처럼 비현실적으로 들렸다. 경건하고 진실한 추억들, 슬픔들은 떠오르지 않았다.

"왜 안 되는데? 네 마음속에 도랑이 이 새끼가 있어서? 이미 다른 여자를 품고 있다는 걸 모르겠어? 나는 한 번 인연 맺은 사람은 끝까지가, 누구처럼 쉽게 버리지 않는다고!"

도대체 두 사람의 관계가 언제 이렇게 진척된 것일까.

"원장님 나쁜 사람이군요."

"진짜 나쁜 건 자신의 욕망 때문에 믿음을 저버리는 거야."

"그렇지 않아요. 그 사람은 그렇지 않아요."

"바보 같은 년!"

설마라고 생각하는 사이 몽몽 원장이 미향에게 술을 뿌렸다.

"네 인생을 바로잡아 주겠다는데 도대체 뭐가 문제냔 말이야!"

미향은 더 이상 눈물을 흘리지 않았다.

"원장님은 저를 다른 여자의 대용품으로 생각하고 있잖아요! 그 여자가 좋아하던 색깔, 그 여자가 좋아하던 스타일, 신발, 음식……."

몽몽 원장의 손이 천장을 향해 올라갔다. 내가 말릴 사이도 없이 그의 손이 미향의 뺨을 또 한 차례 갈겼다. 이번의 손찌검에는 미향이 비틀거리며 옆으로 쓰러지고 말았다. 그녀가 넘어지면서 두 개의 테이블도 같이 쓰러졌다. 술병이 날아가 깨졌고 안주가 바닥을 뒹굴었다. 나는 스마트폰을 귀에 댄 채 서서 갑작스럽게 벌어진 이 광경을 수습하지 못하고 있었다.

"내가 도대체 무슨 짓을, 미안해, 미안해."

몽몽 원장은 다시 또 돌변했다. 미향을 일으켜 세우고 머리를 끌어안았다. 그런 후 그녀의 머리를 쓰다듬으며 미안하다는 말을 연발했다.

"…알제리 대사관에 의하면 매년 수백 명이 사하라 트레킹을 하지만 도성이 그 친구처럼 단독으로 트레킹하는 경우는 드물다고 합니다. 게다가 무리를 지어 트레킹을 해도 매년 수십 명씩 사고로 죽는데……. 도성이 그 친구는 왜 혼자 그렇게 무모한 트레킹을 했는지 모르겠군요. 아무튼 모레 비행기로 도성이가 운송될 텐데 자세한 건 그때 뵙고……."

그때 밀롱가에 또 한 명이 등장했다. 삼손이었다.

"미향아! 무슨 일이야?"

미향은 몽몽 원장을 밀어냈다. 몽몽 원장은 구겨진 휴지처럼 버려졌다. 그녀는 삼손에게 달려갔다.

"당신이 삼손이군. 위선으로 가득 찬 인간들의 위선을 완성시켜 주는 일을 한다는 바로 그 남자. 미향이가 불렀나?"

"당신이 미향이에게 치근댄다는 동물병원 원장이야?"

"치근대? 나는 미향이를 사랑할 뿐이야. 사랑한다고!"

"죄송해요. 저는 그냥 조용히 마무리 짓고 싶었어요."

술집은 몇 분 만에 난장판이 되었다.

몽몽 원장이 미향에게 달려들었다. 삼손이 가로막으며 그를 벽으로 밀쳤다. 몽몽 원장은 동물 울음소리를 내며 발악을 했다. 미향은 벽 모서리에 몸을 의지한 채 얼굴을 감싸고 흐느끼기 시작했다. 누군가 내 몸 속의 모든 걸 쓸어 버리기라도 한 듯 한순간에 텅 비고 말았다. 나는 밀롱가에 펼쳐진 이 불가해한 상황을 넋놓고 바라봤다. 밀롱가의 주인도 어쩌지 못하고 허둥대기만 했다.

"…마음의 준비를 하셨으면 합니다. 저희가 공항에 도착하는 시간이 오후 4시 20분입니다. 본의 아니게 알제리에서부터 시신을 수습해 오느라 7일장을 하셔야겠습니다. 다시 한 번 죄송하다는 말씀을……."

스마트폰을 떨어트렸다. 나는 눈을 감고 소리를 질렀다. 예전의 나는 눈을 감으면 눈앞이 캄캄할 거라고 믿었다. 하지만 눈꺼풀이 덮인 지금 눈앞은 백지처럼 하얬다.


*


내 일상은 그다지 달라진 건 없었다. 매일 비슷한 아침 식사를 하고 은행나무 집으로 출근했다. 라마와 산책을 한 후 운이 좋으면 그 집에서 점심을 먹을 수도 있었다. 집사나 구씨의 태도도 전과 달라진 건 없었다. 언젠가 한번 몽몽 원장의 동물병원에 들렀는데 문이 닫혀 있었다. 사정이 있어서 며칠 쉰다는 메모만 붙어 있었다. 병원에서 돌보던 다른 동물들은 어떻게 처리했는지 한 마리도 보이지 않았다.

미향과의 일 때문이었을까? 그가 잠적한 일이 그녀와의 관계 때문만은 아닌 듯했다. 그를 언제 다시 볼 수 있을지 알 수 없었다. 안 봐도 그만이지만 어쨌든 나를 라마와 연결시켜 준 사람은 몽몽 원장이었다. 그에게 어떤 식으로든 보답을 하는 게 사람의 도리라고 생각했다.

미향은 간간이 전화를 걸어왔다. 밥은 먹었는지, 별일은 없는지 어머니처럼 굴었다. 내버려뒀다. 삼손 역시 늘 하던 대로 전단지를 붙이러 다녔고 일이 들어오면 일을 나갔다.

몽몽 원장이 사라진 일 말고는 외형상 달라진 게 없었지만 미세하게 뭔가 달라진 걸 느꼈다. 내 주변을 맴도는 공기? 나를 따라다니는 그림자의 색? 빨라진 기상 시간? 귓속을 맴도는 이명? 그런 게 아니었다.

"500미터 전방에서 일죽 IC 방향입니다. 우측 한 차로를 이용하시길 바랍니다. 이어서 일죽 톨게이트입니다. 이용요금은 4700원입니다. 이어서 좌측 방향입니다."

내비게이션은 충실하게 안내를 했다. 라마의 산책을 끝내고 삼손의 사무실을 찾아가 차를 빌려 나온 길이었다.

톨게이트를 벗어나 좌회전을 하자마자 추모공원 이정표가 나타났다. 언덕진 길을 내려가자마자 우회전을 했다. 좁은 2차선 도로가 나타났다. 1킬로미터 남짓 직진을 한 후 다시 우회전을 하고, 2킬로미터 직진을 한 후 이번에는 좌회전을 했다. 이제는 계속해서 직진만 하면 추모공원에 도달할 것이다.

작은형은 냉동 알루미늄 관에 실려 한국으로 돌아왔다. 시신을 확인하기 위해 병원을 찾았을 때 형의 모습은 알아보기 힘들 정도로 훼손되어 있었다. 파랗게 얼어 있었고, 꿰맨 자국에는 한 땀 한 땀 핏물이 고여 있었다. 나는 그저 멍한 눈으로 형을 내려다보았다. 돌이켜 생각해 보면 나는 가족 누구도 이해하지 못했다. 그저 가족이니까 같이 살았을 뿐이었던 듯했다. 그런데 형도 그랬을 거라는 생각이 들었다.

절차는 간단했다. 작은형의 시신을 운송한 항공료를 지불하고, 병원에 안치한 후 장례식을 치렀다. 정말 많은 사람들이 장례식장을 찾아왔다. 대부분 형의 직장 동료들과 대학 친구들이었다. 너무 많은 사람들이 찾아와서 나는 가만히 앉아 형의 죽음을 생각할 시간을 갖지 못했다. 좀 달랐던 건 어머니나 아버지, 큰형의 죽음과 달리 작은형의 죽음을 받아들이지 못했다는 것이다. 그래서였을까, 슬픔도 찾아오지 않았다.

벽제 화장터에서 화장을 하고 추모공원에 형을 안치했다.

굽이진 길을 20분 남짓 달리자 추모공원 입구가 나타났다. 차를 주차시키고 삼손이 손에 들려 준 봉투를 챙겼다.

"사실은 미향이가 다 고른 거야. 말하지 말라고 했는데……."

나는 형 앞에 섰다. 과일을 올리고 술을 따랐다. 그리고 절을 했다. 수백의 유골들이 나를 훔쳐봤다. 나는 형 앞에 앉아 내가 따라 놓은 술을 마셨다. 형과의 추억을 떠올려 보려고 애쓰며 잔을 천천히 비웠다. 하지만 작은형에 관한 기억은 대부분 슬픈 것들이었다. 어머니의 편잔, 아버지의 주먹질, 큰형의 욕설……. 맞지 않는 음식들. 한 가족이면서도 입맛이 다르게 태어난다는 걸 작은형이 보여 주었다. 하나의 기억이 강하게 떠올랐다.

어느 날 형이 집 뒤뜰에 가두고 기르던 개들의 철창문을 전부 열어준 적이 있었다. 스무 마리 가까이 되던 개들이 모두 도망갔지만 그중에 절반은 다시 돌아왔다. 어머니는 돌아온 녀석들을 기특하다고 쓰다듬었지만, 다음 날부터 주문이 있을 때마다 한 마리씩 부드럽게 목을 땄다. 개들이 모두 도망간 그날 작은형은 어머니에게 개 잡는 몽둥이로 죽도록 맞았다. 그래도 눈물 한 방울 비명 한 번 지르지 않았던 형이었다.

"썩을 놈, 세상 모든 사람이 다 죽어도 네 놈은 살아남을 거다."
어머니가 몽둥이를 내던지며 그런 말을 했다. 뭐든 지독하게 했다. 특히 공부는 지독하게 했다. 집에서 벗어날 수 있는 유일한 길이었기 때문이었다. 나도 그걸 작은형에게서 배웠다는 걸 기억해 냈다.

관리인이 나타나 나를 한번 훔쳐보고 지나갔다. 술 한 잔을 더 따르고 자리에서 일어났다. 죽음이 끝이 아니라는 사람들이 있다는 이야기를 해주고 싶었다. 화장했지만 원래의 질량은 변하지 않고 다른 차원에 그대로 다시 존재한다고 믿는 인간들이 있다는 이야기를 말해 주고 싶었다. 그런 차원을 찾을 수 있다면 오래전 헤어진 사람들도 다시 만날 수 있을지도 모른다는 말도 해주고 싶었다. 훗날 형을 만난다면 대학에 합격해 서울로 떠나기 전 뒤뜰에서 어머니와 무슨 이야기를 나누었는지 묻고 싶었다. 그날 어머니와 형이 우는 모습을 훔쳐봤던 기억이 새록새록 떠올랐다.

"저희 추모관을 찾아주셔서 감사합니다. 안전운전 하십시오."

까만 양복을 입은 관리인이 허리를 깊이 숙이며 인사했다.

차에 올라타기 전 형이 안치되어 있는 건물을 둘러봤다. 건물 뒤로 노을이 내려앉고 있었다. 차에 시동을 걸고 출발한 후에야 혼자라는 사실을 순식간에 깨달았다. 코끝이 찡 울렸다. 눈물 한 줄기가 볼을 타고 흘러내렸다.

*

"동물병원 소식 못 들었나요?"

라마의 목줄을 건네던 집사가 물었다.

"네."

"사람이 왜 그렇게 무책임하죠."

나는 할 말이 없었다.

"사료도 그렇고 여러 가지 물품들도 떨어져 가는데…… . 계약을 해놓고 감감무소식이면 어쩌라는 건지."

나도 궁금했다. 미향이 자신의 청혼을 거절했다고 해서 병원까지 문을 닫을 필요는 없었다. 그의 말대로 그는 비열한 짓을 했다. 삼손도 나도 몽몽 원장이 라마의 주인에게 복수를 하는 심정으로 미향에게 청혼을 했던 것이라고 짐작했다. 그 이유 때문이라면 어쩌면 라마 앞에 영원히 나타나지 않을지도 몰랐다.

"알겠어요. 다른 병원을 알아봐야겠네요."

집사는 이제 내게 차갑게 굴지 않았다. 믿음은 한순간에 생기는 게 아니라 쌓이는 것이라던 말이 생각났다.

라마와 길을 걸었다. 코스에서 벗어나지 않았다. 천변과 공원에는 운동을 하러 나온 사람들로 붐볐다. 볕도 좋고 바람도 따뜻했다. 사람이 없는 벤치를 찾아 앉았다. 목줄을 벤치 다리에 단단하게 걸었다. 아이들이 오갔다. 아이들 중에 머리를 땋은 여자아이가 지나갔다. 나는 순간 늘어져 있던 목줄을 단단히 잡았다. 그런데 라마는 별다른 반응을 보이지 않았다. 라마도 성숙해진 걸까?

공원에 나온 사람들에게 라마는 훌륭한 구경거리였다. 훌륭한 갈기에 반듯한 자세 그리고 큰 덩치 때문에 사람들의 호기심을 끌었다. 나도 그 호기심을 즐겼다. 누군가 물으면 자세히 설명해 주고, 호기심으로 눈을 반짝거리는 아이들을 보면 손짓으로 불러 라마를 만질 수 있게 해주었다. 라마는 천성이 온순했다. 나는 오늘의 라마를 꼼꼼하게 기록했다.

더 이상 머리 땋은 소녀에게 적의를 드러내지 않는다.

개도 사람처럼 상처를 극복하는 힘이 있는 것일까? 아이패드를 덮었다. 아이패드를 숄더백에 넣고 손때에 절어 반들거리는 수첩을 꺼냈다. 유품으로 내게 온 작은형의 수첩이었다. 형의 수첩을 보기 전 라마의 상태를 살폈다. 지금 라마는 앞발에 머리를 묻고 기분 좋게 해바라기를 하고 있었다.

형의 수첩을 펼쳤다. 수첩에는 인도 문드라의 풍경과 짤막한 일기들, 좋아하는 시들, 명언들, 유머 등이 적혀 있었다. 놀라운 건 가족의 기일이나 생일이 기록되어 있다는 사실이었다. 형의 생각을 읽을 수 있는 문구들은 발견할 수 없었다. 다만 마지막 장에 "사막 너머의 세상은 어떤 세상일까?"라는 문구가 전부였다.

형은 인도 문드라 발전소 건설 현장으로 출장을 자처했다고 했다. 젊은 사람들은 잘 가려고 하지 않는 근무지였다는 말도 들었다. 물과 음식이 맞지 않고 기후 또한 후텁지근한 데다 발전소 건설 현장 인근 12시간 거리 안에는 술집은 물론 여자 구경도 할 수 없는 곳이라고 했다. 그런 현장으로 형은 떠났다. 형은 그곳에서 근무하는 한국 직원들 중에 가장 젊은 직원이었다고 했다. 형을 다시 만날 수 있다면 왜 그곳으로 떠났냐고 묻고 싶었다.

한 남자아이가 라마에게 다가왔다. 아이는 라마의 머리를 쓰다듬었다. 나는 아이의 얼굴을 일별한 뒤 형의 수첩을 계속해서 뒤적였다. 딸각! 오랫동안 닫혀 있던 상자의 자물쇠가 열리는 듯한 소리가 들렸다. 이어 불길한 기분이 엄습했다. 그건 내 인생이 뒤틀리는 소리였다. 아이가 뒤로 발랑 넘어진 후 울음을 터트렸다. 아이의 엄마가 달려왔다. 나는 본능적으로 목줄을 잡았지만 목줄이 허전했다. 라마는 이미 내 손의 사정권에서 벗어나 어디론가 달리기 시작했다. 아이가 라마의 목줄에 걸려 있던 고리 안전장치를 풀어 버렸던 것이다.

"아니, 왜 애를 울리세요!"

라마는 순식간에 공원을 가로질러 뛰어갔다. 벤치 다리에 묶여 있던 목줄을 풀 사이도 없이 라마의 뒤를 따라 뛰었다. 개의 달릴 때 속도는 시속 35킬로미터라고 했다. 칼 루이스 정도나 되어야 개를 따라잡을 수 있다는 말이었다. 라마는 공원을 지나 천변을 뛰어넘은 후 상가 건물 사이로 뛰어 들어갔다. 내가 상가 건물 앞에 다다랐을 땐 라마의 모습은 보이지 않았다. 아득한 현기증이 밀려왔다. 내가 감당할 수 없는 사건이 터지고 말았다. 라마와 나 사이에 존재했던 신뢰가 한순간에 깨지고 말았다. 고리의 안전장치가 풀리기만을 기다렸다는 듯이 라마는 내 곁에서 튀어나갔다. 마치 수년 동안 그 순간만을 기다리고 있었다는 듯 달려 나갔다.

상가 건물 사이로 뛰어갔다. 지나가는 행인들을 붙잡고 라마에 대해 물었다. 라마를 본 사람들이 손가락으로 가리키는 방향을 따라 뛰었다. 하지만 라마의 모습을 찾을 수 없었다. 라마가 달려간 곳은 산책을 다니던 코스도 아니었으며 집으로 가는 길목도 아니었다. 빨리 판단을 해야만 했다. 먼저 삼손에게 전화를 걸었다.

"무슨 일이야? 차분하게 말해야 알아듣지."

라마가 도망갔다. 작정하고 있던 행동이었다.

"나한테 전화를 하면 뭐 해? 빨리 그 집에 전화해. 그래야 그나마 빨리 찾을 수 있을 거야."

나는 두려웠다. 순간 나의 몰락이 보였다. 내가 쌓아올린 성이 이렇게 허약한 것인 줄 알지 못했다.

"뭐라고요? 그걸 지금 말이라고 하세요! 지금 구씨랑 공 과장을 보내겠어요. 어디세요?"

나는 그들이 올 때까지 상가를 뒤졌다. 하지만 라마는 없었다. 구씨와 공 과장이 빨간 닷지를 타고 나타났다. 나는 공 과장에게 두서없이 상황을 설명했다.

"…그러니까 한 아이가 안전장치를 풀자마자 뛰쳐나갔다는 거죠? 그러는 동안 당신은 뭐 했습니까? 라마 산책 규칙에 아이들과의 접촉을 금한다는 이야기 잊으셨습니까?"

나는 고개를 떨어트리고 말았다. 개 정도는 충분히 컨트롤할 수 있다고 믿었던 나의 자만이고 실수였다. 다섯 마리의 개가 요크셔테리어를 물어 죽였을 때에도 역시 나의 실수였다.

공 과장이 어디론가 전화를 걸었다.

"받아 보세요."

등에서 땀이 흘러내리고 손이 떨렸다.

"수단과 방법을 가리지 말고 찾아내세요. 못 찾으면 각오하셔야 할 겁니다."

내게 명령한 목소리는 달관의 미소를 가지고 있던 라마의 주인이었다. 내게 넘어올 수도 있을 거라고 믿었던 여자가 아니었다. 그녀의 목소리는 신하에게 자결을 명령하는 여황제처럼 비정하고 차가웠다.

"일단 신고는 했습니다. 네, 몇 군데 짐작이 가는 곳이 있습니다. 둘러보고 들어가겠습니다."

나는 닷지의 뒷좌석에 탔다. 구씨는 공 과장의 지시를 받아 운전을 했다. 내 몸은 차가 움직이는 대로 흔들렸다. 공 과장은 쉴 새 없이 어디론가 전화를 걸었다. 우리가 처음 도착한 곳은 한 음식점 앞이었다. 차에서 뛰어내린 공 과장이 식당으로 뛰어 들어갔다.

"찾을 수 있을 테니까 너무 걱정하지 말아요. 라마는 보통 개가 아닙니다. 우리가 찾지 못하면 반드시 집으로라도 돌아올 겁니다."

식당에 들어갔던 공 과장이 뛰어나왔다. 그 뒤로 미용실, 라마의 주

인이 친정으로 돌아오기 전에 살았던 집, 그때 다녔던 가게와 거리
들……. 하지만 라마는 없었다. 입이 타들어가 갈라졌고 침이 나오질
않아 목에 통증이 몰려왔다.

"공 과장님, 아가씨 바깥어른한테 가지 않았을까요?"

"여기서 거기가 어딘데……. 일단 가봅시다."

차가 달렸다. 신호도 무시하고 달렸다. 나는 점점 작아졌다. 인생이
단 한 번의 실수로 엉망이 된다는 건 억울하지만 그게 인생이었다. 몸
에서 힘이 모두 빠져나가 버렸다. 목을 가눌 힘도 사라졌다. 차는 서울
을 빠져나가 용인으로 달렸다. 거리에는 이미 땅거미가 내려앉고 있었
다. 이대로 내 인생도 밤을 맞이할 것만 같았다. 헛된 기대를 했던 지난
날들이 창피했다. 미향이 다가서지도 그렇다고 도망가지도 못하게 굴
었던 우유부단함에 환멸했다. 들어갈 수 없는 성에 발을 들여놓았다고
믿었던 시간들이 우스웠다. 나는 이제 궤도를 이탈했다.

차가 멈춰 섰다. 어둠 속에서 누군가 튀어나와 철문을 열었다. 차는
입구를 지나 안쪽으로 깊이 들어갔다. 차가 다시 멈추었다. 나는 비틀
거리는 다리를 끌고 구씨와 공 과장의 뒤를 따랐다. 그곳은 선산이었
다. 크고 작은 무덤들이 달빛 아래 고요히 숨을 쉬고 있었다.

"있습니다!"

구씨가 소리쳤다. 내 귀가 번쩍 열렸다.

"라마, 라마!"

구씨와 공 과장이 라마를 불렀다. 나는 더 이상 앞으로 나가지 못했
다. 라마는 절뚝거리며 걸어왔다. 라마는 공 과장의 환대는 아랑곳하지
않고 내게 왔다. 구씨도 공 과장도 그런 라마를 그저 바라보았다. 라마

는 내 발 아래 와서 엎드렸다. 왼쪽 뒷다리 털이 피로 얼룩져 있었다. 나는 그 자리에 주저앉아 라마를 끌어안았다. 나도 모르게 눈물이 났다.

*

나는 더 이상 라마를 만나지 못했다. 그렇게 라마의 사건이 마무리될 줄 알았다.

삼손의 호출을 받고 오피스텔을 나서려고 할 때 초인종이 울렸다.

"임도랑 씨 되시죠? 경찰입니다."

경찰? 나는 문을 열었다. 두 명의 경찰이 잽싸게 안으로 들어왔다. 그러더니 방 안을 살폈다.

"뭡니까?"

"같이 서까지 가주셔야겠습니다. 김 형사."

입을 다물고 있던 형사가 미란다원칙을 읊어 댔다.

"도대체 무슨 일입니까?"

"라마 아시죠?"

"네."

"라마 어딨죠?"

"무슨 소립니까?"

형사들은 이미 내 팔을 양쪽에서 잡고 있었다.

"일단 서로 갑시다."

"아니, 내가 왜 경찰서엘 가야 하느냔 말입니다."

"그 개가 얼마짜린 줄 잘 아시잖습니까? 그 개가 없어졌습니다. 증거도 확보되었고요."

형사들은 나를 억지로 끌어냈다. 뭐가 잘못되었다. 헛된 꿈을 꾸었다는 게 죄라면 죄였다. 라마가 없어지다니? 나와는 무관한 일이었다. 형사들에게 더 이상 반항하지 않았다.

나는 불과 몇 달 사이에 다시 취조실에 앉게 되었다. 형사가 들어왔다. 그는 말없이 노트북을 펼친 후 실행시켰다. 몇 번 마우스를 움직이더니 내 쪽으로 화면을 볼 수 있게 돌려놓았다.

"이 사람, 임도랑 씨 맞죠?"

은행나무 집 주변을 배회하는 내 모습이 선명하게 잡혀 있었다.

"맞습니다."

"왜 이 집 주변을 배회한 겁니까?"

라마가 보고 싶었다. 라마를 보고 싶어 며칠 그 집을 찾아갔지만 라마를 볼 순 없었다. 초인종도 누르지 못했다.

"임도랑 씨 지금 개 어디 있습니까?"

"그걸 제가 어떻게 알겠습니까?"

"좋습니다. 그럼 시작할까요?"

길고 지루한 시간이 시작되었다. 라마가 없어진 사흘 전부터 오늘까지의 알리바이를 수백 번 말했다. 하지만 형사들은 라마를 훔쳐간 진범으로 나를 이미 지목해 놓은 채 취조를 하고 있었다. 반복과 협박이 이어졌다. 때로는 나를 달래기도 했다. 그렇지만 내가 저지르지 않은 죄를 자백할 수는 없었다. 라마가 어디에 있는지도 몰랐다.

"라마만 찾는다면 윤미라 씨께서 선처를 하시겠다고 약속하셨습니다. 라마 어디 있습니까?"

똑같은 말을 너무 여러 번 반복했더니 머릿속이 멍했다. 나는 녹음기처럼 형사의 질문에 같은 대답을 늘어놓았다. 시간은 흐르지 않고 멈추었다.

"만약에 라마가 죽기라도 한다면 일이 더 커집니다. 아시겠어요?"

"난 정말 모르는 일입니다. 정말로."

형사들은 내 말을 믿지 않았다. 그들은 또다시 내 과거 전력을 드러내 비난했다. 그렇기에 개를 훔칠 가능성이 충분하다고 믿었다.

"이것 봐, 빨리 끝내자고. 없던 일로 해주겠다잖아."

형사들도 지쳤다. 그들은 돌아가면서 나를 취조했다. 똑같은 질문과 똑같은 답변. 그들은 나를 쉽게 만들지 않았다. 입에서 단내가 나고 저절로 눈이 감겼다. 그때마다 형사들은 나를 깨워 다시 질문했다.

"그 개가 그렇게 탐이 났습니까? 하긴 그 정도 가격이면 나라도 그랬겠네. 그런데 말입니다. 죽으면 아무 소용도 없다는 거 잘 알잖아요. 죽어 버리면 그야말로 개 값입니다. 하지만 당신이 치를 대가는 크겠죠."

"정말 모른단 말입니다. 몰라요."

그들은 필사적으로 나를 재우지 않았다.

"똑똑하고 젊은 분이 인생 망칠 일 있습니까? 어서 말해요. 선산이고 어디고 다 뒤졌는데 라마가 없었다, 그러면 답은 뻔한 거 아닙니까? 그 집 식구들 이야기 들어 보니까 라마가 유일하게 따르는 사람이 당신이라고 하던데."

빛이 보이지 않았다. 내 삶이 어디까지 뒤틀릴지 모르겠다.

어느 순간 취조실에 고요가 맴돌았다. 정신을 차리려고 책상 모서리를 쳐다보며 생각을 집중하려고 노력했다. 취조실에는 아무도 없었다.

엄청난 무게로 잠이 밀려왔다.

"이봐요, 일어나요. 나가야죠."

순식간에 잠이 달아났다.

"나가라고요?"

꿈속인가? 나는 뻑뻑한 눈으로 불빛 아래 서 있는 남자를 보았다. 라마를 찾은 것일까? 라마는 어디에 있지?

"네, 나갑니다. 그동안 실례 많았습니다."

"어떻게 된 거죠?"

"수사를 하다 보면 실수를 하기도 합니다. 널리 양해해 주세요."

나는 형사의 부축을 받으며 취조실을 나왔다. 복도를 지나 로비에 섰다. 몸이 휘청거렸다. 전처럼 삼손과 미향이 그곳에 있었다.

"고생했다."

미향은 고개를 제대로 들지 못했다.

"도대체 어떻게 된 거죠?"

"전에 말했던 사람 있잖아. 닻지 몰고 다닌다는 구씨라는 사람이 그 선산에서 라마를 찾아냈어."

"경찰이 다 뒤졌다고 그랬는데."

"라마가 똑똑한 놈이었지. 사람들이 수색을 하러 나타나면 숨었다가 사람들이 사라지면 다시 제 주인 무덤 앞을 지켰던 거야."

"라마는?"

"죽었어요."

몸의 뼈가 모두 사라져 버린 듯 몸이 무너져 내렸다. 삼손의 도움을 받아 겨우 그의 차를 탈 수 있었다. 미향이 김이 나는 두부를 내밀었다.

아무것도 먹고 싶지 않았다. 미향이 손으로 두부 모서리를 떼어 내 입에 넣어 주었다. 먹지 못할 것 같았는데 두부는 달콤했다. 나도 모르게 웃음이 나왔다.

*

나는 구멍이 숭숭 뚫린 유리를 바라보고 있었다. 등 뒤에서 넘어온 햇살이 구멍마다 스며들어 구멍이 보석처럼 반짝거렸다. 나는 유리 너머의 공간을 바라보았다. 손바닥만 한 창을 가진 작은 문이 하나 있고, 문 곁에 정복을 입은 교도관 한 명이 서류를 들여다보고 있었다. 문이 열렸다. 흰 수의 때문에 얼굴이 유독 희어 보이는 몽몽 원장이 문을 열고 나왔다. 그가 내 얼굴을 확인한 후 미소를 지었다. 그는 평온해 보였다.

"자기, 내가 면회 좀 와달라고 해서 놀랐지?"

그는 예전의 말투 그대로였다. 미향 앞에서 남성다움을 과시하려던 그와는 어울리지 않았다.

"그나저나 어떻게 된 일이에요?"

"술에 취해서 친구를 좀 다치게 했지 뭐야. 자꾸 나를 놀려서 말이야. 그런데 좀 많이 다쳤어."

그는 친구들이 놀린 내용에 대해서는 설명하지 않았다. 그는 스스로 합의를 거절했다고 말했다. 친구가 먼저 합의를 제안했지만 그 스스로가 거절했던 것이다.

"날 왜 불렀어요?"

"부탁이 있어서……."

그는 교도관의 눈치를 봤다.

"미라한테 미안하다고 좀 전해 줄 수 있겠어?"

"그런 건 직접 만나서 말하세요. 그리고 밑도 끝도 없이 미안하다고만 하면 다예요? 그리고 미안하다고 해야 할 사람이 그 여자뿐이에요?"

"알아. 도랑 씨한테도 미향이한테도 미안하지. 그래도 당신들은 얼굴 보고 말할 수 있지만 미라는 안 그래. 내가 볼 수가 없어."

"도대체 왜요?"

"미라가 다른 남자와 결혼하도록 내버려두었거든."

"그, 그건 당신 잘못이 아니잖아요."

"아냐, 내 잘못이야. 내가 우유부단했던 잘못. 나 때문에 미라와 신랑이 많이 싸웠대. 결혼한 후에도 걸핏하면 청담동 집으로 돌아오곤 했으니까. 미라 신랑과 딸이 죽은 건 미라가 청담동으로 온 어느 날이었어. 나랑 차를 마시고 있는데 사고가 났던 거지. 둘이 한꺼번에. 미라 신랑과 딸이 미라를 데리러 오던 길이었지."

"당신은 잘못 없어요."

"그렇지 않아. 난 늘 그 두 사람이 잘못되기를 빌었거든. 딸은 아니었지만. 아무튼 미라한테 좀 전해 줘. 미안했다고 모든 게 미안했다고."

"나 요즘 그 집에 안 가요. 라마가 죽었거든요."

"그랬군. 어쩌면 미라한테는 잘된 일인지도 몰라. 라마가 없어야 새 출발 할 수 있을 테니까."

나는 말끔하게 면도해 파란 그의 턱을 봤다. 그는 담배 피우는 시늉을 했다. 나는 구멍 안으로 담배를 밀어 넣었다. 그가 입을 창에 가까이 댄 채 담배를 물었다. 나는 불을 붙여 주었다.

"그래도 기회가 되면 꼭 좀 전해 줘. 내가 가장 만만하게 믿을 사람은 도랑 씨뿐이거든."

그가 천장을 올려다보며 담배 연기를 내뿜었다. 그러곤 볼이 홀쭉해지도록 담배를 빨았다. 그가 피우는 담배가 맛있어 보였다. 담배 한 대를 다 피운 후 그는 바닥에 떨어트린 후 발로 비벼 껐다.

"한 1년은 있어야 할 거야. 나가면 다시 동물병원 열어야겠지. 그때까지 하는 일 없으면 나 좀 도와줘. 나는 병원 일 하고, 도랑 씨는 전문적으로 개 산책시켜 주는 일 하고 말이야. 어때?"

"생각해 보죠."

시간이 다 되었다. 나는 의자에서 일어났다. 그가 뒤돌아서려다 말고 멈추었다. 그러곤 유리창 앞으로 가까이 다가왔다.

"요즘 뭐 해?"

"역할 대행 일도 나가고 전철 역사 자동판매기에 물건 채우는 일도 하고 있어요."

"그런 걸 평생 할 수 있겠어?"

"뭐든 다시 찾아봐야죠."

"그래. 젊으니까."

그가 돌아섰다.

"저도 한 가지 궁금한 게 있어요."

그가 다시 내 쪽으로 몸을 돌렸다.

"진짜 이름이 뭐예요?"

"진즉 왜 안 물어봤어?"

"그땐 사실 이름 알고 싶지 않았거든요."

"음, 김탁성. 됐지?"

김탁성. 그의 이름을 듣는 순간 그와 잘 어울리는 이름이라는 생각이 들었다. 그가 돌아섰다. 문을 나서기 전 그가 손을 들어 흔들었다. 그가 사라진 후 교도관은 바닥에 떨어진 담배꽁초를 치웠다.

그를 다시 만나고 싶지는 않았다. 나도 면회실을 나왔다. 어느새 몰려든 먹구름은 해를 가리고 비를 날리고 있었다. 나는 옷깃을 세우고 몸을 움츠렸다. 그러곤 정문을 향해 천천히 걸었다. 바지 주머니 속에 들어 있는 스마트폰이 몸을 떨었다.


—저, 오늘 출국하면 한국으로 다시는 돌아오지 않아요. 마지막으로 한번 보

　고 싶어요. 나와 주실래요?


밀롱가에서 사건이 터지던 날부터 진주에게서 끝없이 문자가 왔다. 한번 만나고 싶다는 내용이었다. 작은형의 장례를 치르는 동안에도 그녀는 문자를 보냈다. 하지만 나는 나가지 않았다. 그녀를 만나 비열했던 나를 확인하고 싶지 않았다.

나는 미루나무 아래에 멈춰 섰다. 빗줄기가 굵어지고 있었다.

'차라도 빌려서 올걸.'

길을 적신 빗물이 바람에 쓸려 정문 쪽으로 밀려갔다. 나는 빗물이 몰려가는 길을 쳐다봤다. 정문 쪽에서 파란색 중형차 한 대가 달려오고 있었다. 낯익은 자동차였다. 자동차는 내 앞에 멈춰 섰다. 삼손의 차였고 곁에 미향이 앉아 있었다.

"타!"

나는 삼손의 얼굴을 똑바로 쳐다보지 못했다.

"뭐 해요, 얼른 타요."

미향이 말했다. 눈물이 났다.

"안 타? 비 맞고 집에 갈 거야?"

"미향이도 당분간 우리 사무실 나오기로 했어. 전단지 효과가 있는지 전화가 제법 오네. 좀 바빠질 거 같아. 전에 말했던 개 산책시키는 회사도 차려 볼까 구상 중이야. 빨리 타. 비가 많이 와서 길 막힌단 말이야."

나는 조수석 쪽으로 걸어갔다. 미향이 뒤로 넘어갔다. 내가 조수석에 타자마자 삼손은 차를 돌렸다. 나는 미향의 손을 찾아 쥐었다. 삼손은 못 본 척했다. 빗줄기가 점점 더 굵어지고 있었다. 차창에 달라붙은 빗물을 밀어내느라 와이퍼가 분주하게 좌우로 오갔다. 미향은 눈을 감고 라디오에서 흘러나오는 노래에 맞춰 흥얼거렸다.

나는 고개를 오른쪽 창문 쪽으로 돌렸다. 창문에 김이 서려 창밖이 보이지 않았다. 나는 손을 들어 김을 닦아 냈다. 김이 걷히며 길가 빵집 처마 밑에 개 한 마리가 비를 맞으며 반듯하게 서 있는 게 보였다. 눈에 익은 개였다. 라마와도 많이 닮은 듯했다.

'혹시 라마?'

나는 고개를 돌려 뒤를 돌아다보았다. 신호를 받아 자동차가 멈춰 섰다. 개도 나를 바라보고 있었다. 사자의 갈기를 닮은 털, 깊은 눈매, 주변을 압도하는 덩치. 분명 라마였다. 차가 다시 움직였다. 그러자 라마도 어디론가 걷기 시작했다. 거리가 벌어지면서 라마의 모습도 멀어졌다. 녀석은 분명 라마였다.

# 고단한 시대, 루저의 가슴 따뜻한 저항

예심과 2차 심사를 거쳐 최종심에 오른 세 편의 소설은 《꽃의 기억》,
《향연》,《개를 산책시키는 남자》였다.

《꽃의 기억》은 퇴직 형사가 주인공으로 등장하는 추리물이다. 한 여
성의 욕망과 그로 인한 파멸을 심리주의적으로 접근하며, '문체 소설'
이라고 부를 수 있을 만큼 언어나 수사에 몰두한 것이 인상적이었다.
그러나 그 결과로 서사의 진술력이 떨어져 장편 장르에 부적합하다는
점 때문에 가장 먼저 논의에서 배제되었다. 소설이라기보다는 영화 시
나리오에 더 가까운 구성과 전개도 감점 요인으로 작용했다.

《향연》은 서바이벌 프로그램과 록 스타 납치 등 대중문화의 코드를
적극적으로 차용한 작품이다. '먹는 자/먹히는 자'의 대립 구도를 스

타/백수, 왕/노예, 진짜/가짜(리얼/시뮬레이션), 삶/죽음(필멸/불멸)의 대립 플롯으로 다양하게 풀어서 서술한 점이 눈에 띄었다. 안정된 문장과 등장인물의 캐릭터를 만들고 이야기를 배치하는 면에서 문학적 수련의 흔적이 역력했다. 어떤 소재라도 소설로 '만들어 낼' 역량이 있으리라는 기대, 성장 가능성이 있다는 호평을 받았다. 하지만 장점만큼이나 단점도 확연했다. 솜씨가 돋보이는 건 사실이지만 너무 많은 것을 보여 주려는 욕심이 "재주를 뽐내는 것은 하수(下手)의 재주다'는 말을 떠올리게 했다. 서사의 얼개가 허술해진 공간을 인류학·미술학·인문학 등의 지식으로 채우려는 시도는 현학적인 느낌을 주는 한편 주제를 힘 있게 끌고 나갈 능력이 부족한 것이 아닌지 의심케 한다는 지적도 있었다.

《개를 산책시키는 남자》는 한순간의 실수로 말미암아 나락으로 떨어져 버린 주인공이 고급 애완견을 산책시키는 일을 하게 되면서 인생 역전을 꿈꾸는 내용이다. 안정적인 '웰 메이드' 소설이라는 평가를 받을 만큼 언어나 플롯의 낭비 없이 이야기를 경제적으로 형상화했다. 단단한 문장으로 이야기를 집중력 있게 끌고 나가며 사이사이 독자에게 생각할 여지를 주어 마지막 장을 덮은 뒤에도 인물들의 잔상이 남아 있는 등 '양감(量感)'이 있는 작품이다. 장면이 바뀔 때마다 사전에 독자들에게 '미끼'를 충분히 던져 가독성도 살렸다. 그러나 크게 호들갑을 떨지 않는다는 미덕을 역으로 말하면 동시대적 문제의식이나 개성이 부족하게 느껴진다는 약점이 된다. 자잘한 에피소드들은 읽는 재미를 주기에 충분하지만 전체 작품의 서사가 그에 가려 쉽게 보이지 않는다는 지적도 있었다.

마지막까지 거론된 두 작품은 사회적 패자, 이른바 ‘루저’를 주인공
으로 하여 삶과 일상의 지리멸렬함을 다룬다는 공통점을 갖지만 ‘인간’
을 서술하는 관점에서 얼마간 입장의 차이를 보였다. 최종 당선작으로
결정된 《개를 산책시키는 남자》의 경우 상처 입은 존재들이 어우러지
며 만들어 내는 치유의 풍경이 ‘사람 냄새가 나는 소설을 읽고 싶다.’는
바람을 충족시켰다. 인간에 대한 이해와 정서를 지닌 소설로서 끊임없
이 도전하고 끊임없이 패배하는 등장인물들의 모습이 파토스로 작용
해 감동을 준다. 고단한 시대를 반영하듯 날로 사납고 강팍해지는 소
설들과 등장인물들 속에서 당선작 《개를 산책시키는 남자》는 따뜻한
저항으로 가만히 도드라진다.

— 박범신, 김형경, 은희경, 서영채, 방현석, 김미현, 김별아

# 세 작품 놓고 치열한 논쟁… 한 표차로 당선작 갈려

지난 26일 서울 프레스센터에서 열린 '제8회 세계문학상'의 최종 심사는 어느 때보다 치열한 논쟁이 벌어졌다. 최종심에 오른 세 개 작품의 미덕을 놓고 2차 예심에서 형성됐던 논쟁 구도가 재연됐다. 소설을 다시 읽고 1주일간의 숙려 기간이 있었고, 심사위원장인 소설가 박범신 씨까지 합류했음에도 좋은 작품들 때문에 어쩔 수 없었다. 이 과정에서 참석자들은 세 개 작품을 둘러싼 미덕을 좀 더 폭넓게 사유할 수 있었다.

지난해 12월 23일 마감된 응모작들은 12월 27일 여섯 명의 예심 심사위원에게 보내진 뒤, 지난 9일 《꽃의 기억》과 《쇼핑백》, 《3인의 꿈요리사》, 《개를 산책시키는 남자》, 《비나리》, 《향연》 등 여섯 편이 1차로 압축됐다. 예심 심사위원들은 19일 여섯 편을 대상으로 다시 토론을 벌인 끝에 《개를 산책시키는 남자》와 《향연》, 《꽃의 기억》 세 편으로 압축해 최종심으로 보냈다.

최종심에서는 먼저 세 개 작품에 대해 최종적인 검토와 논의가 이뤄진 뒤 투표에 돌입했다. 심사위원 일곱 명 가운데 과반(4표) 이상을 확보하면 당선작으로 뽑되, 투표에서 과반에 미치는 작품이 나오지 않을 경우 1, 2위 작품을 대상으로 재투표하기로 사전에 정했다. 투표 결과 《개를 산책시키는 남자》가 네 표를 받아 세 표를 얻은 《향연》을 한 표 차이로 누르고 제8회 세계문학상 최종 당선작으로 결정됐다.

응모해 준 모든 이에게 감사드린다.

― 김용출(세계일보 문화부 기자)

# 나는 나쁜 남자다

고백하건대, 나는 나쁜 남자다.

내가 나쁜 남자가 된 데에는 그만 한 내력이 있다. 세상은 재주라고
는 눈곱만큼도 없어 보이는 나를 쓸 만한 재목이라며 유혹했다. 유혹
에 약했던 나는 나쁜 남자가 될 수밖에 없었다. 남들 돈 벌 때 거리를
누비고 다녔고, 남들 놀러 다닐 때 골방에 처박혀 책만 팠다. 그러니 주
머니가 늘 허전할 수밖에. 빈털터리로 내려가야 하는 명절이 늘 고달
팠고, 왜 그렇게 사느냐는 핀잔에 귀를 닫았다. 아내가 생기고 아이가
내 삶의 중심에 섰지만 나는 더 나쁜 남자가 되어야만 했다. 날카롭게
자존심 세우고 세상의 모든 숭고한 가장들이 해내는 일을 나는 하지
않았다. 생활에 귀 닫고 쓰고 또 쓰고 다시 또 썼다. 그렇게 고집으로
여기까지 왔다. 다시 생각해 봐도, 나는 참 나쁜 남자였다.

삶에 있어서 치명타는 언제나 나의 내부로부터 온다. 나 살자고 시작한 문학이 바로 그랬다. 내가 남몰래 품었던 독기는 바로 나 자신을 향해 있었으니까.

매번 고배의 잔을 마실 때마다 산을 오르면 언젠가는 정상이 나타난다는 어쭙잖은 위로로 나를 다독이며 지친 몸을 끌고 다녔다. 이제 그만 포기하고 다른 삶을 살아 봐야 하지 않느냐고 나 자신에게 물어봤지만 나는 나 자신의 질문도 외면했다. 이번만, 이번 한 번만……. 그러면서 또 내 발목을 잡고 놓아 주지 않았다. 그렇게 스무 해를 흘러왔다.

어쩌면 내 인생은 소설 속 주인공인 도랑처럼 뒤틀려 버린 것인지도 몰랐다. 아무리 발버둥 쳐도 벗어날 수 없는 늪에 발을 담근 건 아니었을까. 어떻게 해야 늪에서 발을 뺄 수 있는지, 어떻게 해야 좋은 남자가 될 수 있는지. 나는 잊어버렸다. 그렇게 삶의 관성에서 벗어날 수 없는 지경에 이르고 말았다. 나쁜 남자로 살고 싶지 않아도 나쁜 남자로 살아야만 하는 길만 내 눈앞에 펼쳐져 있었다. 그래서 나쁜 남자의 종지부를 찍는 심정으로 도랑과 함께 1년여의 세월을 살았다. 같이 울고 절망하고 때론 헛된 욕망에 들떠서 거리를 달려 보기도 했다.

그리고 지금 한 번만 좋은 남자가 되어 보려고 한다. 나와 내 가족의 소박한 미래를 조심스럽게 점쳐 보려고 한다. 이게 과연 좋은 남자가 되는 길일까? 모르겠다. 그런데 불편하다. 아무래도 나는 나쁜 남자인가 보다.


미흡하고 흠투성이인 졸고를 뽑아 주신 심사위원 선생님들에게 감사드린다. 책으로 만들어 주신 은행나무 가족들에게도 고맙고, 내가 내 길만을 걸어가도록 지켜봐 주신 부모님과 가족들, 친구들에게도 고맙다. 그리고 내가 유령작가로 살 수 있도록 해주신 수많은 의뢰인들에게도 감사의 말을 하고 싶다. 특히 묵묵히 견디며 내 고집대로 걸어갈 수 있게 지켜봐 준 소설가이자 아내인 최민경과 나의 아들 예준에게도 감사하다. 내게 정신을 가르쳐 주고 훌쩍 떠나신 박영한 선생님과 나보다 먼저 불귀의 객이 된 동생에게도 고맙다. 그들이 있어서 나는 나쁜 남자로 살 수 있었다. 그래, 나는 나쁜 남자다.

—2012년 전민식

개를 산책시키는 남자

1판 1쇄 발행  2012년  3월 22일
1판 8쇄 발행  2019년  2월  1일


지은이 · 전민식
펴낸이 · 주연선


편집 · 이진희 심하은 백다흠 하선정 이경란 최민유 김서해 이우정
디자인 · 권예진 이다은 김지수
마케팅 · 장병수 최수현 김다은 이한솔 강원모
관리 · 김두만 유효정 박초희

**(주)은행나무**
04035 서울특별시 마포구 양화로11길 54
전화 · 02)3143-0651~3  |  팩스 · 02)3143-0654
등록번호 · 제 10-1522호(1997. 12. 12)
www.ehbook.co.kr
ehbook@ehbook.co.kr


잘못된 책은 바꿔드립니다.


ISBN 978-89-5660-606-4  03810